Hay un lobo en mis entrañas
que pugna por nacer.
Mi corazón de oveja, lerda criatura
se desangra por él.

In meinen Eingeweiden
kämpft ein Wolf ums Geborenwerden
mein Schafsherz, träges Geschöpf
verblutet an ihm.

Aus: ›Wölfe und Schafe‹ von Manuel Silva Acevedo

Inhalt

Das gläserne Zimmer

Dorle, über einen nassen Kopf gebeugt und die Hände tief im warmen Seifenschaum, dachte an einen Berg von glitschigen Seidenkissen, auf denen sie lag und der Musik zuhörte, ohne sich zu regen, ohne mehr zu tun, als sich vielleicht auf den Bauch zu drehen und zu seufzen.

Das grünliche Licht im Salon, die leise Musik den ganzen Tag, all das machte sie schläfrig und nachgiebig. Die Stimmen, das Klappern und Zischen um sie her verebbten, Wasser rauschte, Nebel von Haarspray standen im Licht der Neonröhren zwischen den Spiegeln.

Jemand sprach zu ihr, und sie schaute hinunter in die weit aufgerissenen Augen einer Frau, die den nach hinten gebeugten Nacken über den Rand des Porzellanbeckens hängen ließ.

»Zu heiß?«, fragte Dorle sanft, ihre Hände im seifigen Haar. »Nicht so fest.« Die Frau hatte Schaum auf der Stirn und zwinkerte vorwurfsvoll.

»Schlaf nicht ein, Dorle«, sagte jemand dicht neben ihr. Dorle griff rasch nach der kleinen Brause und prüfte die Wassertemperatur mit den Fingern, wie man es ihr gezeigt hatte.

Seit sie als Lehrling im Salon »Harlekin« arbeitete, hatte man ihr schon oft gesagt, wie langsam und ungeschickt sie sei, sie ließ sich nichts anmerken. Sie ging dann rasch aufs Klo, sperrte sich ein und zog ein paar Mal an der Spülung, ohne sich hinzusetzen.

Zu Hause erzählte sie nichts davon, wie lang ihr die Tage im Salon erschienen. Sie selbst war es gewesen, die Friseuse werden wollte. Ihre Freundin Hanna, die im Salon »Harlekin« angefangen hatte, schon vor einem Jahr, erzählte ihr viel von den guten Trinkgeldern und den netten Kolleginnen, die sich gegenseitig die Haare einlegten, mittags, wenn eine Pause entstand zwischen den Kunden.

Dorles Mutter ließ sich morgens von ihr die Haare zurechtföhnen, ehe sie ins Geschäft ging. Sie arbeitete in einem Kaufhaus, Abteilung Bademoden, und manchmal brachte sie Plakate mit nach Hause, auf denen Frauen in grellfarbigen Badeanzügen in der glasigen Gischt der Wellen standen, die Arme erhoben, als wollten sie gleich fortfliegen.

Dorles Vater, der mit einem großen Lastwagen gefrorener Fische durchs Land fuhr, mochte nicht, wenn Dorle sich schminkte. An den Tagen, an denen er zu Hause war, bemalte Dorle ihr Gesicht erst an der U-Bahn-Station, vor dem Spiegel des Fotoautomaten. Die anderen Mädchen hatten ihr gezeigt, wie man geschickt mit all den Pinseln und Farben umging. Sie hatten ihr auch eine Bürste geschenkt mit ihrem Namen auf dem Griff, »das hat hier jede von uns«, sagten sie.

Die Bürste trug Dorle in der Tasche ihres weißen Kittels und legte sie abends in das Fach neben der Spardose, in die die Kunden ihr Trinkgeld stecken konnten, auch die Dose trug ihren Namen.

Dorle gab sich viel Mühe, alles richtig zu machen. »Du

musst die Augen überall haben, auch am Hinterkopf«, sagte ihr Chef. »Hier wird nicht herumgedöst«, sagte ihr Chef. »Flink muss man sein und überall zupacken, ganz wie von selbst.« Dorle versuchte, es ihm recht zu machen.

Abends, wenn sie mit den Mädchen zum Bus ging, sprachen sie von ihren Träumen. Elvira wollte nachts in einem Feinkostladen eingesperrt werden und alles essen, was sie nur konnte, aber Hanna lachte und sagte, sie träume von einem Mann – »ein Kerl, der ganz verrückt nach mir ist«.

Dorle stellte sich einen Mann vor, der verrückt nach ihr war. Es machte ihr ein wenig Angst, und sie schob die Vorstellungen von einem glotzäugigen, am ganzen Leibe zitternden Menschen rasch beiseite.

Sie erzählte den anderen nichts von ihren Träumen. Sie ruderte in einem Boot zwischen Eisschollen, auf denen Pinguine standen. Sie sprang durchs Fenster in ein brennendes Haus und rettete eine vierköpfige Familie. Sie hing am Trapez, hoch droben unter der Zirkuskuppel, und die Scheinwerfer glitzerten auf ihrem blauen Kostüm, als hätte man sie in Diamantstaub gewälzt.

Sie hielt die Nagelfeile gegen das Licht, aber wahrscheinlich war sie zu oft benutzt worden. Der Diamantstaub glitzerte nicht.

»Du machst dich langsam«, sagte ihr Chef und sah zu, wie sie eine Strähne nach der anderen toupierte. Dorle hielt die Zunge zwischen den Zähnen.

Als sie Harry kennen lernte und ihm zum ersten Mal im Lift erlaubte, ihr seine Zunge in den Mund zu schieben, glaubte Dorle, nun werde sich alles verändern. Wie, das wusste sie nicht.

Nur manchmal noch, beim Haarefärben oder beim Nägellackieren, erlaubte sie sich eine kleine Abwesenheit. Harry schob sie sacht gegen den Spiegel, und sein Gesicht war so nahe, dass sie es nicht mehr erkennen konnte, der Aufzug zischte und bebte – ein Gefühl am ganzen Körper, als streichelten einen schneeweiße Straußenfedern.

Dorle hatte eine Straußenfeder in die Abendfrisur gesteckt, die sie bei der Prüfung vor den grämlichen Herren und Damen des Gremiums gekämmt hatte. Hanna, die sich zu diesem Anlass die Haare hatte blond färben lassen, diente als Modell. In blondem Haar sah man die komplizierten Haarbewegungen besser als in braunem. Dorle hatte eine gute Note erhalten.

Später war sie froh, dass sie Harry nichts von ihren Gefühlen gesagt hatte. Er kam ölverschmiert aus der Autowerkstatt, und weil sie nicht zu Dorle nach Hause durften und seine verwitwete Mutter kränkelte, konnten sie sich nur auf der Straße oder im Kino umarmen. Harry, ein übermütiger und behänder Mann, der gerne und laut lachte, brachte oft seine Freunde mit, wenn er sie abends vom Salon abholte. Im Biergarten auf einer Bank, die unter dem Gewicht der vielen Leute, die auf ihr saßen, zitterte, steckte er Dorle seine gelenkigen Finger hierhin und dorthin und atmete zärtlich Bierdunst in ihr heißes Ohr. All das genoss Dorle, und doch wusste sie nicht genau, wohin sie das führen würde. »Was erwartest du, Harry ist ein findiger Kopf«, sagte ihre Mutter, »und du hast Flausen im Kopf«, sagte ihr Vater.

Als sie ihre eigene Wohnung gemietet hatte, im Schlachthofviertel, und als sie im Salon »Harlekin« die Haare der Kundinnen ihres Chefs kämmen und schneiden durfte, wenn er nicht da war, kam sie immer seltener zum Träumen. Harry zog zu ihr und kaufte sich ein Motorrad, sie spielten mit dem Gedanken, sich einen Wellensittich zuzulegen. Ihre Mutter kam und saß auf dem kleinen gestreiften Sofa. Sie brachte eine Plastiktüte mit heruntergesetzten Badeanzügen mit und erzählte, dass Dorles Vater angefangen habe, Tauben zu züchten, die meiste Arbeit mit den Viechern laste allerdings auf ihr.

Dorle war zufrieden, so, wie ihre Oma es immer für sie gewünscht hatte, und doch dachte sie abends im Bett manchmal darüber nach, ob das schon alles sei und ob sie nicht als Friseuse auf einem Schiff anheuern oder einen Salon in Hawaii aufmachen sollte, wie Hanna es sich wünschte, seit sie im Urlaub dort gewesen war.

Herr Pawlak drang in ihr Leben so reibungslos und unauffällig wie ein Lied aus dem Radio. Zuerst schnitt sie ihm die Haare, dann manikürte sie ihm die Fingernägel. Er beobachtete sie dabei mit seinen runden, etwas traurigen Augen und ließ die Hand, an der sie arbeitete, warm auf ihr Knie rutschen. Als er Husten hatte im Herbst, machte sie ihm einen Tee und stellte die Tasse neben die Bürsten und Kämme vor den Spiegel. Herr Pawlak kam jetzt jede Woche, und wenn es nichts zu schneiden gab, ließ er sich eine Packung machen, und Dorle massierte ihm die Kopfhaut. Seine rötlichen feinen Haare lichteten sich am Hinterkopf, er musste um die fünfzig sein, und seine Haut sah an manchen Tagen so durchscheinend und knittrig aus wie nasses Seidenpapier.

Als Herr Pawlak sie bat, ihm für ein gutes Honorar die Haare zu Hause zu schneiden, stimmte sie zu. Seine Wohnung im Parterre war dunkel von den Bäumen vor dem

Fenster und roch nach den drei Katzen, die träge auf den verschossenen Polstermöbeln herumlagen und alle fahl und rotfellig waren wie ihr Herr.

Herr Pawlak zog sich das Hemd aus, und sein nackter Oberkörper war haarlos und sah seltsam unfertig aus wie aus ungebackenem Brot. Später zog er auch seine Hosen aus und seine Unterhosen und legte sich auf das geblümte Sofa, nicht ohne mit einer sanften Geste die Katzen beiseite zu schieben. Dorle, als sei dies abgemacht worden, schlüpfte aus ihrem Kleid und legte sich neben ihn, eng an ihn gedrückt, denn das Sofa war nicht sehr breit.

»Ich bin ein wertloser Mensch«, sagte Herr Pawlak und drehte sein Gesicht zu ihrem Gesicht. Ein paar rote Haarstoppeln, die sie nach dem Schneiden nicht abgebürstet hatte, glitzerten auf seinen Nasenflügeln. Dorle kehrte sie mit den Fingerspitzen ab und hielt Herrn Pawlak ihren Mund hin, den er sich länger besah, ihn mit dem Handballen streifte und dann mit der Zunge. Dorle sah, wie seine Arme sich mit Gänsehaut überzogen, und schloss die Augen. Draußen begann es zu regnen, und Dorle dachte noch, dass sie keinen Schirm bei sich habe, aber Herr Pawlak seufzte und zog sie über sich, behutsam und ohne große Anstrengung, wie es ihr schien.

Herr Pawlak arbeitete nicht, er lebte von einer kleinen Erbschaft, er kochte nicht, sondern holte Tüten mit Aluminiumnäpfen aus dem chinesischen Restaurant an der Ecke. Er sprach wenig und schaute lange Stunden schweigend vor sich hin, Dorle gegenüber im Sessel sitzend, während sie eine Illustrierte las, die Katzen streichelte und ihre Nägel feilte. Er machte ihr nie Geschenke, und auch das Haareschneiden bezahlte er nicht mehr, und wenn Dorle einen Topf mit Gulasch von zu Hause mitbrachte, aß er ihn leer, langsam und mit einem kleinen Lächeln.

Dorle erzählte niemandem von Herrn Pawlak. Auch als der Meister fragte, wo er denn bliebe und ob er nicht zufrieden gewesen sei mit ihr, gab sie vor, nichts über Herrn Pawlak erfahren zu haben.

Harry wurde unruhig. Er ging abends nicht mehr mit seinen Freunden zum Kartenspielen und Fernsehen in die Kneipe und wollte plötzlich mit ihr in Urlaub fahren, obgleich er das vorher weit von sich gewiesen hatte.

Als er allein mit dem Motorrad nach Jugoslawien aufbrach, hinterließ er einen Zettel mit düsteren Andeutungen der Abenteuer, die ihn dort erwarteten.

Dorle nahm ihren Urlaub und zog mit einer kleinen Tasche zu Herrn Pawlak. Ihrer Mutter erzählte sie, sie fahre zu einem Fortbildungskurs über die Technik des Schminkens nach Bad Wörishofen.

Es war ein lauer Sommer, Herr Pawlak blieb den ganzen Tag in seiner dunkelroten Schlafanzughose, und auch Dorle, in Unterwäsche oder seinem Bademantel, hatte keine große Lust, hinauszugehen in die Sonne.

Manchmal spielten sie Monopoly, manchmal las Herr Pawlak ihr vor aus einem Buch, das von einem Walfisch handelte, und manchmal gingen sie Arm in Arm zwischen den Möbeln hin und her, und Herr Pawlak hörte zu, wenn Dorle ihm von ihrer Großmutter erzählte, von Hanna und von ihrer Kindheit.

Es gab Tage, an denen sie im Bett liegen blieben, die Katzen um sie her wie rote Fellkissen. Immer wenn Herr Pawlak sie umarmte, tat er es zögernd und wie erstaunt über ihre Einwilligung. Wenn Dorle ihn weckte mit Küssen und Geflüster, lächelte er, ohne die Augen zu öffnen, und atmete tief und seufzend, wie jemand, der bei großer Hitze nach einem langen Marsch Wasser trinkt und viel davon benötigt.

Herr Pawlak hielt nichts von der Liebe und nichts vom Glück. Er hielt nicht viel von den Menschen und am wenigsten von sich selbst, das sagte er Dorle traurig, aber nicht ohne Zufriedenheit. Manchmal, wenn es draußen dunkel wurde, weinte er ein bisschen, aber es war weder heftig noch schmerzlich. Er saß und schaute dabei zu Dorle hinüber, die runden Augen etwas gerötet, die Hände auf den Armlehnen des Sessels.

Dorle wusste nicht, was sie eigentlich bei Herrn Pawlak machte. Er sagte ihr nie, dass sie schön sei oder dass sie bleiben solle. Er fragte sie nie nach Harry, von dem sie ihm erzählt hatte, oder danach, wie es weitergehen solle, wenn ihr Urlaub zu Ende ging. Dorle fand Herrn Pawlak nicht wirklich schön und betrachtete seine rostfarbenen Wimpern, wenn er schlief, den Mund geöffnet und trocken, gleichmütig und ohne Zärtlichkeit. Sie sah seinen schmalen Rücken über das Waschbecken gebeugt, seinen hellen Bauch, der etwas über den Rand der Schlafanzughose stand. Wenn er sich die Augen rieb, was er oft tat, denn er hatte Heuschnupfen, schwollen seine empfindsamen Lider an, aber was störte Dorle das? Er sah sie an, nicht strahlend, nicht liebevoll, nicht so, als sehe er sie sich wirklich an, er sah sie an, und Dorle fühlte plötzlich mehr als vorher, fühlte die Haut ihre Glieder umschließen, fühlte die Haare sacht aus ihrer Kopfhaut wachsen, fühlte das Blut durch ihre Adern drängen, den Atem ihre Brust füllen und verlassen. Das war nicht unangenehm, nur ungewohnt. Sie hatte über dergleichen nie nachgedacht und ahnte, dass es ein bisschen verrückt war, solche Gefühle zu haben.

Herr Pawlak sah sie an, und plötzlich fiel ihr ein, dass es Sommer war, dass die Bäume draußen die Blätter bewegten und dass die Kirsche in ihrem Mund glatt war und verletzlich und gleich zwischen ihren Zähnen zerplatzen würde. Dorle machte es verlegen, darüber nachzudenken, sie verstand es nicht. Sie saß ausgezogen auf dem Bettrand, Socken an den Füßen und ungekämmt seit Tagen, und dennoch hatte sie ein rasch zerfließendes Bild von sich, sekundenschnell und klar: das Bild einer wunderschönen Frau, keiner Frau, die sie je zuvor gesehen hatte im Spiegel oder auf einem Foto, es war eine Frau, die in dieses Zimmer gehörte und über die sie, Dorle, keine Macht hatte, nicht einmal, um über sie zu lachen.

Nachts im Bett, an Herrn Pawlaks Rücken gedrückt, fühlte sie ihren Körper nicht mehr, konnte ihn nicht unterscheiden von dem anderen Körper. Ein Wesen mit zwei Köpfen, dachte sie, aber es beunruhigte sie nicht, nichts beunruhigte sie. Alles, was hier mit ihr geschah, hatte kein Gewicht, kein gutes und kein beängstigendes. Alles, was hier geschah, war so alltäglich, dass die Tage ineinander flossen ohne Unterschied wie ein einziger langsamer Sommertag, irgendeiner, an den man sich später nie mehr erinnern konnte.

Herr Pawlak hatte Dorle nach langen und zähen Fragen gesagt, dass er früher Teekannen entworfen habe, Rührmaschinen und Klappstühle, Dorle konnte sich nichts Rechtes darunter vorstellen. Er habe mit Wein gehandelt, habe auch Sachen zusammengesucht, die man auf der Bühne brauchte, Möbel, Vorhänge und Lampen.

Dorle sah ihm zu, wie er im Zimmer herumging, die Katzen aufhob, mit Kehrwisch und Schaufel hantierte. Sie fühlte sich leicht dabei und angenehm sorglos. Wenn Herr Pawlak um sie war, brauchte sie nichts zu denken, nichts zu sagen, nichts zu tun.

Manchmal erschrak sie darüber, dass ihre Augen immerzu auf Herrn Pawlak ruhten, ohne dass sie das wirklich wollte. Es fiel ihr nur auf, wenn er aus dem Zimmer ging und sie aufstehen musste, um mit ihm zu gehen, auch aufs Klo, das störte Herrn Pawlak nicht.

Einmal hatte sie ihn lachen hören in der Küche am frühen Morgen. Sie lag noch im Bett, und als sie sein Lachen hörte, fiel ihr ein, dass sie ihn noch nie zuvor hatte lachen hören. Er stand mitten in der Küche, und zu seinen Füßen hockten die drei Katzen über ihre Näpfe gebeugt. Er hatte ein Unterhemd an, auf dem die Flecken des chinesischen Abendessens leuchteten wie ein rotes Muster. Er lachte hilflos, mit zurückgelegtem Kopf, die Augen geschlossen. Sie lehnte an der Küchentür, erstaunt, denn er sah aus wie ein Mann, den sie nicht kannte, ein junger und unbekümmerter Mann, ein Mann, der lachte, weil er sich in einer Küche wiedergefunden hatte, in die er nicht gehörte, mit drei Katzen und einer verschlafenen Frau, und der sich gewiss gleich anziehen würde, um aus der Wohnung zu stürzen, um seine Zähne draußen in eine kalte Wassermelone zu schlagen oder in eine Pfingstrose – was für seltsame Gedanken ihr kamen.

Als sie ihn fragte, warum er gelacht hatte, wusste er keine Antwort.

Sie schnitt ihm nicht mehr die Haare, und kleine Locken bildeten sich in seinem Nacken. Sie selbst betrachtete sich nie im Spiegel, warum, wusste sie nicht.

Als ihr Urlaub zu Ende ging, packte sie ihre Tasche. Mit dem Bus fuhr sie nach Hause. Herr Pawlak hatte sie zum Bus begleiten wollen, aber sie hatte ihn abgewehrt. Er stand ganz still, im offenen Hemd, und sah sie an, dann rückte er das Bild gerade, das über dem Sofa hing: ein grünes Pferd in einer bläulich vereisten Landschaft, an einen Schlitten gebunden. Bäume, die sich im Wind bogen, und Schnee auf Hausdächern. Dorle hatte es oft betrachtet.

Harry kam zurück. Er war braun und glänzte wie lackiertes Leder. Er trug sie auf seinen Armen ins Schlafzimmer. Er roch nach Motorrad und Sonnenöl. Er hatte ihr einen Ring mitgebracht, und als sie später atemlos und zerzaust nach der Limoflasche neben dem Bett tastete, sagte er ihr, dass nun ein anderes Leben beginnen solle, und Dorle fing an zu lachen und streichelte seine gebräunte Brust, seine gesträubten Brauen und seinen gespannten Nacken. »Du siehst toll aus«, sagte sie. »Haare hast du wie ein Italiener so schwarz«, und Harry, verlegen und erfreut, murmelte: »Unsere Kinder werden auch wunderschön, du wirst sehen.«

Herr Pawlak kam nicht in den Salon, und obgleich Dorle anfangs darauf gewartet hatte, ängstlich und neugierig zugleich, verschwand er doch bald aus ihren Gedanken. Er verschwand aus ihrem Kopf, so unauffällig und leise, wie er gekommen war.

»Was hast du gemacht im Urlaub?«, fragte Hanna. Dorle lachte und drehte Wickel in ein Haarteil. Hanna betrachtete sie prüfend, und Dorle wurde verlegen. »Du warst ja nicht mit Harry weg?«, fragte sie.

»Nein«, sagte Dorle.

»Du warst mit jemand anderem zusammen.«

»Mhm«, sagte Dorle.

»War's schön?«

»Da hab ich nie drüber nachgedacht«, sagte Dorle, »es war irgendwie …«, aber sie fand kein Wort dafür, und Hanna schüttelte den Kopf und fing an, Haare zusammenzukehren.

In diesem Herbst wurde Harry Teilhaber der Garage und Werkstatt, in der er arbeitete. Dorles Vater hatte einen kleinen Unfall und musste zur Kur. Ihre Mutter kam häufig an den Abenden und besprach die Vorbereitungen für die Hochzeit. Sie brachte Kataloge und Zeitungen mit und später Stoffmuster aus dem Kaufhaus. Hanna verlobte sich mit Enrico, dem Kellner der Pizzeria, und Dorle kaufte sich einen Wintermantel aus blau gefärbten Kaninchenfellen.

Als es im November zu schneien begann, überkam Dorle eine seltsame Unruhe. Sie wollte am Morgen nicht aus dem Bett steigen und nach der Arbeit nicht nach Hause gehen. Im Salon verdarb sie eine Dauerwelle und verwechselte die Termine. Sie hatte Lust, Süßes zu essen, und kaufte sich Tüten voll Mohnschnecken und Apfeltaschen, aber wenn sie in die Teilchen biss, trat Schweiß auf ihre Stirn, und sie konnte nicht schlucken.

»Du kriegst wohl ein Kind«, sagte Hanna, aber so war es nicht.

Harry, der in der Küche hantierte, weil sie nicht kochen wollte, machte viel Lärm, und Dorle hatte Lust, aus der Wohnung zu laufen und die Tür zuzuschlagen. Sie sehnte sich danach, an einem Fluss spazieren zu gehen, und war doch noch nie an einem Fluss spazieren gegangen.

An einem Montagnachmittag, auf dem Weg zur Schneiderin in einem fremden Stadtteil, überfiel sie ein seltsames Elend, wie ein Schüttelfrost. Die Sonne glitzerte in den Fensterscheiben der Häuser, Schnee schmolz und tropfte von den Dächern und von den Bäumen. Dorle blieb stehen wie mit einem Geschoss im Herzen. Sie wusste nicht, was ihr wehtat und warum. Sie konnte kein Bild finden für das, was über sie hereinbrach. Sie sah sich um, aber da kam keine Erinnerung in ihr auf, an diese Gegend, an die Tageszeit, die Jahreszeit, und doch schien alles durchtränkt von einer eigenartigen Bangigkeit, einem seltsamen Heimweh. Der Schnee an ihren Stiefeln, die kleinen heruntergekommenen Läden, die parkenden Autos. Es war kein Heimweh nach einem Ort oder einem bestimmten Menschen. Dorle sehnte sich, aber sie wusste nicht wonach, sosehr sie auch nachdachte. Es war ein Gefühl wie als Kind, wenn sie darauf gewartet hatte, dass ihre Mutter von der Arbeit heimkäme, aber sie wollte nicht zu ihrer Mutter gehen, und sie lächelte ein bisschen, weil sie sich so kindisch aufführte.

Das Gefühl, und Dorle lernte, sich vor diesem Gefühl in Acht zu nehmen, kam an manchen Tagen wieder, meist wenn es anfing, draußen dunkel zu werden. Sie versuchte es zu vergessen und arbeitete verbissen, die Schere in der

Hand oder über das Haarwaschbecken gebeugt. Nachts wachte sie schluchzend auf, und Harry machte ihr eine Tasse Milch warm.

An einem Abend im Dezember, einen Korb voll Backzutaten am Arm, stieg Dorle aus dem Bus und lief an den erleuchteten Schaufenstern vorbei, hastig und atemlos zu Herrn Pawlaks Haus. Sie hatte sich nicht überlegt, was sie sagen würde, wenn er ihr die Tür aufmachte. Sie zweifelte keinen Augenblick daran, dass er zu Hause war. Zweimal wäre sie fast umgekehrt, einmal, als sie sich unvermutet in einem Schaufenster gespiegelt sah, die Haare unordentlich und im Wind wehend, mit einem Gesicht, das fremd aussah und gehetzt wie auf einem Kinoplakat. Später, als sie das Haus nicht finden konnte, den Korb abstellte und an einer Ecke wartete, keuchend und wütend, weil sie sich schämte und glaubte, verrückt zu sein bei dem, was sie tat, hatte sie versucht, nach Hause zu laufen, aber es gelang ihr nicht.

Sie ging die Straße dreimal auf und ab, ohne das Haus wieder zu erkennen. Sie erinnerte sich gut an die drei Ahornbäume, die davor gestanden hatten, auch die konnte sie nirgends finden, sooft sie auch die Augen die Straßen entlanggehen ließ.

In einer Tankstelle kaufte sie eine Tüte Nüsse und fragte den jungen Tankwart nach dem Haus Nr. 31, und er wischte sich die Hände an einem Büschel Putzwolle ab und sagte ihr, das alte Haus, in dem hätte ja kaum mehr einer gewohnt, das sei abgerissen worden, im Frühsommer schon, und da wäre jetzt im Moment der Laden mit den Möbeln drin, aber nur bis zum Frühling, dann plane man eine Art Zentrum mit Bibliothek und solchen Sachen.

»Und die Bäume?«, fragte Dorle. Aber der junge Mann wusste nichts von den Bäumen, und Dorle fuhr im Bus nach Hause, ohne den Mut zu haben, sich noch einmal nach dem Haus umzusehen.

Seit das Kind da war, arbeitete Dorle nur noch halbtags. Wenn das zweite käme, solle sie eine Weile ganz zu Hause bleiben, verlangte Harry, und Dorle stimmte ihm zu. Die Wohnung über der Garage machte viel Arbeit, und der kleine Benno war ein zartes und kränkliches Kind, das Dorle oft nachts aus dem Bett holte und so lange weinte, bis sie sich mit einer Decke zu ihm auf den Boden legte und dort weiterschlief.

Lebertran, empfahl ihre Mutter, aber Dorle konnte es nicht über sich bringen, Benno dazu zu zwingen, den Löffel zu nehmen, den sie ihm hinhielt. Er würgte, und sein Gesichtchen wurde rot und fleckig. Harry liebte seinen Sohn über alles und fing jetzt schon an, eine Eisenbahn für ihn im Speicher aufzustellen.

Die Ehe bekam ihm gut. Dorle hatte ihn überredet, sein prächtiges schwarzes Haar länger wachsen zu lassen, und jetzt als Chef konnte er sich das leisten. Er sah nicht aus wie ein Automechaniker, fand Dorle, eher wie jemand vom Fernsehen. Sie selbst kämmte sich noch immer jeden Morgen mit großer Sorgfalt, und Hanna kam und färbte ihr rote Strähnen in den Pony. Hanna war schwanger und ziemlich dick, sie brachte Pizzas mit, und am Abend kam manchmal Enrico, um sie abzuholen, und er und Harry unterhielten sich über alle möglichen Sachen, über Motorräder und Kochrezepte, während Hanna und Dorle in der Küche abspülten und sich über Harry und Enrico unterhielten. Beide fanden, dass sie es gut getroffen hätten, und lachten sich triumphierend zu über den blinkenden Weingläsern, wie Leute, die eben geschickter vorgegangen sind als andere.

An einem Januarnachmittag setzte Dorle den warm verpackten Benno auf einen Schlitten und zog ihn bis zur Bushaltestelle. Sie fuhren zum Zoo und gingen dort, zwischen den Schneehaufen und Tauben, an den verschneiten Käfigen entlang. Als Benno eingeschlafen war, in seinem schafwollenen Sack auf den Schlitten gebunden wie ein Eskimobaby, zog ihn Dorle behutsam ins Amphibienhaus, um sich aufzuwärmen.

In den Glaskästen drängten sich üppige Blätter und Schlingpflanzen an die Scheiben. Dorle betrachtete mit leisem Grauen die reglosen bläulichen Warane, die auf den porösen Steinen kauerten, die Schlangen, die von den Zweigen der Gummibäume hingen, in schweren gesprenkelten Schlingen, die Schildkröten, die an Salatblättern kauten und ihre dicke schwärzliche Zunge zeigten.

Am Ende des Schlangenhauses lag ein großes verglastes Gehege, in dem Dorle kein Tier entdecken konnte. Sie suchte nach einem Schild, fand aber keins. Drinnen breitete sich schön geharkter silbriger Sand um ein türkises Wasserbecken aus, länglich geformt wie ein großes Blatt und voll schimmerndem Wasser. Ein paar runde Kiesel, groß wie Kinderköpfe, lagen um das Becken herum, einer hatte eine rosa Ader, die ihn in zwei Hälften teilte. Die Büsche rings um die Sandfläche streckten fleischige gefingerte Blätter aus. Eine kleine Palme, wohl eine Banane, mit fein geriffelten

Zungen, schob ein junges, noch eingerolltes Blatt aus ihrer Mitte, an dessen Spitze ein glasklarer Tropfen hing.

Dorle lehnte die Stirn an die warme Scheibe und suchte angestrengt nach einer Bewegung im Dickicht der Blätter, suchte nach verräterischen spinnwebfeinen Spuren im Sand. Sie wusste nicht, warum es ihr so wichtig war, einen Bewohner dieser in warmes gelbes Licht getauchten Landschaft zu entdecken. Ihr Herz wurde schwer, und so an die Scheibe gelehnt und schwitzend in der Wärme und dem stechenden, fremden Geruch des Schlangenhauses, fühlte sie plötzlich eine große heillose Müdigkeit, als verlasse sie mit einem Mal alle Kraft. Eine Trauer, für die sie keine Worte, keine Bilder finden konnte, verzog ihr den Mund und stieg heiß in ihre Augen. Es schien ihr eine ungeheure Erleichterung, jetzt weinen zu können. Aber sie glaubte dabei nicht stehen bleiben zu können, glaubte, sie würde sich zusammenkauern wie ein Tier, am Boden neben Bennos Schlitten. Alle Leute würden sich zu ihr hindrehen.

Sie fasste das Seil von Bennos Schlitten und zog ihn knirschend über den Betonboden zur Tür und hinaus in die kalte Winterluft, die ihr entgegenschlug.

Draußen hatte es zu dämmern begonnen. Die Leute strebten in Scharen dem Ausgang zu. Dorle lief mitten unter ihnen wie betäubt.

Erst an der Bushaltestelle fiel ihr das gläserne Zimmer mit seinen grünen Wänden und dem Sandboden wieder ein.

Herr Pawlak hatte ihr einmal erzählt, dass er als Junge geglaubt habe, das Paradies sähe aus wie die Käfige der tropischen Vögel im Zoo seiner Heimatstadt. Noch nie zuvor hatte Dorle sich daran erinnert. Er hatte gelächelt, neben der Lampe stehend, die Hände in den Taschen. Ja, so habe er sich das Paradies vorgestellt. Nur viel größer natürlich, mit Flüssen, dicht bewachsenen Ufern, an denen man sitzen konnte, mit Wasserfällen und herrlichen Blumen, Vögeln und Libellen …

Benno wachte auf, und Dorle hob ihn aus dem Sack und stieg in den Bus. Er schlief gleich wieder ein, an ihre Brust gelehnt, und Dorle setzte sich vorsichtig zurecht und gab sich den Bewegungen des Busses hin. Sie hatte ein eigenartiges Gefühl, wie als Kind, wenn sie auf dem Weg zur Großmutter – in den Sommerferien – aus dem Fenster des D-Zuges hinausgeschaut hatte in die vorbeifliegende Landschaft. Sie hatte immer eine seltsame Wehmut gefühlt, weil sie wusste, dass sie nie würde gehen können auf diesen Wegen, die zwischen den Apfelbäumen dahinführten und zwischen den Feldern und Heumanderln, dass sie nie auf dieser Brücke stehen würde, die sich über den Bach wölbte, und dass sie nie die Blumen in jenem Garten riechen würde, der vorbeiglitt, sich ihr zeigte und unaufhaltsam verschwand.

Und dann hatte sie, um sich zu trösten, ein bisschen gewinkt, mit der Hand gewinkt, was hätte sie sonst auch tun können.

Was schlimm ist

Der Mann setzte sich neben mich aufs Sofa und hielt sein Glas in die Höhe, um nichts zu verschütten. Das Sofa gab nach unter ihm. Ich rückte mich zurecht und sah ihn an. Er trug einen safranfarbenen Kaschmirpullover. Dass es Kaschmir war, erkannte ich an den weichen Umrissen der drei Löcher auf seiner Brust, aus denen sein weißes Hemd leuchtete. Er trug diese Löcher wie Orden und schien auf eine Bemerkung von mir zu warten.

All die anderen Männer, die ich sehen konnte – und es waren viele, die in kleinen Gruppen, ihre Gläser in der Hand, zwischen den helleren Frauengestalten herumstanden –, trugen Anzüge, meist dunkle, dazu Krawatten und blanke Schuhe.

Als ich nichts sagte, trank er aus seinem Glas, und auch ich trank aus meinem Glas und gähnte. So schauten wir eine Weile den Leuten zu, die in dem großen, matt erleuchteten Raum, zwischen den Blumensträußen und den locker verteilten Thonetstühlchen auf dem blanken Parkett herumgingen, sprachen und lachten. Mein Nachbar wippte mit dem Bein, das konnte ich spüren, er rauchte Gauloises und stieß zwei symmetrische Rauchsäulen aus seiner Nase.

»Ich möchte wissen, warum es sich Frauen, wenn sie anfangen, alt zu werden, nicht nehmen lassen, tiefe Ausschnitte zu tragen«, sagte er, ohne mich anzusehen, und lehnte sich zurück. »Sehen Sie nur, diese Oberarme, gestautes Fleisch, diese runden Rückenlinien vom Nacken zum Steiß, diese Furchen, die man nicht verdecken kann mit Kettchentand und Perlen …«

Ich schaute zu ihm hinüber und sah, dass er um die vierzig war. Haare, die sich an den Kopf schmiegten, ein feiner, etwas schmaler Mund, empfindsam und beweglich, eine alltägliche Nase.

Er drehte sich mit einem Ruck mir zu und musterte mich, wie man jemanden über eine Brille mustert, aber er trug keine Brille.

»Sie langweilen sich«, sagte er. »Ich habe Sie von der Terrasse her gähnen sehen, wie eine Hyäne.« Ich lachte.

»Ich bin gekommen, um Ihnen eine Geschichte zu erzählen … Wenn Sie wollen.«

Ich kaute noch an seinem gehässigen Satz über die Frauen und arbeitete an einer Erwiderung, aber er hatte Recht damit, dass ich mich langweilte, und ich beschloss, mir seine Geschichte anzuhören und ihn womöglich anhand dieser Geschichte zurechtzuweisen. Ich nahm mir vor, seine Geschichte nicht zu mögen, auch er gefiel mir nicht, aber ich versprach mir ein gewisses Vergnügen davon, ihm zuzuhören.

Er goss Wein in mein Glas, und ich lehnte mich zurück und versuchte, nicht allzu neugierig auszusehen. Das fiel mir nicht schwer.

»Sie ist mir zugelaufen …«, sagte er und schaute in sein Glas. »Sie hat bei mir geklingelt, am Morgen, noch früh, ich war gerade aufgestanden und, na eben … Ich mache auf, sie steht da, wird rot, und die Tränen schießen ihr in die Augen, und sie ist so verlegen wie …, also, ich hatte ganz vergessen, wie verlegen man sein kann in diesem Alter. Eine Studentin von mir, was weiß ich, aus Ingolstadt oder Memmingen … aufgefallen war sie mir jedenfalls nicht, vorher. Wir hatten Semesteranfang. Ich war gerade dreiundvierzig geworden, ja, zwei Jahre ist es her.«

Er legte den Finger an sein Kinn, und ich konnte sehen, dass er gewohnt war zu sprechen und gewohnt, die Pause richtig einzulegen. Er forschte in meinem Gesicht. »Nein, es ist nicht die übliche Geschichte«, sagte er. »Es war Sommer, und meine Frau und die Kinder …« Ich lachte und schaute ihm dabei in die Augen.

»Ihre Frau war verreist mit den Kindern«, sagte ich, »und Marilyn Monroe stellt sich über den U-Bahn-Schacht und … Wie hieß der Film?«

»Halt!«, rief er und schüttelte den Kopf. »Entweder Sie lassen mich Ihre tierische Langeweile verscheuchen, wie ich es möchte, aber dann unterbrechen Sie mich nicht, oder wir gähnen eine Weile zusammen hier und halten den Mund.«

Das war nicht schlecht gesagt, und ich hob die Hände und lächelte. Er war keineswegs aus dem Konzept gekommen, hatte nichts anderes erwartet, machte die Augen schmal und hob das Kinn.

»Wo war ich? Also. Sie hat von nichts ’ne Ahnung. Sie hat … Alles bringe ich ihr bei, wie man Spaghetti isst, wie man Wein aussucht, wie man in der Bibliothek das findet, was man braucht, alles, wie man Kaffee macht, Espresso … alles. Und es ist Sommer und heiß, und wir liegen in meinem Bett, und ich zeig ihr auch dort, was ich weiß; nicht, dass ich ein besonderer Erotomane wäre oder so, nein, es gibt aber doch im Bett auch so etwas wie Manieren …« Er warf mir einen Blick zu, und ich schwor mir, ihn später noch einmal zu fragen, was er damit meinte, aber er sprach weiter.

»Wohlgemerkt, ich habe sie nicht belogen, und sie weiß, dass ich eine Frau habe, mit der ich wunderbar auskomme, eine verschwisterte Seele von Frau, ich bin ganz offen zu ihr …, aber sie, sie bildet sich ein, mich zu lieben. Natürlich weiß ich das einzuschätzen, sie muss glauben, mich zu lieben, sonst würde Memmingen Amok laufen in ihrem Köpfchen … Und dann, ein Dozent, ein älterer, erfahrener Mann, einer, der zu leben weiß, der in Paris war, in Amsterdam … Wohlgemerkt, ich lass das nicht raushängen, nichts lass ich raushängen, man hat ja immer den anderen, der lacht und sagt, na, hast du das nötig, vor diesem lieblichen Kind? Aber sie glaubt, sie liebt mich wie von Sinnen und ich, ich …, also, man muss ja an den Irrsinn des anderen glauben bei der Liebe, sonst kann man ja nicht mit, man bleibt ja zurück. Nennen wir's so, ich mache mit und glaube ihr das, und sie wirft sich so richtig rein und sagt, sie kann nicht sein ohne mich und sagt so Sachen wie: Ich soll sie zeichnen für immer, als mein Eigentum, mit meiner Zigarette, ich bitte Sie.

Und sie ruft an und sagt, sie muss jetzt kommen, sonst krepiert sie oder bringt mich um, oder was weiß ich, und wenn wir zusammen sind, wenn wir uns … lieben, Carezza und alles, denk ich, sie wird verrückt unter mir, über mir, neben mir, und sie, also … sie sagt stundenlang nur ›ich liebe dich, liebe dich, liebe dich‹. Sie singt das vor sich hin, bis sie heiser ist, und sie weint und …, ja, das klingt jetzt so, wenn ich das so sage, als … Also schade, dass man so was nicht besser beschreiben kann, aber für so was fehlen uns eben die Worte, im Deutschen schon überhaupt.«

Ich sah zu, wie er uns Wein nachgoss, seine Hände unruhig und fahrig. Ich schaute ihm ins Gesicht und versuchte ihn mit den Augen jener Frau zu betrachten. Er erriet das sofort und lächelte, seine Eckzähne waren kräftig, glitzerten sekundenlang und gaben seinem Gesicht eine Unberechenbarkeit, die ihm nicht schlecht stand.

Ich konnte sehen, dass er zufrieden war mit seiner Zuhörerin und es nun wagte, etwas poetischer zu werden.

»Stellen Sie sich vor: eine große Welle, haushoch, eine Welle mit einer Krone aus schneeweißer Gischt. Nein, denken Sie nicht an die Hokusai-Welle, denken Sie, warten Sie mal, an Breughel oder von mir aus an Böcklin – sehen Sie die Welle? Geschwindigkeit, Kraft, blinde Energie, und sie rast auf den Strand zu, man sieht, wie sie den Sand emporsaugt, die Steine freilegt, und ich oben, die Welle kann jede Sekunde kippen und sich in einen Strudel verwandeln, einen riesigen tosenden Weltuntergang, aus Gischt und Salzwasser, der einen auf den Sand klatscht wie ein Häufchen Plasma …« Er prüfte meine Aufmerksamkeit und zündete sich eine Zigarette an.

»Also, Sie waren nicht mehr unbeteiligt«, sagte ich.

»Ja und nein«, sagte er. »Die Welle ist ein Bild … war ihr Bild, nicht, dass sie das sagte, aber sie brachte das mit, und ich musste einsteigen darauf, verstehen Sie, und ich musste es glauben, sonst wären wir nicht zusammengekommen. Ich wusste, dass es ein Bild war, und doch ließ ich mich darauf ein, dachte erst, ich tu mal so, als glaubte ich's, tauche ein, komme wieder raus, ganz, wie ich's brauche, aber dann …, also, ich hatte Augenblicke von großem Schmerz, nicht, weil ich liebte, sondern weil ich glaubte, nie wieder wird dich eine Frau so lieben.«

Jetzt war er zu weit gegangen. Er drückte die Zigarette viel zu fest in dem Aschenbecher aus, sie war erst halb geraucht.

»Also, es wurde mir zu heiß …« Seine Stimme hatte sich verändert. »Und ich rede mit Pilsner, sie hat Archäologie im Nebenfach, und Pilsner will diese Exkursion machen in die Türkei, und er hat schon genug Leute beisammen, und sie, sie will nicht mit, und ich überrede Pilsner und mache mich lästig und unangenehm bei ihm und überrede ihn und zwinge sie, zwinge sie praktisch mitzufahren, und sie fährt.«

Ein Mann mit grauem Haar neigte sich über ihn und sprach ihn leise an. Er stand auf, steckte die Hände in die Hosentaschen, und sie flüsterten eine Zeit lang miteinander. Ich hörte ihnen nicht zu, sondern versuchte, das Ende der Geschichte zu erraten, ließ seine Frau zurückkommen, ließ das Mädchen schwanger sein, ließ sie von einer Steinmauer fallen in der Türkei.

Er berührte meine Hand und setzte sich neben mich, etwas atemlos, als sei er gelaufen.

»Sie kommt zurück. Ich treffe mich mit ihr im Café, ich will das so, ich will sie nicht mehr in der Wohnung, und da sitzt sie und isst ihr Eis und lacht, und sie spricht so merkwürdig, nicht, wie sie vorher gesprochen hat, wie ich spreche, sondern so, als mache sie auf jugendlich, aber sie ist jung. Sie ist zwanzig, und so reden die eben …, und ich, es gelingt mir, diesen Abstand zu fühlen zwischen uns, den man manchmal fühlt, das hat nichts mit Alter zu tun, der Abstand, der sich auftut, auch manchmal in ganz innigen Beziehungen, und je nachdem genießt man ihn, oder er macht einem Angst. Und ich genieße ihn. Und sie erzählt mir von der Türkei, und so unheimlich detailliert, und dazwischen, ohne dass sie das dialektisch heraushebt, sagt sie mir, dass sie … Also Pilsner hat da diesen türkischen Assistenten Oguz, ein guter Mann, ganz jung und so einer, der Gedichte macht und Lieder weiß und trotzdem schon geschrieben hat über die Figur der Harpie auf Trinkgefäßen der Spätklassik, glaube ich, und noch einiges. Pilsner fördert ihn, wo er kann. Und jetzt ist sie mit dem, sagt sie, und sie fährt mir ins Haar. Ich hasse das, und ich denke an die Haare von Oguz, der hat viele Haare, Locken, einen Kopf voll – unnatürlich. Sie würde mit mir nach Hause gehen, sagt sie, wenn ich will, aber ich will nicht, und da steht sie auf und geht weg, und ich sehe ihre braunen Beine … Was sagt Updike: ›the columnar legs of the very young‹.«

Eine Weile starrte er vor sich hin und schaute ihr nach. Ich störte ihn nicht dabei. Ich goss Wein in sein Glas, er merkte es nicht.

»Mir, mir zittern die Knie, wörtlich! Ich sitze da oder nein, ich stehe, und ich merke, wie mir die Knie zittern, und ich merke, wie sich in meiner Brust etwas öffnet, wie eine gespannte Feder, die ich nur mit Mühe hindere, auseinander zu schnellen, und … ich kriege keine Luft mehr. Also alle klassischen Symptome, von denen man liest und weiß, das steht da und ist ein Symbol für was, so wie die Sterne, die man angeblich sieht, wenn man sich den Kopf stößt ... Aber ich erlebe das jetzt an mir. Und es geht weiter, ich kann nicht mehr schlafen und nicht mehr essen und nicht mehr scheißen, von Wichsen ganz zu schweigen, und ich, also ich habe so was noch nie gehabt, und erst denke ich, es geht vorüber, und nachts heule ich wie ein Klageweib, und auch am Tag sitzt mir das Wasser immer in der Kehle, und ich verkrieche mich, an Lesen ist nicht zu denken, und ich muss glauben, ich werde jetzt verrückt, wenn ich mich nicht unter Kontrolle kriege. Wohlgemerkt, sie war nicht die erste Liebelei, und nie hatte es ein Drama gegeben. Ich verschone Sie mit dem, was ich alles denke, mir vorstelle und was ich alles anstelle in der Wohnung. Ich werde zum Troglodyten, es fehlt nur noch, dass ich Blutopfer bringe oder mir das Haar schere und mich in Asche wälze. Aber nichts wird besser.«

Er sah mich an. »Dazu muss ich sagen, dass diese Sommerlieben immer kurzlebig geplant wurden von mir und dass ich immer erleichtert war, wenn sie zu Ende gingen ohne irgendwelche psychologischen Schwierigkeiten oder großen seelischen Aufwand, und dass es mir ganz recht war, wenn die Mädchen es waren, die sie beendeten; ich hatte meine Methoden, sie praktisch dazu zu bringen. Also, sie geht weg, ich sehe sie weggehen, und ich nehme den Zug und fahre zu meiner ersten, zu meiner allerersten Freundin nach Koblenz, ich weiß nicht, warum, aber da muss ich hin, und sie ist nett und lieb, und ›erzähle Mathilde nichts‹, sagt sie, und sie lässt mich bei sich im Bett schlafen, und das kann man auch unbedenklich tun, denn bei mir rührt sich nichts, und ich denke, es rührt sich nie mehr was.«

Er senkte den Kopf und kicherte leise, warf mir dann einen Blick aus den Augenwinkeln zu, um mich wissen zu lassen, wie abwegig dieser Gedanke ihm heute erschien. Aber gleich war er wieder ernst, trommelte mit den Nägeln auf seiner Gauloisesschachtel einen kleinen Wirbel und sagte: »Ich liege neben der Frau im Bett, in Koblenz, und höre den Zug pfeifen und höre die Wasserspülung der Toilette röcheln über uns, und ich weiß, er ist da, im Zimmer, der dunkle eisige Schatten, der Schatten, der einem, wenn er auf einen fällt, das Blut gefriert, der uns erstarren lässt, wenn er uns nur streift, mit Salz auf der Zunge und Blei auf den Lidern, und ich höre den Zug pfeifen und kann nichts Angenehmes denken dabei wie sonst, wie als Kind, wenn man sich rennen sieht und aufspringen sieht auf den Zug, und hin und fort geht die Reise ans Ende der Welt ... Ich denke an das, was Benn geschrieben hat – in seinem Gedicht, in dieser Aufzählung –, was schlimm ist: ›Nachts auf Reisen Wellen schlagen hören und sich sagen, dass sie das immer tun.‹«

Den letzten Satz sagte er leise und horchte ihm nach. Er war ein guter Deklamierer und kannte sein Instrumentarium. Er beugte sich zu mir und sah mir ins Gesicht, forschend, als habe er mich überanstrengt oder gekränkt.

»Haben Sie sie wiedergesehen?«, fragte ich. Er winkte ab. »Ja, im Herbst, Mathilde kam zurück mit den Kindern, und dann ging das Semester los, und ich hab sie gesehen.«

»Und?«

»Nichts, nichts. Ich habe sie gesehen, so ein junges freundliches Mädchen aus Ingolstadt oder Memmingen oder so, eines, wie es viele gibt, nur vielleicht ein bisschen provinzieller als die andern – sonst nichts.«

Ich schaute ihn an und überlegte, ob ich ihn jetzt der Selbsttäuschung überführen sollte oder der Verdrängung oder ob er einfach nur log. Aber er log nicht.

»Das ist die Geschichte«, sagte er. Er sah zufrieden aus. »Da drüben, die mit dem gelben Kleid, das ist Mathilde.«

Mathilde hatte kurz geschnittene Haare und weiße Haut und biss eben in ein Brötchen, während sie zwei Herren zuhörte, die mit glitzernden Brillen und erhobenen Zeigefingern in einen Disput verwickelt schienen.

»Es gibt was zu essen«, sagte ich.

Die Gastgeberin blieb vor uns stehen und fragte meinen Nachbarn, ob es ihm gut ginge, er sei so still heute Abend, und mir legte sie die Hand auf die Schulter und lächelte.

»Arme Carola«, sagte er, als sie weiterging. »Sie wird nicht fertig damit. Eine Frau wie ein Schwan ist sie mal gewesen. Die ganze Fakultät war verrückt nach ihr. Ein Profil – Venus am Abendhimmel.« Er schaute mich an und lächelte träumerisch.

»Ihr seid stärker als wir, zugegeben«, sagte er, »aber das müsst ihr auch. Auf euch wartet der Zerfall des Fleisches, wie schreibt Graham Green: ›She was in her cruelest fiftys.‹ War kein schöner Mann, Graham Green, aber eben ein Mann. O ja, wir altern auch, der irdische Anzug, den wir tragen, ist vergänglich, aber für uns ist es einfacher, unmerklich und eigentlich kein Thema – nie gewesen. Wir müssen nicht mitten im Leben übergehen in ein anderes Stadium des Ichs – und das, wohlgemerkt, ohne zugeben zu dürfen, wie grausam das ist.«

Das Gesicht, das er jetzt machte, stand ihm nicht. Sein Mund fest geschlossen, ein Strich, der sich unmerklich an beiden Enden nach unten senkte. Sein eingezogenes Kinn staute die Haut an seinem Hals, seine flache Hand betastete sein Haar an der Schläfe.

Ein junges Mädchen mit einem Tablett, auf dem winzige Semmelchen mit Schinken und Lachsröllchen lagen, schob sich heran, lächelte und knickste.

Er wählte sehr sorgfältig zwei Lachsbrötchen aus, und auch ich nahm zwei davon.

Der Mann im Mond

Sie pflückte ihn von der Theke, griff nach seiner Hand, als sie an ihm vorbeidrängte, und zog ihn mit sich fort. Wie sie erwartet hatte, widersetzte er sich nicht. Draußen auf dem dunklen Fußweg drehte sie sich nach ihm um und lächelte, seine Hand in ihrer Hand.

»Ja?« Er schien weniger betrunken, als sie geglaubt hatte, und einen Augenblick lang hatte Frau Larsky das Gefühl, als würde nicht alles so glatt gehen wie gewohnt. Sie schwang seine Hand hin und her, wie man es bei Kindern tut, und sagte leise: »Alles bezahlt … Keine Sorge. Sechs Bier und zwei Schnäpse, stimmt's?«

Er schüttelte den Kopf, dass seine glatten hellen Haare ihm ins Gesicht fielen. Die Haare blond, sauber und lange nicht geschnitten, waren ihr als Erstes aufgefallen. Er mochte um die zwanzig sein, mager und linkisch, auch das hatte ihr gefallen. Seine Hände sahen kräftig aus und geschickt. Hände waren so wichtig.

Frau Larsky hatte sein Kopfschütteln richtig gedeutet, es war keine Absage, sondern eine Geste der Verwirrung, noch immer hielt sie seine Hand. Sie wählte den nächsten Satz mit Bedacht. »Ich habe Lust auf eine Dusche, kaltes Bier, ein Stück Käse und ein frisch bezogenes Bett«, sagte sie.

Der junge Mann sah sie an, und sie glaubte schon, er werde sich losmachen, aber er senkte den Kopf und betrachtete seine Füße. Sie ließ seine Hand los und trat einen Schritt zurück.

»Ich bin die Ilona«, sagte sie, und ihre Stimme klang so munter, als stünde sie noch wie früher am Beckenrand, und vor ihr aufgereiht wartete eine Mannschaft dicker Frauen in Badeanzügen und Gummimützen auf ihre Anweisungen zum Frühsport. »Meine Sachen«, er schien beklommen, zögerte, wandte sich dann um und ließ sie stehen. Halb erwartete Frau Larsky, dass er nicht mehr zum Vorschein kommen würde durch die Tür der Bar, an der sich um diese Stunde Leute drängten und Motorräder geparkt wurden. Sie lehnte sich an die kleine Mauer am Rand des Weges, und der warme Wind, der vom Meer heraufkam, bauschte ihre Bluse auf und hob ihre Haare.

Er kam auf sie zu und trug seinen kleinen Rucksack an die Brust gedrückt. Sie wusste von Angelo, dem Wirt, dass es nicht viel gab in diesem schwarzen Beutel. Zahnbürste, Kamm, Pullover, Unterhosen und ein paar Bücher, einen Pass und eine leere Geldtasche. Sie konnte sich all das gut vorstellen, ausgekippt auf dem Marmortisch in ihrer Küche.

»Ich bin nicht das, was Sie denken«, sagte er, und sie unterdrückte den Wunsch, ihm über den Kopf zu streichen, nicht mütterlich, sondern neckend.

»Was denke ich denn?«, fragte sie und lachte leise. Aber er machte eine unbestimmte Geste mit der Hand, halb hilflos, halb verlegen, und dann lächelte er scheu, so schien es ihr, und gleichzeitig kokett. So lächelt ein hübsches Kind, wenn man es bei einer Unart ertappt, wohl wissend, dass man ihm nicht zürnen kann. Sie waren schon an der Friedhofsmauer, und Frau Larsky schritt aus und summte ein kleines Lied vor sich hin.

»Nennen Sie mich Nick«, sagte ihr Begleiter und stolperte über die Steine, die aus dem Weg ragten.

»Vorsicht, Nick«, sie fasste seinen kühlen Ellbogen, und er machte sich los und blieb ein paar Schritte hinter ihr zurück. Leicht wird es nicht, dachte sie, vielleicht ist er zu jung. Als sie selbst noch jung war, hatten sie die jungen Männer nie interessiert. Sie hatte sie langweilig gefunden und selbstverliebt, immer wollten sie über den Sinn des Lebens sprechen, über ihre Studien und Arbeitserfolge. Nun, das wollten sie noch immer, aber sie hatte gelernt, ihnen nur mit halbem Ohr zuzuhören, wenn sie davon anfingen. Frau Larsky hatte in ihrem langen Leben viele Männer kennen gelernt und wusste, dass sie entweder schwiegen und in Ruhe gelassen werden wollten oder sprachen – und wenn sie sprachen, dann sprachen sie viel. Zuhören jedoch mochten sie selten, und nur dann, wenn es um sie selbst ging.

Zu Hause sperrte sie auf, ohne ein Wort zu sagen, öffnete die Tür zum Gästezimmer mit fröhlichem Schwung und wies mit der flachen, ausgestreckten Hand auf das angrenzende Bad. »Bier und Käse sind im Kühlschrank«, sagte sie. »Handtücher liegen auf der Kiste und ... gesunden Schlaf wünsche ich.«

Jetzt hätte er sagen können, er wolle noch ein wenig plaudern, aber er saß schon auf dem Bett und zog die ledernen Sandalen aus.

»Sie sind ein Engel«, sagte er. Frau Larsky lächelte engelhaft und schloss die Tür. Langsam stieg sie die Treppe hinauf zu ihrem Schlafzimmer. Sie war eine Frau mit Geduld und Einfühlungsvermögen, das hatte Tito immer gesagt, und wenigstens damit hatte er Recht gehabt. Tito hatte das Bett damals schnitzen lassen, es war ein hohes Bauernbett mit lasiertem Holzrahmen und schwer wie ein Boot. Die Leinenlaken von damals waren längst zerschlissen, und von den Blumengirlanden am Kopfende des Bettgestells schuppte die Farbe ab. »Immer wenn ich an dich denke, wirst du in diesem Bett liegen«, hatte er gesagt. »Sieh zu, dass die Termiten nicht reingehen, Illi.« Das war ein Scherz gewesen, und natürlich kam er nie zurück, um nachzusehen, ob die Bettpfosten noch in den Schälchen mit Petroleum standen, wie er es angeordnet hatte. Frau Larsky hatte es gewusst. Nun lag sie in seinen Gedanken wohl immer noch unter der Blumengirlande, eine junge Frau mit auf dem Kissen ausgebreiteten dunklen Haaren, die nach Kamillenshampoo rochen. Sie lächelte, sie wusste, dass Tito nicht mehr an sie dachte, wo immer er auch sein mochte. Auch er war nicht mehr der junge Mann mit dem runden mächtigen Kinn, der ragenden Nase und den dichten, rötlich hellen Wimpern. Sie gab ihm eine braun gefleckte Glatze, einen kleinen runden Bauch und Krampfadern an die langen sehnigen Waden. Das Drehbuch zu seinem Film »Alcantara« hatte er hier auf der Insel geschrieben. Sie hatte den Film gesehen, viele Jahre später und zufällig auf einer Reise im Bahnhofskino einer großen Stadt. Er hatte sie alle verwendet, die Geschichten, die sie ihm mit nach Hause gebracht hatte, vom Krämer, vom Besuch bei der alten kranken Nachbarin. Von der Frau, die nur noch die Perücken trug, die ihr Sohn ihr aus Amerika schickte, und damit im Bett saß und das ganze Dorf empfing, die Geschenke ihres Sohnes um sich her ausgebreitet wie Grabbeigaben. Von der Wirtsfrau, die sich mit dem Ladeninhaber in den Ruinen traf und die dann ein Kind mit einem Wolfsrachen bekam.

Später hatte er seinen großen Erfolg gehabt, mit »Persimone oder das Licht der Kindheit«. Frau Larsky hatte sich den Film nicht angesehen. Das war der Winter gewesen, in dem die Mole vom Sturm abgerissen wurde und fast alle Boote ins Meer hinaustrieben. Frau Larsky hatte mit eigenen Augen gewaltige Steinbrocken über die Betonplatten des Hafens tanzen sehen, als wären sie leicht wie Heusäcke. In diesem Winter hatte es nur noch Sardinen und Tomaten in Dosen gegeben auf der Insel, und der Finne, der bei Frau Larsky untergekommen war, hatte sich als unfähig erwiesen, den gusseisernen Ofen zu reparieren, der einen Riss neben dem Rohr hatte, aus dem es rauchte.

Frau Larsky stieg in das hohe Bett und zog das Laken über sich. Tito las neben ihr in einem Buch, sein Profil war schwerer geworden, fleischiger, und seine rote Haut glänzte, sein Mund ein wenig bitter um die Mundwinkel, seine Nase ein wenig bläulich um die Nasenflügel. Hellhäutige Männer altern nicht gerade vorteilhaft, dachte Frau Larsky und streckte sich, um das Licht auszumachen. In den letzten Jahren hatte man nichts mehr über ihn gelesen, vielleicht war er tot. Frau Larsky lächelte. Tito lebte noch, sie fühlte es, und wo er auch sein mochte, gerade jetzt, in diesem Augenblick wünschte Frau Larsky ihm das Schlimmste.

Die Espressomaschine hatte Nick gefunden und auch den Kaffee. Sie konnte es riechen. Später sah sie ihn im Hof sitzen, vor sich zwei kleine Tassen – eine für sie. Der Morgen war nicht ihre beste Zeit, das wusste sie seit Jahren, und so trat sie ans Fenster, den Arm über die Augen gelegt, und rief hinunter, sie wolle noch ein wenig schlafen und ob er, ihr Gast, sich nicht die Tiefkühltruhe ansehen könne, die habe ihr Schwierigkeiten gemacht in letzter Zeit, Wasser liefe aus, ärgerlich. Er lächelte und stand sofort auf.

»Ich habe wunderbar geschlafen«, rief er. Frau Larsky, ungeduldig, erklärte ihm, wo er das Werkzeug finden könne. Angelo, der Wirt, hatte ihr erzählt, der Junge verstehe etwas von elektrischen Geräten und habe in kürzester Zeit seinen Drehspieß repariert.

Am frühen Nachmittag ließ es sich nicht länger aufschieben, und Frau Larsky machte sich bereit für ihren Auftritt. Es war wichtig, die Haare, wild und doch gebändigt, um ihr Gesicht zu locken, das Kleid musste lose sein, dünn und anschmiegsam, die Oberarme bedeckt, die Beine entblößt. Frau Larsky war zu stolz, um sich hinter einer Sonnenbrille zu verstecken, sie schminkte sich die Augen, nicht aber den Mund, der groß war und großzügig, wie sie fand, und noch immer schön gewölbt und rot. Sie wusste, es war wichtig, wie er sie zum ersten Mal sah, gestern in der Dunkelheit hatte er sie nicht wirklich ansehen können, dazu hatte er auch zu viel getrunken. Frau Larsky hoffte keineswegs auf Bewunderung oder dergleichen. Sie wollte geheimnisvoll wirken und so, als kümmere sie ihr Aussehen wenig. Eine interessante, eigenartige Frau mit seltsamen Marotten, eine

Frau, die näher kennen zu lernen es sich lohnte, vor allem, wenn man noch nicht viel vom Leben wusste, ohne einen Pfennig auf einer Insel im Ausland festsaß und seit drei Tagen in Angelos Lagerschuppen schlief.

Ihr weißes Kleid leuchtete in der dämmrigen Küche, und als der junge Mann hereintrat, um seine ölverschmierten Hände zu waschen, blieb er stehen und glotzte sie an.

»Ich habe auch die Wasserpumpe hochgezogen, da hing ein Ventil lose«, sagte er. Frau Larsky lächelte und schenkte ihm ein Glas Wein ein. Er setzte sich an den Tisch.

»Ich koch uns jetzt was Gutes«, sagte sie und legte ihre kleine kühle Hand auf seine sommersprossige Schulter.

»Ja«, sagte er, und als sie ihm mit den Fingern in das Haar im Nacken fuhr, lehnte er den Kopf an ihre Hand und warf ihr einen so zutraulichen Blick zu, dass sie die Hand zurückzog.

Er gehörte zu den Schweigern. Er aß viel und hatte Manieren. Er schenkte Wein nach, machte Kaffee, schälte die Pfirsiche. Er erzählte nicht viel von sich und fragte nicht viel, weder über die Insel noch über das Haus. Er war als Matrose auf einer Yacht gekommen, aber es hatte Unstimmigkeiten mit dem Besitzer gegeben. Das war auf einer anderen Insel gewesen. Als Frau Larsky ihn fragte, ob er Seemann sei, lachte er. Nein, das wäre seine erste Seereise gewesen, er habe aber einiges gelernt.

Nachmittags in ihrem Bett dachte Frau Larsky mit einer gewissen Rührung an den jungen Mann. Er glaubte, er habe eine gute Frau gefunden, die ihn aus Menschenliebe bei sich aufgenommen habe. Seine kräftigen Beine mit den hellen

Härchen steckte er unter den Marmortisch, voll Vertrauen wie ein großer Hund seine Pfoten. Wenn er lachte, runzelte er die Nase und entblößte das Zahnfleisch über seinen kräftigen Zähnen. Wenn er Sprudel trank, röteten sich seine Augen, und er unterdrückte mit angezogenem Kinn einen Rülpser. Er roch nach rohen Kartoffeln und Milch.

Drunten im Garten sah sie ihn über das Beet mit Küchenkräutern gebeugt. Er trug den alten Strohhut, den Tito zurückgelassen hatte. Er war fleißig, aber das waren sie alle in den ersten Tagen. Frau Larsky drängte Tito weg, der sich, den Strohhut in den Nacken geschoben, zu ihr neigte und Ezra Pound rezitierte. Für den Abend hatte der Metzger ein Zicklein gebracht, sie würde es schmoren, in Thymian und Wein.

Sie küsste ihn zuerst auf den Hals, dann auf die Mundwinkel, dann auf die Schläfen. Er saß neben ihr auf dem Bett und hatte die Arme um sie gelegt, aber er hielt sie nicht fest. Sie schob ihre Hand unter sein Hemd und streichelte seine Brust. Sie roch den Wein in seinem Atem und leckte an seiner Lippe. Sie legte seine Hand an ihre Wange und sah ihn an. Er saß da mit geschlossenen Augen. Sehr ernst, sehr still.

»Komm ins Bett«, flüsterte sie, und er stand gehorsam auf und zog sich aus. Sie band den Gürtel auf, stieg aus dem Kleid und schlüpfte ins Bett.

»Ich kann nicht«, sagte er. Er hob seine Kleider auf, fasste seine Sandalen und ging zur Tür, ohne sich umzusehen. Er hat einen Hintern wie zwei frische Knoblauchzehen, dachte Frau Larsky und dehnte sich in den kühlen Laken.

»Hab keine Angst!«, rief sie. »Wir wollen nur kuscheln.«

Er blieb an der Tür stehen und sah sie an.

Frau Larsky fragte sich, warum sie sich solche Mühe machte mit diesem störrischen jungen Elch. Seine Haare standen über der Stirn vom Kopf ab wie zwei ungleiche Schaufeln.

»Ich hole noch mein Weinglas«, sagte er schüchtern und ließ die Kleider fallen.

Später, als er neben ihr auf dem Kissen lag unter der Blumengirlande, musste sich Frau Larsky keine große Mühe mehr geben. Nicht, dass er leidenschaftlich gewesen wäre oder gar erfindungsreich. Er hielt die Augen geschlossen wie ein Fräulein, und seine Küsse hatten nichts Überschwängliches oder Freigebiges, aber der Rest von ihm, den er Frau Larskys Händen überließ, ihrer Zunge, ihrem Schoß, sprach eine andere Sprache, kam ihr entgegen, erwartete ihre Liebkosungen, zeigte sich überraschend willig und ausdauernd.

»Wenn ich dich je mit einem anderen Mann erwische, schneid ich ihm die Eier ab«, sagte Tito. Er schielte vor Erregung, das hatte er immer getan dabei, und wie sie ihn geliebt hatte, diesen Blick und seine atemlosen Drohungen und Schwüre, wenn sie sich umklammert hielten. Ihr Bettgefährte war eingeschlafen, und sie streckte ihre Hand hinüber und legte sie schützend auf die Stelle, die Tito mit seinem Messer bedrohte. »Sieh mal an«, flüsterte sie nach einer Weile und rollte sich behutsam an ihn heran.

Tito lag mit der Hauptdarstellerin seines Films auf der Pritsche in seinem Trailer und atmete schwer.

»Du bist mir zu alt«, lispelte das Mädchen. »Mit dir ist nichts mehr los.«

Natürlich hörte die Gefriertruhe am nächsten Tag auf zu

kühlen. Die Pumpe lief weiter, aber hatte sie das nicht vorher auch getan? Frau Larsky war an derlei gewöhnt, ungelernte Handwerker eben. Was sollte man tun? Aber sie war es ihrer Selbstachtung schuldig, eine Gegenleistung zu fordern für Tisch und Bett, das war ein ehernes Gesetz, mit Bett meinte sie das Bett im Gästezimmer, nicht das ihre mit dem angenehm lastenden Baldachin gegen die Mücken, den Kissen, in die sie Rosenblätter füllte und Lavendelsäckchen je nach Jahreszeit. Was dort geschah, war ein Geschenk und ging auf Kosten des Hauses.

Sie setzte den jungen Mann auf die Steinmauer hinter dem Gemüsebeet an und sah ihn vom Fenster aus Steine schleppen und Sand mischen. Er wirkte fröhlich dabei, und das gefiel ihr. Sie lieferte das Ihre, freundlich und ohne Kleinlichkeiten, und ihre Gäste waren umso willkommener, je fröhlicher sie sich in ihre Pflichten schickten. Sie schnitt Kräuter für das Mittagessen und legte die Hühnerbeinchen in Knoblauchöl, der Junge war kein schlechter Griff gewesen. Er war so ernsthaft und unbefangen in allem, was er tat. Er roch an dem Büschel Thymian, das sie ihm hinhielt, und nickte mit halb geschlossenen Augen. Sein Mund: ein großer Mund, hellbraun, anmutig, gewölbte Oberlippe über einer Unterlippe, die ein wenig vorsprang und seinem Gesicht einen erstaunten Zug gab. Seine Lippen schlossen sich um das Röhrchen, das in seinem Limonadeglas steckte – mit welchem Ungestüm er die Flüssigkeit einsaugte und dabei seufzend atmete vor Anstrengung. Seine Socken und Unterhosen hängte er ordentlich festgeklammert nebeneinander auf die Leine. »Ich wäre so gerne ein wenig unordentlich, aber ich kann es nicht«, sagte er.

Abends las er in den alten Zeitungen, die neben dem Kamin lagen, aufmerksam, als studiere er in philosophischen Schriften. Auf der Insel waren selten neue Zeitungen zu bekommen. Den Kamin hatte Tito mit dem Maurer von der Nachbarinsel gelegt. Er zog nicht richtig, war aber schön und herrschaftlich. Damals hatten sie beschlossen, für immer hier wohnen zu bleiben, und Tito wollte alles genauso haben, wie er es sich vorstellte. Das Haus hatte er auf ihren Namen eintragen lassen, eine Geste, die ihm später sicher Leid getan hatte. Sie hätte es verkaufen müssen, wenn nicht der alte Mann vom Festland gewesen wäre mit seinen von Gicht steifen Gliedern und seiner Freundschaft. Aber sie hatte im Augenblick keine Lust, sich an ihn zu erinnern, und sie entließ den Alten mit einer kleinen obligatorischen Dankesfloskel aus ihren Gedanken.

Vom Strand brachte Nick ihr Steine mit, Seesterne und rundgeschliffene Glasscherben und überreichte sie ihr mit ernstem Gesicht. Sie legte alles auf den Kaminsims.

»Du bist eine schöne Frau«, sagte er, und Frau Larsky wartete unruhig darauf, dass er ein »immer noch« hinzufügen würde, aber er schaute in sein Weinglas und entfernte eine kleine Unsauberkeit vom Rand. Nur nachts in ihrem Bett konnte sie ihn nicht zum Sprechen bringen, konnte ihn nicht überwältigen und hinreißen, wie sie es sich erträumte, er behielt seinen Kopf. Immer musste sie ihn verführen, überlisten und zurechtstreicheln, immer hatte sie das Gefühl, viel mehr zu geben als er. Aber das machte nichts und hatte, nüchtern betrachtet, auch seinen Reiz. Frau Larsky hatte Geduld und war viel zu umsichtig, um sich auf irgendwelche übertriebenen Vorstellungen einzulassen. Sie erlaubte ihm, manche Nacht in seinem eigenen Bett zu verbringen, ohne dass sie sich beleidigt fühlte. Sie hatte auch gelernt, dass er es nicht gut aufnahm, wenn sie ihn umarmte und herzte, irgendwo im Haus, zwischen Tür und Angel. Er war auch nicht für ihre nackten Füße zugänglich unterm Tisch oder für ihre neugierigen Finger, wenn er im Hof stand und sich mit Wasser übergoss.

In seinem Zimmer spannte er einen Strick und hängte daran alle möglichen Dinge auf, vertrocknete Kürbisgehäuse, eine mumifizierte Fledermaus und die gepressten Blätter der Schierlingsstauden von der Hauswand. Frau Larsky betrachtete diese Sammlung mit leisem Unbehagen. Sie fühlte, dass es ihr zu viel Freude bereitete, zuzusehen, wie er das Zimmer für sich einnahm. Er hatte sie um das alte Batiktuch aus der Truhe gebeten; das lag nun auf seinem Bett, er selbst hatte den Saum festgenäht. Nachts trank er Wasser aus der blauen Majolikaschale, die neben seinem Kopfkissen stand. Die war in seinem Rucksack gewesen.

Als im August die Hitze immer drückender wurde und am frühen Morgen Dunst vom Meer wie Rauch zwischen den Häusern hing, wusste Frau Larsky, dass es Zeit wurde, Nick auf die Reise zu schicken. Seine Zeit bei ihr war um, so hatte sie es immer gehalten. Aber sie unternahm nichts, um ihn fortzuschicken. Er, der behauptete, die Fähigkeit zu haben, Wasser zu finden, lief ganze Tage mit einer von ihm geschnittenen Wünschelrute durch Haus und Garten, und als er ihr erklärte, dass unter dem Abfallhaufen ein Brunnen gegraben werden sollte, ließ sie ihn gewähren. Manchmal beim Essen, wenn sie ihm von einer Yacht berichtete, auf der man

Hilfe benötigte, oder vom Metzger, der erzählt hatte, auf der Nachbarinsel suche man Leute zur Weinernte, wurden seine Augen schmal, und er betastete seine Haare über den Ohren, wie er es immer tat, wenn er nachdachte. Frau Larsky beobachtete ihn, ohne ihre Mahlzeit zu unterbrechen, und wartete auf eine Bewegung, die von ihm ausgehen musste und die Aufbruch bedeutete. Sie wusste wohl, dass sie erleichtert war, wenn er nach einer Weile Wein nachschenkte, umständlich eine Käserinde abschnitt, sich streckte und gähnte. All das deutete nicht auf den Drang hin, sie zu verlassen, sondern machte ihn erneut zu dem zerstreuten und zufriedenen Hausgenossen, an den sie sich zu gewöhnen begann. Das hatte sie nicht vorgehabt.

Das Erdloch neben der Mauer war schon so tief, dass sie, wenn er darin arbeitete, nichts sah als sein helles Haar, das die Sonne gebleicht hatte, und sie ertappte sich dabei, wie sie sich den Winter an seiner Seite vorstellte, die frühe Dunkelheit, den Geruch von schwelenden Mandelschalen und den Wind, der nachts an den Fensterläden rüttelte, wenn man im Bett lag, zusammengerollt und warm.

Sie beobachtete ihn in Angelos Kneipe, wenn er nach dem Essen vom Tisch aufstand, nicht ohne vorher ihre Schultern gestreichelt zu haben, und sich unter die jungen Männer an der Bar mischte, nicht wirklich aufgenommen unter ihnen, aber freundlich geduldet. Sie beobachtete ihn auch, wenn sich Rosana, die Tochter des Wirts, zu ihm über die Theke beugte und ihm ihren Ausschnitt hinhielt, mit baumelnden Goldkettchen, und wenn die gegerbten mageren Touristinnen in ihren kurzen Hosen an ihm vorbeischwänzelten, wie Giraffen auf dem Weg zum nächsten

Weidegrund. Er lächelte ihr zu über die Köpfe der Männer hinweg – er überragte alle –, sein helles Haar fing das Licht der Kerzen, und wenn sie gehen wollte, ging er mit ihr, ohne sich zu beklagen, und blieb geduldig stehen mit ihr auf dem Weg, um den Mond zu betrachten und sich anzuhören, was sie erfahren hatte von den Leuten im Ort, die sie kannten und die an ihren Tisch kamen, um mit ihr zu schwatzen.

Öfter als sonst betrachtete sich Frau Larsky jetzt im Spiegel und ließ sich vom Festland eine teure Creme mitbringen, von der ihre Freundin im Brief berichtet hatte. Sie zupfte die harten Härchen aus, die ab und zu auf ihrem Kinn wuchsen, das tränende Auge nahe am Spiegel. Sie tat dies alles nicht ohne eine leise Ironie und lächelte über ihre Anstrengungen, als beobachte sie ein junges Mädchen, das zum ersten Ball gehen will. Er bemerkte nichts von alledem, das tägliche Graben am Brunnenschacht machte ihn müde, und er saß wie ein Arbeiter im Unterhemd am Abendbrottisch und verlangte Bier statt Wein, um dann einzuschlafen, den Kopf auf die Brust gesenkt, die langen Beine von sich gestreckt. Frau Larsky weckte ihn zärtlich, und er schlief weiter neben ihr, Erdkrumen in den Haaren und die Hände vom Salbei gefärbt.

In all den Jahren hatte Frau Larsky ein Bild mit sich herum getragen, das sie verfolgte wie eine Vision. Sie sah sich unten an der Mole stehen, am Abend, wenn das wöchentliche Fährboot ankam. Sie stand unter den Männern, die Zimmer anzubieten hatten und Koffer tragen wollten, und sah zu, wie sich die Passagiere aus dem Schiffsleib schoben wie helle Würmer, ins Boot fielen und über die glasige Bläue der

Bucht herangerudert wurden, von Säcken und Kisten umgeben und unter den spöttischen Bemerkungen der Dorfleute. Sie sah Tito, er stieg aus dem Boot. Tito mit weißen Haaren und ohne Hut. Tito, der mit den Augen unter den Leuten nach ihr suchte, Augen, die müde waren und sehnsüchtig wie die eines alten Hundes.

Tito sprang auf die Mole, er trug einen Panamahut tief ins Gesicht gedrückt. Er tauschte ein paar Worte mit dem Fischer, der ihm seine Tasche reichte, lächelte. Sein heller Leinenanzug, verknittert, aber gut geschnitten, flatterte im Wind, er hielt seinen Hut fest und blickte den Serpentinenweg zum Dorf hinauf wie ein Herrscher auf sein Reich.

Frau Larsky setzte sich auf einen eisernen Poller und atmete tief. Sie sah sich nach Nick um, aber der stand drüben am Hafenbecken neben den angelnden Buben. Sein langer Hals gestreckt und seine Haare im Wind. Frau Larsky blickte nicht auf, als die kleine Gruppe von Ankömmlingen an ihr vorbeizog, und erst als Gaetano, der Mann, dem das Boot gehörte, sich zu ihr setzte und sagte, Signor Larsky sei gekommen, fing sie an zu begreifen, dass sie sich nichts eingebildet hatte. Sie nahm ihren Sonnenhut ab und sah den Trupp mit Gepäck beladener Menschen den Serpentinenweg hinaufkriechen. Larsky war der Erste, er schritt munter aus und trug seine Tasche geschultert. Als sie dem Zug folgte, merkte sie bald, dass er immer mehr zurückblieb, und am Ortseingang holte sie ihn ein.

Sie gingen eine Weile nebeneinander bergauf, ohne sich anzusehen, so, wie sie es sich gedacht hatte. Natürlich hatte er sie gesehen unten an der Mole und gab nun vor, sie nicht zu erkennen. Nach dem letzten steilen Stück stellte er die

Tasche ab und wandte sich ihr zu, die Brauen gehoben und ein verschmitztes Lächeln um die Lippen. Er hob ihr beide Hände entgegen, aber sein Körper blieb aufrecht, neigte sich nicht zu ihr.

»Tränen jetzt, Küsse später«, sagte er etwas atemlos. »Ich schwitze wie ein Kameltreiber.« Frau Larsky erkannte dies Lächeln mit leicht zusammengepressten Lippen, wie hätte sie es vergessen können. Er also hatte die Begrüßungsszene hier oben geplant, und sie lachte.

Er nahm seinen Hut ab und hielt ihn vor die Brust. »Sollte niederknien auf dem Weg und deine Knie umfangen«, sagte er, »aber Odysseus war ein junger Mann, als er heimkehrte, und ich habe seit einigen Jahren ein schlimmes Gelenk.« Seine Brauen waren buschiger geworden, und er hatte noch alle Haare auf dem Kopf. Aber jetzt, als er ihre Erwiderung erwartete, denn nun war sie dran, bemerkte Frau Larsky wohl, dass die Zeit nicht spurlos an Tito vorbeigegangen war. Die Haut unter seinen Augen war bräunlich und geschwollen, seine Zähne schienen länger und größer geworden zu sein, die Schultern abgesunken. Kein Bauch. Frau Larsky sah unten bei den Booten Nicks hellen Kopf zwischen den dunklen Köpfen der Buben. Sie lächelte und berührte Titos Brust mit dem Zeigefinger. Er schien zu dampfen vor Hitze, sie fühlte sich kühl und leicht.

»Und es warf des Lebens Welle
Larsky wieder an die Schwelle
wo er einstens fortgeschlendert
oh, wie hat er sich verändert«, sagte sie.

Er erkannte den Reim sofort, und die Erleichterung über dies Zugeständnis an ihre alten Zeiten spiegelte sich in seinem Gesicht. Er lachte, zeigte noch mehr lange Zähne und legte den Arm um Frau Larsky.

»Schleppen Sie mich nach Hause, Frau Larsky«, sagte er und seufzte. »Ich bin nicht mehr jung genug für solche Reisen.«

Seine dargebotene Hinfälligkeit wusste Frau Larsky wohl einzuschätzen, als er neben ihr ging durch die kleinen Gassen, immer bemüht, eine Nasenlänge voraus zu sein. Aber als er am Tisch saß, in ein buntes Tuch gewickelt, das sie ihm gegeben hatte, und mit nassen Haaren, die am Kopf klebten, sah er aus wie ein alter Missionar, den die Tropen zur Strecke gebracht haben, mit seiner Haut matt und aufgeweicht, gelblichen Augäpfeln und dem weißborstigen Kinn.

»Wie ich dich beneide, um all die Jahre hier ..., mit den Zikaden am Abend und dem Granatapfel vor dem Fenster. Wie groß er geworden ist ... Mein Gott, und ich habe mir die Haut abziehen lassen da draußen im Haifischbecken ...« Frau Larsky sagte nicht, dass sie den kleinen Baum vor ein paar Jahren gepflanzt hatte. Der Junge aus Jamaika hatte ihr geholfen, er war ein guter Gärtner gewesen, und sie dachte noch gerne an die scharfen Gerichte, die er gekocht hatte.

»Das Leben war freundlich zu dir.« Er griff nach ihrer Hand. Das war ein Kompliment und eine Bestechung zugleich. Frau Larsky raffte ihr Haar auf dem Kopf zusammen und ließ es wieder frei. Sie schwiegen eine Weile.

»Seit Jahren habe ich keinen wirklich guten Stoff gehabt in diesem Kopf, verstehst du?« Er sah sie nicht an, spielte mit den Haarsträhnen über der Stirn. »Dieser Kopf enthält nichts weiter als …«, er sah hinaus in den Garten und zeigte ihr sein Profil. Er ist noch ganz der Alte, dachte Frau Larsky. »Da sitzt ein junger Mann und überlegt, wie er eine alte Frau umbringen soll, und dann ist es bei näherem Hinsehen Dostojewski. Oder schlimmer …, ein Mann lernt auf einem Schiff eine bucklige Frau kennen, eine Frau mit drei Töchtern, und dann ist es Migelino … Oder ein Mann wacht eines Morgens auf und kann nicht mehr denken …, und dann bin ich es.« Frau Larsky konnte nicht sprechen. Die Grillen zirpten überlaut und scharf.

»Als Gides Gefährtin seine Briefe verbrannte, er war wieder einmal fortgereist ohne sie, er hatte geschworen, das nie mehr zu tun, verstehst du …, als sie seine Briefe verbrannte, die er ihr geschrieben hatte, von überall her all die Jahre, da sagte er … und er wurde schwer krank, weißt du … da sagte er, sie habe seine Arche Noah verbrannt …«

Frau Larsky hörte Schritte auf dem Weg.

»… und irgendwann, in ein paar Jahren, mach ich dann einen Film über Philemon und Baucis«, sagte Tito gerade und hob seine Augen zu ihr, ganz dem Ernst dieses Gedankens hingegeben.

Er war gekommen, um zu bleiben.

In der Küche hörte sie, wie Nick den Kühlschrank öffnete. Dann trat er durch die Tür, eine Flasche Bier an die Lippen gehoben.

Keinen Augenblick zeigte Tito Verwirrung oder verlor gar die Fassung. Frau Larsky lehnte sich zurück. Das war ihre Szene, und sie gedachte, sie zu genießen. Nick trat an den

Tisch, und Tito, als habe auch er ihn erwartet, zeigte weder Überraschung noch Schrecken, sondern lächelte wie ein guter Gastgeber und zog seinen Stuhl heran.

»Wir sprachen gerade über den Segen des Alterns«, rief er. »Sie werden uns nicht erlauben, unsere senilen Fäden weiterzuspinnen, junger Freund«, sagte er.

Nick stand und schaute Frau Larsky an, als warte er auf ihr Stichwort, eine leichte Röte stieg seinen langen Hals herauf, und er zwinkerte, die Flasche noch immer erhoben.

Tito kam Frau Larsky zuvor und rückte den Teller mit Oliven und Käse über den Tisch. »Auf der ganzen Welt hab ich nie so guten Käse bekommen«, sagte er und schob ein Stückchen zwischen die Lippen. Nick ließ sich auf den Stuhl fallen und senkte die Augen. Sein Gesicht blieb gerötet, neben Larsky sah er aus wie ein Kind.

Frau Larsky legte ihre Hand auf Nicks Hand und warf Tito über den Tisch einen Blick zu, den dieser lächelnd erwiderte, eine buschige Braue gehoben, als stimme er ihrer Wahl zu. Sie aber kannte ihn gut genug, um ihn zu durchschauen, und an der Art, wie er das Tuch über seine dünnen Waden zog, bemerkte sie, dass er Nicks tabakbraune Beine bemerkt hatte, die sich unter dem Tisch zu ihr herüberstreckten.

Sie unterdrückte ihren Wunsch, die beiden Männer einander vorzustellen, das schien ihr in diesem Augenblick allzu gesellschaftlich und altmodisch. Sie erlaubte sich auch nicht, die Stille mit einem Angebot zur Unterhaltung zu durchbrechen. Sie trank von ihrem Wein und faltete die Arme über der Brust. Eine schwarze Hummel flog durchs

Zimmer, und Tito schaute ihr verzückt nach. Nick unterdrückte ein Rülpsen und wurde wieder rot.

Die Vorhänge flatterten.

»Gerade sagte ich zu Illi, wie sehr mir das Haus gefehlt hat«, sagte Tito. »Finden Sie nicht, dass ein Haus wie ein lebender Organismus nichts vergisst, was ihm widerfahren ist? Diese Mauern sind getränkt von dem Leben, das sich zwischen ihnen abgespielt hat. Sie haben das Lachen und die Schreie der Menschen gespeichert, sie haben die Schatten aufgesogen, die schlimmen Träume und die Nächte der Liebe … Und wenn es Abend wird, verwandelt sich jeder Raum zu einer Bühne, auf der die Vergangenheit auftritt …, sichtbar und spürbar für den, der sie erkennen kann.«

Nick, den Mund voller Käse, betrachtete seine Finger, die mit dem Kronenkorken spielten. Tito streifte das Haar über seiner Stirn zurück. Frau Larsky sah sich im Schlafzimmer auf und ab gehen und sich an die Mauern lehnen, sie sah sich in der Küche hocken, den Kopf auf dem Tisch, mit zuckenden Schultern. Sie hatte Lust, Tito zu ohrfeigen.

»Was möchtest du essen?«, fragte sie Nick, und Nick schaute zu ihr auf und hob die Schultern.

»Was haltet ihr davon, wenn wir alle zum Essen gehen?«, rief Larsky. »Zu … wie hieß er noch, zu Balthasar, Balthasar, dem Fliegenden Fisch.« Er lachte.

»Balthasar ist nach Amerika ausgewandert«, sagte Frau Larsky bedächtig, »vor zehn Jahren schon.«

So kam man überein, zu Angelo zu gehen. Tito lieh sich ein Hemd von Nick aus, und Frau Larsky, die sich zurechtmachte vor dem Spiegel in ihrem Schlafzimmer, hörte ihn in der Küche sprechen und pfeifen. Nick hörte sie nicht. Als sie fertig angezogen aus der Küchentür trat, standen die beiden neben dem Brunnenschacht und blickten hinunter, als wäre das Loch klaftertief; Tito hatte sich ein Zweiglein Basilikum hinters Ohr gesteckt.

Noch war kein klärendes Wort gesprochen, und Frau Larsky ließ die Tage verstreichen, wie sie kamen. Sie fühlte, dass sie die Trümpfe in der Hand hielt, und wartete geduldig darauf, dass Tito seine Karten auf den Tisch legen würde. Er musste aussprechen, was für Pläne er hatte, er musste Stellung nehmen zu dem jungen Mann, der das Haus bewohnte, als wäre es sein Zuhause, und dann, so versprach sich Frau Larsky, würde er auch die Vergangenheit, ihre gemeinsame und getrennte Vergangenheit, aus der Kiste holen müssen, in die er sie gepackt hatte, offenbar schon vor Jahren, und musste sich anhören, was sie, Frau Larsky, darüber zu sagen hatte.

Beide Männer übertrafen sich darin, Frau Larsky glücklich zu machen. Tito, galant und bescheiden, hatte, um seine Bußfertigkeit zu beweisen, die Lederliege im Wohnzimmer zur Schlafstätte gewählt. Er war es, der morgens Kaffee braute und die Eier briet. Er küsste Frau Larsky die Hand, wenn sie sich gegen Mittag zu ihm an den Tisch gesellte, er holte ihr einen Schal, wenn es abends windig wurde auf der Terrasse. Nick schrieb ihr kleine Zettel, auf denen liebevolle Nachrichten standen. »Heute Morgen eine rote Eidechse vor deinem Fenster« oder »Im Meer, beim Tauchen, an dich gedacht«. Er massierte ihr die Schultern, hinter ihr am Herd stehend, sein Atem in ihrem Haar. Tito schien immer froher Laune, Nick verlor nach und nach seine Scheu vor ihm, wurde gesprächiger und verlor seine steife Haltung beim Essen. Im Bett, drei Tage, nachdem Tito angekommen war, redete er mehr als sonst, fragte nach Titos Arbeit und danach, ob sie ihn geliebt habe, wollte wissen, wie er ausgesehen habe, damals, und sogar, ob er sie glücklich gemacht habe in dem großen Bett mit der geschnitzten Blumengirlande. Danach zeigte er sich begieriger, als er es je zuvor gewesen war, auch schien es Frau Larsky, als ging er gröber und herrischer mit ihr um als gewöhnlich. Sie gratulierte sich heimlich und gab gut Acht, den Ärmel zu raffen, um Tito den blauen Fleck nicht zu verbergen, den Nick auf ihrem Arm hinterlassen hatte.

Tito ließ sich nichts anmerken und brachte Nick dazu, gemeinsam mit ihm Frau Larskys Aussehen zu loben, ihre Kochkünste und ihre Klugheit. Beim Abendessen holte er ein Buch aus seiner Tasche und reichte es dem jungen Mann beiläufig über Frau Larsky hinweg.

»Irgendwann im Leben ist der Augenblick gekommen, die wunderbare Welt zu entdecken, die zwischen zwei Buchdeckeln auf uns wartet«, sagte er. »Illi hat damals mit mir angefangen zu lesen, weißt du noch, Illi? Ich glaube, ich gab dir ›Tristram Shandy‹, das war in Florenz, richtig?« Er sah sie an.

Frau Larsky war nicht wohl, wenn er auf die alten Zeiten anspielte und sie vor dem Jungen als den einen Teil eines Paares behandelte, von dem er der andere Teil war, aber Nick nahm das Buch entgegen wie eine Auszeichnung. Tito hatte seine alte Gabe, die Menschen für sich einzunehmen, nicht verloren. Er gab sich, und Frau Larsky sah es wohl, große Mühe, den jungen Mann zu bezaubern, erzählte von seiner Arbeit in der Wüste, als das ganze Team den Versprechungen eines ägyptischen Scharlatans anheim fiel, der Tempelreste entdeckt haben wollte, schilderte die komplizierten Dreharbeiten zu »Percy's Pride« mit Nicolson und La Manina, die allergisch gegen Pferde war und behauptete, Nicolson rieche aus dem Mund. Er brachte auch den jungen Mann zum Sprechen und hörte sich mit großer Anteilnahme, Zwischenfragen und Scherzen die langweilige Beschreibung einer Bustour durch Israel an. Er sah zu, dass auch Frau Larsky zu Wort kam. Er lachte über ihre Klatschgeschichten aus dem Dorf, dass ihm die Tränen in den Augen standen, fragte nach diesem und jenem und nahm Bleistift und Papier zu Hilfe, um Nick die frühere Hafenanlage aufzuzeichnen.

Widerstrebend musste Frau Larsky zugeben, dass sie die Abende mit Tito genoss, aber sie ließ sich nicht wirklich täuschen. Sie glaubte ihm die Zärtlichkeit, mit der er Nick ins Gespräch zog, keinen Moment, übersah weder die Blicke, mit denen Tito den jungen Mann streifte, wenn er sich unbeobachtet glaubte, noch überhörte sie die falschen Töne in Titos Heiterkeit. Er ist am Ende, dachte sie, er ist hergekommen, um Asyl zu finden. Wer weiß, was alles schief gelaufen ist und wie lange schon. Tito trank unmäßig viel, und das hatte er schon eine gute Zeit getan, so schätzte Frau Larsky. Seine Haut, wie die Haut mancher Trinker, neigte dazu, sich stark zu röten nach dem zweiten Glas Gin, und war morgens oft grau und leblos wie Fensterkitt.

Nick fing wieder an, an seinem Brunnen zu graben, und Tito stand oft neben dem Loch, um mit ihm zu plaudern. Er begleitete ihn auch an den Strand und kam rot verbrannt zurück. Nick saß abends mit ihm am Kamin und trank mit ihm noch lange, nachdem Frau Larsky zu Bett gegangen war. Er kam nicht mehr in ihr Bett, und als sie ihn eines Nachts aufweckte und sich zu ihm legte, das Haar frisch gewaschen und nach Patschuli duftend, küsste er sie zärtlich, aber ohne Verlangen, und gestand ihr, dass er es nicht fertig bringe, Tito in seinem Haus zu betrügen. »Er liebt dich noch, er hat dich immer geliebt«, sagte er traurig. Frau Larsky beschloss, am Abend aufzubleiben und Tito zu überwachen. Wer weiß, was er dem Jungen erzählte.

Schließlich, an einem Nachmittag, das Haus war still und kühl und Nick am Strand, kam der Augenblick, auf den Frau Larsky immer gewartet hatte. Tito lag auf dem Sofa, und seine verbrannte Haut, von weißer Salbe fleckig, schälte sich an der Nase, auf den Schultern und an der Brust. Frau Larsky setzte sich neben ihn und reichte ihm ein Glas Limonade, er blätterte in seinen Notizen, noch immer machte er Notizen, schrieb in ein schwarzes Wachstuchheft, wie damals, mit wichtigem Gesicht und mahlenden Kiefern.

Nach einer Weile klappte er das Büchlein zu, hielt es mit beiden Händen dicht vor dem Gesicht aufgerichtet wie eine verlängerte Nase und sagte, die Augen darauf gerichtet: »Wann schickst du ihn weg?« Frau Larsky hob unschuldig die Schulter und schnüffelte daran. Sie wartete. Tito rührte sich nicht.

»Es ist genug«, sagte er. »Schick den Jungen nach Hause, gib ihm Geld, setz ihn auf ein Schiff, was weiß ich? Was hast du vor mit ihm …« Er ließ das Heft auf den Boden fallen und bedeckte die Augen mit der Hand. »Der, der ist unsterblich, Illi, unverletzlich und unzerstörbar. Wir, du und ich, sind irdische Wesen ..., er gehört nicht zu uns.«

»Was willst du?«, fragte Frau Larsky kalt.

»Ich weiß, was ich will ...« Tito hob den Kopf und sah sie an. »Ich weiß nicht, ob du es weißt, Ilona. Auf keinen Fall will ich mir was vormachen, bei dem bisschen Zeit, die mir noch bleibt, und ich will leben, menschenwürdig leben, verstehst du. Wenn einer wie ich aus einer Welt der Täuschungen emporgetaucht ist, dann kann er sich nicht mehr belügen ...«

»Und was ist mit mir, was für Pläne hast du mit mir, in deinem würdigen Alter?«, fragte Frau Larsky schneller und unüberlegter, als sie vorgehabt hatte.

»Du bist meine Frau«, sagte Larsky milder. »Bei allem, was mir widerfahren ist da draußen«, er wies aus dem Fenster, »habe ich das nie vergessen, ich habe dich immer vor mir gesehen, Ilona, dich und das Haus hier auf unserer Insel und dich, dich, wie du liegst auf dem Bett, unserem Bett, unter den geschnitzten Obstgirlanden ...«

»Blumengirlanden«, Frau Larsky lachte, sie warf sich auf den Boden und lachte, ohne sich zu schämen. »So hast du dir das gedacht?« Sie glaubte, vor Lachen zu ersticken, und zappelte mit Armen und Beinen.

»Lass uns hinaufgehen«, seine Stimme klang beunruhigt, er hatte sich aufgerichtet. »Ich weiß nicht, ob ich ..., vielleicht bin ich ja ... Ilona, hilf mir doch ...«

»Bleib liegen«, sagte Frau Larsky und drückte ihn aufs Kissen zurück.

Sie trank einen großen Zug aus seinem Limonadeglas.

Das Triumphgefühl trug Frau Larsky durch mehrere Tage. Das war erst der Anfang, sagte sie sich, er muss zu Kreuze kriechen, mit allem, was er hat, sonst setze ich ihn vor die Tür, ohne mit der Wimper zu zucken. Tito ließ seine Enttäuschung, wenn er Enttäuschung empfand, nicht an Nick aus, wie Frau Larsky gefürchtet hatte. Womöglich begegnete er dem jungen Mann noch sanfter und liebevoller als zuvor. Vielleicht glaubte er ja, die Lage doch zu seinen Gunsten verändern zu können. Ruhiger war er jetzt und schweigsamer, und als sei er allein es gewesen, der die Luft im Haus zum Flirren gebracht, die heitere Stimmung der Abende herbeigezwungen habe mit seiner Stimme, seinem Lachen und seiner Lebendigkeit, sanken die Tage zurück in ihre frühere Gleichförmigkeit. Auch Nick veränderte sich, er aß nicht mehr so ungeniert wie früher, und sein Gesicht, wenn er draußen unter den Mimosenbüschen saß, den Spaten über den Knien, schien Frau Larsky so seltsam schön und traurig, wie sie es noch nie beobachtet hatte. Er schreckte oft auf, wenn man ihn ansprach, und verschlief halbe Tage in seinem verdunkelten Zimmer. Die tapsige Albernheit der letzten Wochen war verschwunden, und wenn er bei Tisch sprach, was er selten tat, sprach er nur, weil Tito ihn dazu drängte. Dann klang seine Stimme jung und hoch, und er räusperte sich, bevor er einen Satz fand.

Seit Tito in einer gewittrigen Nacht an ihrer Tür geklopft hatte, betrunken und Schmeicheleien und Drohungen murmelnd, wusste Frau Larsky, dass sie nicht mehr lange zu warten brauchte.

Heimlich tadelte sie sich, seit der Gedanke, Tito bei sich zu behalten, immer häufiger durch ihren Kopf ging. Natürlich muss er aufhören zu trinken, sagte sie sich, und er muss all meine Zweifel entkräften, was seine Absichten betrifft. Er muss Reue zeigen, und ich muss ihm glauben. Aber der Gedanke, Nick fortzuschicken, bereitete ihr Schmerzen, und so beschloss sie, weiter abzuwarten, und fragte nur beiläufig im Gespräch, wann Titos Gepäck erwartet werde und ob er in Geldschwierigkeiten stecke. Er verneinte das Letztere und streichelte ihre Hand. »Immer noch die Alte«, sagte er. »Immer noch die kleine Gymnastiklehrerin aus dem Kurhotel.« Frau Larsky ließ ihn für diese Bemerkung drei Tage büßen. Sie fuhr mit Nick zur Nachbarinsel und kam zurück mit einem neuen Kleid, Geschirr und einem Korb voll exotischer Früchte.

Nick litt unter der Spannung zwischen ihr und Tito, das hatte sie begriffen, aber er wollte nicht darüber sprechen, war unzugänglich einsilbig und kein guter Reisebegleiter. Sie versprach ihm, ihn bei sich zu behalten, solange er nur Lust dazu habe, aber das wollte er nicht hören und ließ sie stehen mitten auf dem Markt.

Sie ertappte sich dabei, wie sie sich Tito an ihre Seite wünschte, was für ein vergnügliches Abenteuer wäre aus der kleinen Reise geworden.

Am Abend, als sie zurückkehrten, fanden sie Tito betrunken, aber fröhlich im Sessel auf der Terrasse sitzen.

»Alle herein, hier gibt es was zu sehen!«, rief er und fuchtelte mit den Händen in der Luft. »Hier sitzt das wundersame Seeungeheuer, das dem Meer entstieg, obwohl die mächtige Welle es ersäufen wollte.«

Frau Larsky beugte sich über ihn und sah mit Entsetzen,

dass seine Knie aufgeschürft und blutig waren. Über seine Brust lief ein tiefer Schnitt, dessen Hautlippen wie ein grinsender Mund geöffnet standen.

»Um Himmels willen, wie hast du das fertig gebracht!«, rief sie erbost. Aber schon war Nick neben ihr, drängte sie zur Seite, kniete zwischen Titos geöffneten Knien und betupfte die Ränder der Wunde mit einem Tuch, das er in Wasser getaucht hatte. Seine Hände zitterten dabei.

»Nicht Wasser!«, rief Frau Larsky. »Nimm Jod!«

»Willst du mich umbringen, Illi?«, schrie Tito. »Rühr mich bloß nicht an, du!«

»Nur außen«, flüsterte Nick. »Lass mich das machen, nur außen, bring ihm einen Cognac und trink selber einen, ich mach das schon.« So umsichtig hatte Frau Larsky ihn noch nie erlebt.

Von draußen auf der Terrasse hörte sie Tito stöhnen, sie schenkte drei Gläser voll. Tito fluchte und stöhnte, und auch Nick stöhnte leise, wie ein mitleidiges Echo.

Er hat es wieder geschafft, der Teufelskerl, dachte sie. Alles muss sich um ihn drehen.

Als sie auf die Terrasse trat, den Eiskübel und die Gläser auf einem Tablett, war Nick schon dabei, die Knie mit Jod zu betupfen. Tito saß mit geschlossenen Augen, seine Hand lag auf Nicks Nacken.

Als Nick am nächsten Abend nicht nach Hause kam, saßen Tito und Frau Larsky auf der Terrasse und machten sich Sorgen wie ein altes Elternpaar.

Tito, ein weißes Hemd aus Gaze über der Brust festgeklebt, streichelte Frau Larskys Hand und küsste ihre Finger.

»Der Kleine ist in Ordnung«, sagte er. »Vielleicht hat er begriffen und ist verschwunden …, für uns, verstehst du?«

Frau Larsky senkte den Kopf. »Seine Sachen sind alle noch da«, sagte sie störrisch.

»Ah, du hast schon nachgesehen«, Tito ächzte, als er sich zu ihr beugte und ihre Schläfe küsste.

»Tut es weh?«, fragte Frau Larsky zerstreut.

»Höllisch!« Tito lächelte und hob eine Braue. Sie schwiegen eine Weile. Das Fährschiff tutete, und Frau Larsky zuckte zusammen. »Donnerstag«, sagte sie und wollte aufstehen.

»Er kommt zurück. Ich wollte dich nur ängstigen, er kommt zurück, er hat es mir versprochen.«

»Dir versprochen?« Frau Larsky glaubte ihm nicht.

»*Mir* versprochen!« Tito lachte leise und zufrieden und musterte sie dabei über den Tisch. Frau Larsky schaute ihm in die Augen.

»Nie ist es so gewesen wie mit dir, mit keiner Frau, das musst du mir glauben.« Er hob den Kopf und sah hinüber in die Mimosenbüsche, die der Wind bewegte.

»Verschone mich.« Frau Larsky wollte aufstehen, aber er hielt ihren Arm mit erstaunlicher Kraft auf dem Tisch fest.

»Warte, ich muss es loswerden. Mein ganzes chaotisches Leben war nichts als eine Reise, eine lange, verwirrte Reise …«

»Schreib das in deine Drehbücher!«, schrie Frau Larsky. »Ich begehre dich immer noch, wie früher.« Sein Atem streifte ihr Gesicht. »Seit ich nicht mehr mit dir zusammen war, bin ich verwildert, du warst, du bist mein Garten.«

Frau Larsky fühlte, dass sie weinen wollte. Sie wusste

nicht, warum, sie wusste auch nicht, ob sie ihm glaubte. Sie wusste nicht, ob sie das wollte, was er sagte. Sie suchte in sich nach ihrer Wut, ihrer Rachsucht und fand nichts.

»Du gemeines, hinterhältiges …«, aber ihre Stimme klang falsch, »… verlogenes … eiskaltes …«

»Miststück – sag es! Du hast Recht, schlag mich, da, willst du, lass es raus!« Er war aufgesprungen und stand dicht vor ihr. Er zerrte an ihr, richtete sie auf und versteckte sein Gesicht an ihrem Hals.

Frau Larsky bemerkte mit Entsetzen, dass sie geküsst werden wollte. Sie hielt ihm ihren Mund hin, er drückte seine Backe dagegen. Sie suchte nach seinem Mund, blind und ohne sich um seine stoppeligen Wangen zu kümmern. Er stöhnte.

»Nicht«, sagte er leise, »wart noch ein paar Tage, sieh mich an.« Auf seiner weißen Brustbespannung stand ein dunkler Fleck wie ein roter Sichelmond.

Im Bett kam Frau Larsky wieder zu Sinnen und konnte den Abend überdenken. Eigentlich müsste ich jetzt mit mir zufrieden sein, dachte sie, aber sie war unruhig und fühlte sich missgestimmt. Sie lag mit ausgestreckten Beinen in der Mitte des großen Bettes, die Arme ausgebreitet, und versuchte, sich zu entspannen. Später hörte sie Nick nach Hause kommen und ins Wohnzimmer gehen. Die beiden Männer sprachen mit gedämpften Stimmen, die Tür des Eisschranks wurde geöffnet und geschlossen, Schritte liefen über die Terrasse. Den Winter über, so dachte sie – warum nicht? Alles wird sich finden, dachte sie. Ich lasse mich nicht drängen von ihm, das ist mein Haus, dachte sie. Aber sie wusste, dass sie an andere Winter dachte, an Winter ohne Nick. Damals hatten sie jeden Tag Holz geholt, im ersten Winter. Sie waren am Morgen auf den Berg gestiegen und hatten trockene Zweige gesammelt und Baumstrünke ausgegraben. Tito stand auf der Terrasse, ein großes Bündel Reisig auf dem Rücken.

»Der Mann im Mond«, hatte er gesagt und war gebückt und keuchend vor ihr auf und ab gegangen, ehe er es abwarf.

Der Arzt kam aus Potazza mit dem Boot der Wasserpolizei. Es gab eine Entbindung im Dorf. Auch Frau Larsky machte sich sogleich auf den Weg zum Haus der Wöchnerin und saß mit den übrigen Frauen im Hof, um Kaffee zu trinken und von früheren Entbindungen zu reden und davon, dass der Arzt zu jung sei, dass die zukünftige Mutter einen spitzen Bauch gehabt habe, was darauf hinwies, dass es ein Junge werden würde. Später aß man Reis und Tomatensuppe und trank auf das Wohl des neuen Inselbewohners. Frau Larsky dachte den ganzen Tag nicht an die Männer zu Hause. Sie werden schon zurechtkommen ohne mich, sagte sie sich. Die Frauen fragten sie nach Signor Larsky und seinem Unfall und drängten sie, mit dem Arzt zu sprechen.

Frau Larsky führte den Arzt am Nachmittag zu ihrem Haus und war froh darüber, dass es nicht der alte Doktor der Nachbarinsel war, den sie kannte und der ihr sicherlich einige Fragen gestellt hätte. Er verband Titos Brust und gab ihm eine Spritze. Er brauche Ruhe, forderte der Arzt gebieterisch, ein gutes Bett – allein. Er bestand darauf, Tito hinaufzuführen ins Schlafzimmer, und Tito, der lange nicht so hinfällig war, wie er sich zeigte, warf Frau Larsky über die Schulter einen glitzernden Blick zu. Erst später fiel ihr ein, ihn in Nicks Bett zu legen, da war es schon zu spät. Er lag, alle Kissen hinter sich, unter der Blumengirlande und stöhnte nur, als Frau Larsky ihn umbetten wollte. So kam es, dass Tito ein paar Nächte in Frau Larskys Bett schlief, während sie unten auf dem Sofa liegen musste. Sie ärgerte sich darüber, nachgegeben zu haben. Sie, die sich geschworen hatte, nie mehr die Rolle der Krankenpflegerin zu übernehmen, beobachtete mit leisem Spott, wie Nick Tabletts mit Essen und Gläsern voll Whisky die Treppe hinauf und an Titos Bett trug. Sie fühlte kein Mitleid mit dem Verletzten, eher Ungeduld darüber, wie geschickt er sein Ziel erreicht hatte, denn sie zweifelte keinen Augenblick daran, dass er es darauf abgesehen hatte, in ihr Bett zu gelangen, von Anfang an.

»Wirst du gut gepflegt?«, fragte sie, in der Tür stehend und fertig angezogen, um ins Dorf zu gehen. Nick saß am Kopfende und fächelte Tito mit einer Zeitung Luft zu; sie fand das übertrieben.

Tito drehte sich langsam zu ihr hin und schaute ihr in die Augen.

»Ich glaube, mir ist da eine Idee gekommen«, sagte er. »Krank zu sein hat seine Vorteile, und mit Nick hier lässt sich gut reden, über alles, er ist … er ist wie eine unbeschriebene Seite, im besten Sinne, so etwas regt mich an.«

Nick schien nichts Beleidigendes an diesem Vergleich zu finden und lächelte mit gesenkten Augen.

Frau Larsky lief so eilig zum Dorf hinunter, dass sie ins Schwitzen kam. Bei Angelo trank sie ein Glas Weißwein, und auf seine Frage, wie alles stünde bei ihr zu Hause, zuckte sie die Schultern.

Als es Tito nach ein paar Tagen besser ging, wie er selber zugab, zog Frau Larsky zurück in ihr Schlafzimmer.

Wie wenig die Hände eines Mannes sein Alter verraten, dachte Frau Larsky. Tito saß auf dem Küchentisch und schälte eine Apfelsine. Seine kurzen rötlichen Finger, über die der Saft rann, waren noch immer zerkratzt, auch seine Arme, seine Handgelenke. Frau Larsky sah ihm zu, sah, wie behutsam er die durchscheinenden Schnitze voneinander trennte, die weiße Haut abzupfte. Er hielt den Kopf gebeugt, seine Lider waren gesenkt, die Flügel seiner großen Nase vor Aufmerksamkeit geweitet. Sein Gesicht, jetzt braun von der Sonne und schärfer umrissen, war ein wirkliches Gesicht, ein Männergesicht, ein Gesicht, das man ernst nehmen musste und nicht vergaß.

Frau Larsky fühlte sich erschöpft und heiß. Sie setzte sich an den Tisch und ließ sich einen tropfenden Schnitz in den Mund schieben. Titos Finger streiften ihre Lippen.

Am Abend nach dem Essen las Tito, unter der Lampe ausgestreckt, aus einem kleinen Buch vor, das er mitgebracht hatte. Es war die Beschreibung einer Reise zu den Nomaden, und seine tiefe Stimme bebte, wenn er an eine Stelle kam, die ihn bewegte. Er machte kein Hehl aus seiner Rührung. Frau Larsky sah die Männer mit den tiefblauen Turbanen unter dem Tamarindenbaum sitzen, die Hunde an ihre Knie geschmiegt. Nick, zurückgelehnt, den Kopf im Schatten, bewegte sich nicht, nur seine nackten Zehen öffneten und schlossen sich, als lausche er auch mit den Füßen.

Auf dem Sofa im Wohnzimmer lag Tito unter dem sich langsam drehenden Ventilator und raschelte mit seinen Papieren. Nick saß vor ihm auf dem Teppich und blickte zu ihm auf.

»Nimm an, die Frau hat die ganze Zeit gewusst, was Popov vorhatte, sie hat nur nicht geglaubt, dass er es auch wirklich tun wird«, sagte Tito.

»Also nein«, Nick schüttelte den Kopf, dass seine Haare abstanden. »Sie traut ihm alles zu, jede Schlechtigkeit, einfach alles, er war es doch, der sie …« Er verstummte, und beide Männer blickten zur Tür, unter der Frau Larsky stand, im Kimono und eine Tasse Tee in der Hand. »Leg dich noch mal hin, Illilein.« Tito rieb sich die Nase. »Es ist zu früh für dich.«

Frau Larsky setzte sich in der Küche auf einen Stuhl. Ihr war seltsam schwindlig zu Mute, und nach einer Weile bemerkte sie, wie zwei kleine Schweißbäche ihre Rippen herabrieselten, unter jeder Achsel.

»Hier, hier sagt sie noch …, was sagt sie?« Das war Nicks Stimme und nun Titos tiefes Gelächter. »Sie sagt«, Tito raschelte mit den Papieren, »sie sagt ›Heilige Mutter Gottes, wie hab ich den nur so nah an mich heranlassen können‹, das sagt sie, das heißt keineswegs …« Frau Larsky schloss die Küchentür. Sie hatte das eigenartige Gefühl, als habe sich die Zeit verschoben, sie sann darüber nach. Sie kannte dieses Gefühl, es war ihr, als säße sie am Küchentisch und warte darauf, dass jemand den Weg herunterkäme. Sie saß da, eine junge nackte Frau mit wirren Haaren und einem rostigen Geschmack im Mund.

Langsam stand sie auf und öffnete die Küchentür, auch das langsam und ihre Teetasse noch immer in der Hand.

Tito hielt Nicks hellen Kopf in seinen zerschundenen Händen, die silbrig blonden Haare standen zwischen den Fingern heraus wie Distelsamen. Ein kleiner Ton schwebte zu ihr herüber, ein sanftes Glucksen. Sie kannte diesen Ton.

Nick wandte ihr sein Profil zu. Wie schön er war. Seine geschlossenen Lider waren bläulich gespannt, seine Brauen schmerzlich steil über der Nasenwurzel gesträubt. Titos Mund verdeckte seinen Mund, ein alter weißborstiger Raubfisch, der eine Seeanemone verschlingt.

Frau Larsky fühlte ihre Hand am Türrahmen, ihre Knochen wie Glas, ihr schweres Fleisch zerrte daran.

Nicks Arme umfassten den halb aufgerichteten Mann und brachten ihn fast dazu, auf den Boden zu rutschen. Er war es, der Titos Kopf nach hinten bog, er, der an seinem Hemd zerrte, und seine Hand glitt über den breiten Männerrücken, eine lange schläfrige Reise hinunter und weiter, verschwand unter dem Laken. Frau Larsky hörte seine Atemzüge. Tito hielt sich an dem jungen, zu ihm hingebogenen Leib fest.

Erst als sie sich zurechtlegte auf dem Handtuch und die helle Haut ihrer Beine betrachtete, bemerkte Frau Larsky, dass sie ihre Sonnenbrille vergessen hatte. Sie ging selten an den Strand und wenn, dann nur ganz früh am Morgen, um zur Spitze der Landzunge hinauszuschwimmen und dann zurückzulaufen, in der Morgenbrise mit angenehm kaltem Kopf und salziger Haut.

Sie lag im Sand, und er war hart und unnachgiebig, die Sonne biss ihr in die Schultern, der Wind riss ihr den Hut vom Kopf. Sie schaute hinaus, die Augen zu Schlitzen verengt, auf die dunstige Bläue des Meeres, das unbeteiligt und geriffelt wie mattes Glas unter dem gespannten dunkelblauen Himmel lag, an dem sich nichts rührte, nicht einmal eine Wolke, der sie hätte folgen können mit den Augen.

Sie sah das Fährschiff kommen und gehen. Leute, klein wie Traubenkerne, klumpten sich an der Reling. Die Schiffssirene seufzte, und das Wasser der Bucht schäumte ein wenig und breitete sich dann wieder unversehrt aus.

Im Schatten unter dem großen Felsen begann sie zu frieren, ihr Schweiß verdunstete und ihre Haut juckte und spannte.

Zuerst hatte sie ein Lied vor sich hin gesungen, immer wieder und so lange, bis sie glaubte, verrückt zu werden, wenn sie nicht aufhören würde. Dann, als sie, den Kopf an den Felsen gelehnt, das Handtuch um ihre Schultern wickelte, sah sie Nick am Fenster stehen, die Sonne schien durch die Blätter der Büsche und warf zitternde Lichtpunkte auf seine Brust. Sie sah Titos Hand auf Nicks Nacken liegen, seine Finger in seinem Haar. Tito hielt Nick von hinten umklammert, er war kleiner und kompakter gebaut, ein Waldschrat mit grün schimmernden Augen. Als sie miteinander rangen, warf Nick den Kopf zurück wie ein gefangener junger Hirsch, und Tito, sein Gesicht an die Schulter seines Gegners gedrückt, versuchte, ihm ein Bein zu stellen, lachend, und er zwinkerte ihr zu, sie hielt ihre nassen Haare aus dem Gesicht und sah Tito in dem großen Bett unter der geschnitzten Blumengirlande und Nick an ihn gekuschelt, sein blonder Kopf auf Titos Brust, seine Augen weit geöffnet, blank und durchscheinend wie Glas. Oder war sie es, auf deren Brust er lag, seine Knie zwischen ihren Schenkeln?

Tito strich ihr Haar zurück, zerrte es zurück an Schläfen und Stirn, legte seine Hände um ihr Gesicht, ganz nackt nun, ihm zugewandt. Tito, noch heiß vom Schlaf, seine Zunge auf ihren geschlossenen Augen.

Den Weg die Klippen hinauf ging Frau Larsky langsam und ohne auf die Steine zu achten. Sie stolperte und hielt sich an den Ginsterbüschen fest. Sie setzte sich auf den warmen Stein und aß von den Feigen, die über ihr im Wind auf und nieder getragen wurden.

Das Haus lag dunkel und freundlich, als habe es auf sie gewartet. Sie legte sich aufs Bett und fühlte die kühlen Laken an ihren Beinen und auf ihrer Brust. Der Wind drängte die Vorhänge herein und wehte die Papiere vom Tisch. Sie trank Wasser aus der halb leeren Flasche neben dem Bett. Sie schlief ein.

Am Morgen in der Küche ging Frau Larsky sehr vorsichtig umher, als könne ihr Kopf zerbrechen. Sie setzte sich mit ihrer Kaffeetasse an den Tisch, und erst nach einer Weile stellte sie die Pfanne auf den Herd und briet sich zwei Eier.

Sie stieg die Treppe hinauf und schaute durch die offene Tür in Nicks Zimmer. Das Bett war unberührt, und die Büsche mit Kräutern, die von der Decke hingen, schwankten im Luftzug. Erst am Nachmittag gelang es ihr, ins Wohnzimmer zu treten. Der Ventilator drehte sich träge und bewegte die Asche im großen Aschenbecher und ein paar Papierbögen, die auf den Boden gefallen waren. Sie zog die Laken vom Sofa und rollte sie zusammen. Eine Weile trug sie das Bündel mit sich durchs Zimmer, ohne es zu bemerken. Sie sah, dass die Blumen vertrocknet waren, die Trauben in der Schale trugen Tropfen, gelb und zäh wie Harz. Ein umgefallenes Glas lag in einer bräunlichen Pfütze auf dem Marmortisch, sie wischte mit den Bettlaken daran herum und ließ sie dann fallen. Es war die heißeste Zeit des Tages und sehr still.

Der Fisch, den Gaetano am Abend gebracht hatte, war von Tito bestellt worden. Er lag in der Spüle, seine Augen folgten ihr durch die Küche. Mechanisch schob Frau Larsky den Fisch in den Eisschrank zwischen Obst und Eier. Der Eisschrank war voll bis zum Bersten. Sie ging mit einer Flasche Wein hinauf in ihr Zimmer.

Nachts träumte sie von Schiffsuntergängen und wehenden Tangwäldern, durch die weiße Fische trieben, den Bauch nach oben und ohne sich zu regen.

Erst am Morgen fand sie den Zettel zerknüllt neben ihrer ausgestreckten Hand. »Wir wollen nach Potazza, bald zurück, Nick.«

Lange Tage bewohnte Frau Larsky das Haus, ohne es zu verlassen. Sie sprach mit dem Haus, berührte die gekalkten Wände, legte neue Fußspuren über das weiße Pflaster, streichelte die gemauerten Treppengeländer, wusch den Kaminsims mit Seifenwasser, ging in den Schuppen und stand lange vor den Holzvorräten für den Winter. Sie fand wieder ihren Platz auf dem Brett am Fenster, durch das am Morgen die Sonne schien, saß nachmittags in dreieckigen Schatten des Hofes, öffnete die Tür der Küche, um die Abendsonne einzulassen. Sie beugte sich über den Geranienbusch und las die verdorrten Blüten ab. Sie kehrte die Terrasse und goss Eimer voll Wasser auf die heißen Steinfliesen. Sie wartete nicht, wartete auf niemand und ließ den Metzger nicht ein, als er an die Tür klopfte und nach ihr rief.

An einem Abend, als es gerade anfing, dunkel zu werden, hörte sie Schritte auf dem Weg. Es waren langsame, schwere Schritte, und sie erkannte sie nicht. Sie trat auf die Terrasse, und später, durch die Geranien, sah sie Nick im Garten herumstreifen. Er wich den Zweigen der Büsche nicht aus, als sähe er sie nicht, und obwohl er langsam ging und den Kopf gesenkt hielt, machte sie die Art, wie er sich bewegte, unruhig, als beobachte sie einen gefährlichen Fremden. Nick pflügte durch den Salbei, als schlafwandle er oder sei nicht lebendig, sondern eine Puppe mit einem Uhrwerk. Sie wunderte sich über diesen Gedanken. Er blieb neben dem Brunnenloch stehen und kletterte nach einer Weile ziemlich lustlos hinein. Frau Larsky wartete und wartete, aber er kam nicht mehr zum Vorschein.

Erst als sie mit heißem Kopf ins Bett gegangen war, hörte sie ihn die Treppe heraufkommen und vor ihrer Tür stehen bleiben.

»Komm herein!«, rief sie. »Komm herein.« Nick setzte sich auf ihr Bett und nahm abwesend ein Stück von ihrem Käse. Er kaute und schluckte hörbar, kaute weiter.

»Er ist fort«, sagte sie.

»Ja.«

»Mit dem Fährboot?«

»Ja.«

Nick hob den Kopf und sah sie an. Sie bemerkte, dass er geweint hatte. Seine Lider waren rosa und empfindlich über den dunklen Wimpern.

»Jemand hat angerufen, bei Angelo, heute Mittag.«

»Und?« Frau Larsky versuchte, ihren Mund zu schließen, der sich bereitmachte, zu lachen. Aber ihr war nicht nach Lachen zu Mute, das Lachen kam von allein, so, als werde sie gekitzelt und könne nicht anders.

»Er war sehr eilig«, sagte Nick. Er biss sich auf die Knöchel seiner Finger und wischte sie dann an seiner Brust ab. »Er sagt, Piselli, Piselli hat zugesagt ... Und er tut so, als müsste ich ..., also, er ist ganz verrückt und kopflos und ... Wer ist Piselli?« Seine Augen wurden verlegen, er sah Frau Larsky an, sah auf ihren Mund, als könne er dort ablesen, was er wissen wollte.

»Piselli, der Produzent«, sagte Frau Larsky und lächelte. Der junge Mann nickte abwesend, als habe er sie nicht verstanden, sei auch nicht mehr interessiert an dem, was sie sagte.

Sein Gesicht, ein nie gesehenes Gesicht, schwebte im Licht der Lampe körperlos in der tiefblauen Luft des Zimmers. Die Haut war zu eng um den Mund und über den Backenknochen, die Augen dunkel. Sein Mund, ohne Umriss. Sie musste die Augen abwenden. Fast hässlich erschien er ihr jetzt, ein Fischmaul.

Frau Larsky sah sich in dem Bett liegen, dem Bett mit dem schweren Rahmen unter dem Baldachin, sie lag dort mit Larsky, sie lagen dort wie abgestürzt aus großer Höhe. Damals hatte sie im Halbschlaf manchmal geglaubt, nicht wirklich zu atmen, so, als atme er für sie.

»Er kommt zurück.« Nick streckte die Hand aus und betastete eine der geschnitzten Rosen, die am Bettpfosten herunterhing. »Die muss man streichen«, sagte er.

»Ja«, sagte Frau Larsky.

Nora und Nora und Nora

Vielleicht bin ich ein außerirdisches Wesen in einem Frauenkörper. Seit wie langer Zeit – sie wusste es nicht – zu Gast in diesem Gehäuse, ohne Hoffnung auf Rückkehr, vielleicht aber bin ich gar nicht hier, sondern liege irgendwo halb tot in einem kalten Zimmer, und dies alles sind elektronische Bilder, der Versuch meines angeschlagenen Computers, die Programme in mir zu aktivieren, die mich ins andere Leben zurückholen könnten.

Nora mochte diese neue Nora nicht, fremd war sie ihr, diese neue Hülle und das Bild, das sich von ihr formte in den Augen aller Menschen, die sie ansahen, aber sie musste trotzdem zurückgehen. In das Hotelzimmer, in den Speisesaal, in die Bar, über die Strandpromenade, ins Bett. Sie zeigte der neuen Nora alles und versuchte, sie dafür zu interessieren. Sie gab ihr Whisky zu trinken und klapperte mit den Eiswürfeln, aber die neue Nora wurde nur müde. Alles machte sie müde, sie gaukelte Nora das Bett vor, die Lampe daneben, das Buch auf dem Nachttisch.

Das Leben findet statt, wenn man schläft, dachte Nora und lag ganz still. Später betastete sie ihren Körper, lieblos und wie ein Materialprüfer. Das war ein Frauenkörper, alles war vorhanden, alles am rechten Platz. Der Zustand des

Ungeliebtseins erschien Nora wie eine Krankheit. Sie fühlte sich allein mit diesem ungeschützten Körper, als habe man ihr das Gespinst der Zuneigung und der Sehnsucht abgerissen, das sie mit der Welt verbunden und genährt hatte. Sie verzog das Gesicht. Sie hasste Vergleiche dieser Art, sie rochen nach Frau, Wochenbett, Milchpfützen. Wie früher versuchte sie, sich zäh und sehnig zu machen, unverletzlich. Es ekelte sie vor dem Wesen, das entstanden war, damals, gespiegelt im warmen trügerischen Licht eines anderen Auges.

Nora schob ein Buch zwischen sich und die wimmelnden sonnengeröteten Körper. Ihr war übel, und sie taumelte zurück in die Lektüre, von der sie nicht mehr wusste, als dass es um einen komplizierten Bankraub ging. Viel zu lange schon hier, dachte Nora stumpf, alles schon gesehen und erfahren, keine Überraschung. Viel zu lange schon hier. Und sie wusste, dass sie nicht den Strand meinte, sondern die Welt. Sie rief sich zur Ordnung, nickte sich nachsichtig zu in dem kleinen runden Spiegel, nur Auge oder nur Mund, wickelte ein Tuch über den Badeanzug. Ein rotes Tuch, ein prächtiges Tuch, ein gestohlenes Tuch. Die andere hatte es gekauft, eine andere Nora, die schön sein wollte und Wert darauf legte, betrachtet zu werden.

Nora warf das Buch in den Sand, setzte hastige Schritte durch die Prozession der vorbeiflanierenden Sonnenanbeter, stürzte sich ins Wasser. Aber das Wasser war, wie sie wieder erkennen musste, keine Komplizin. Auch hier bedrängten sie Erinnerungen, Bündel von Erinnerungen, vorbeiflitzende Aufnahmen, Kindheitsbilder, Sommerbilder: Ihre Mutter bis zu den Knien im Wasser, lächelnd, ein junges Mädchen. Ein verdunkeltes Speisezimmer und der Geschmack von mit

Wasser verdünntem Rotwein, der Schatten von Beerensträuchern und das Summen von Insekten. Ihr Körper wurde immer schwerer. Sie sank, alles schmerzte, alle Bilder trafen eine ungeschützte Stelle in ihr, eine tief verborgene Mulde, in der sich bittere Flüssigkeit sammelte, ihr in den Hals stieg, in die Augen. Sie tauchte unter, manchmal rettete sie Nora-das-Kind, aber es war gefährlich, dieses Kind zu beschwören, man wusste nie, wohin es schwamm und an was für trostlosen Ufern es einen stranden ließ. Nora erkannte sofort, dass sie einen Fehler gemacht hatte. Sie kehrte um, erreichte das flache Ufer, stampfte durchs seichte Wasser, fand ihren Schirm, legte das Handtuch über ihr Gesicht und weinte.

Als sie abends allein an einem Tisch saß, wagte Nora hinüberzuschauen zum matten Spiegel, zwischen den Palmkübeln. Da saß eine Frau, nicht jung, aber auch nicht alt. Ja, ihre Schultern und Arme waren braun, ihr Gesicht neugierig, zutraulich – das Lächeln scheu. Sie saß in dem silbrigen Raum, im diffusen Licht hinter der Glasscheibe, halb verdeckt von den Palmwedeln, und schaute mit erhobenen Brauen zu Nora hinüber.

Auf dem Weg in den Schlaf versuchten sich vertraute Bilder des Grauens in ihre Gedanken zu drängen. Eine öde Landschaft unter einem stählernen Himmel. Sie sperrte sich dagegen, vertrieb es, atmete tief.

Diesmal begann der Traum als Schattenspiel. An der Wand gegenüber formten sich die Umrisse der Bäume, die der Wind bewegte, und das Licht der Lampe, die an einem Drahtseil über der Straße schwankte: ein verschwommenes Hin und Her von Hell und Dunkel. Nora wartete, Nora schlief ein.

Sie träumte immer von Männern. Sie träumte immer von Nähe und von dem schwerelosen Zustand vor oder nach einer Umarmung, wenn keine Worte und keine Bewegung gebraucht werden, wenn alles selbstverständlich und leicht ineinander geht, alles verwandt und freundlich ist, die Möbel um einen herum, die Laken, die Vorhänge, die Decke, die Geräusche von draußen. Nie sah sie das Gesicht des Mannes, der bei ihr war, aber sie wusste ihn zu unterscheiden von seinem nächtlichen Bruder aus dem vergangenen Traum.

Manchmal waren es alte Männer, schlaffes Fleisch baumelte an ihren Oberarmen, ihre Berührung war kalt und rau, reptilienhaft, ihr Atem bitter. Es gab auch kleine Körper, störrische, nach Zicklein riechende Bubenkörper mit eckigen Knien und kalten, harten Händen, aber das veränderte nichts an dem Gefühl, das Nora in ihrer Nähe umgab wie ein goldener seidiger Kokon. Männerkörper waren Landschaften, in denen sie sich verlor, Hautdünung, Gehölze, Hügelkuppen, flach, grasbewachsen, Niederungen, feuchtes lockeres Erdreich, warme Steine, nass vom Tau, glatt, monolithisch. Die Nachttiere kamen selten, Nora sehnte sich vor allem nach ihnen, Lefzen und Zähne, vom Atem gespannte Rippenbögen, gefleckt, scharf duftend, bepelzt, die heißen ledernen Ballen schwerlastender Pranken, das Kitzeln von Schnurrhaaren, das Knurren und Keuchen selbstvergessen, unschuldig und bedrohlich. Die selbstgenügsame Ruhe der Glieder, die zufällige Belastung, die Trauer.

Am Morgen, wenn sie beim Frühstück saß, versuchte Nora, ihre Träume festzuhalten. Aber sie entzogen sich ihr und färbten nur für Augenblicke den nüchternen Raum, in dem sie saß, das weiße Tischtuch, die Zuckerdose, das Brot, die Menschen an anderen Tischen, von Zeitungen verdeckt, die Fliegen um die schmutzig weiße Lampenkugel, das Meer vor dem Fenster.

Sein Gesicht lauerte auf dem Weg zum Strand. Sein Gesicht riesengroß auf der Leinwand des Himmels. Nahaufnahme, jede Pore, jede Falte, jedes Haar und wie es aus seiner Stirn wuchs und sich gefügig zu den anderen gesellte, sich herabbog. Sie scheuchte ihn fort, das war nicht leicht. Meistens triumphierte er, setzte die staubigen Platanen an der Uferpromenade in Brand, prasselte wie eine leuchtende Feuersbrunst über die Läden, Cafés, Eisstände, verschlang das Meer, die Felsen. Die Vögel in der Luft fielen verkohlt auf den Sand.

Er gehörte nicht hierher, nicht zu ihr, Nora, nicht zu den Tagen, nicht zu den Nächten. Sie zwang ihn zurück in die Zimmer des Hauses, das sie einmal gekannt hatte, das nun zerstört war. Sie hatte es angezündet, nein, unter einer Lawine begraben. Nein, nein, es war zerfallen, Staub war aufgestiegen und mit dem Wind fortgeweht. Keine Spur war zurückgeblieben.

Was für eine alltägliche Geschichte, dachte Nora, wie langweilig, wie gewöhnlich.

Nichts, nichts war zerstört oder in einer Staubwolke weggeblasen. Er saß noch immer in dem Zimmer mit der blauen Tapete und den niedrigen Holzbücherborden, die er entworfen hatte, saß in dem Lehnstuhl, aus dem an der Armlehne Rosshaar quoll. Auch das war falsch, dort saß er nicht. Er ging im Haus umher. Nein, er war im Garten, schwitzend über die Tomatenpflanzen gebeugt, die geöffnete kurze Schere in der Hand, ohne Hut. Sie löschte den Garten aus, knickte die Tomatenpflanzen, warf die Stangen der Bohnenranken um, trat auf die Salatkeimlinge. Sie lachte, als sie sich dabei zusah. Sie wünschte so sehr, außerordentlich zu sein und einmalig in ihrer Wut, in ihrem Schmerz, aber sie war nichts weiter als eine Frau mit einem weißen Strohhut, die im Schatten stand neben einem Gestell voller Zeitungen, von Gedanken überrollt, die aus einem albernen Lied zu stammen schienen, das sie zu oft gehört hatte. Nora wusste nicht weiter, diese Nora, die entsetzlich einfältige Person, hasste sie am meisten, aber es half nichts, sie ging zum Strand, stellte den Schirm auf und ölte sich ein, Schultern, Schienbeine, Nase.

Am späten Nachmittag saß sie wieder an einem Tischchen, im Zebraschatten des Bambusdaches, das Licht gleißend wie Streifen geschmolzenen Platins. Sie bemühte sich, die Männer um sie her ins Auge zu fassen, als wäre sie in einer Ausstellung. Schulterlinien, deutlich umrissen, braune Haut gegen weiß gekalkte Wand, Härchen, gebleicht, Wasserperlen im Brustflaum, dunkle Finger, die nach durchsichtigen Gläsern griffen, in denen bleiche Flüssigkeit schwankte. Münder, ja Münder, dachte Nora, schau sie dir an, so ein Mund hat einen Geschmack, eine Wärme, siehst du die Zähne, jetzt die Zunge. Weißt du, wie sich das anfühlt, das sind keine Plastikperlen, das ist keine Erdbeere, das ist ein Männermund. Die Lippen des Mannes am Nebentisch waren haselnussbraun. Seine Haare, zurückgekämmt, klebten am Kopf. Sie stieg einem Tropfen nach, seinen Nacken herab, über die Schulter, den Arm, die Kurven der Rippen unter der Haut, gut umkleidet von einer dünnen Fleischschicht, der Bund der kurzen Hose schnitt ein wenig ein. Eine Hose, bedruckt mit Papageien und Palmwedeln. Wie nett, dachte Nora, aber mehr dachte sie nicht. Der Schenkel-Muskel, hier, breit, wo sie auf dem Stuhl auflagen, danach gewölbt und deutlich verjüngt hin zum Knie. Muskelstrang, dachte Nora und schickte das rotweiße Bild aus dem Naturkundebuch fort. Knie – na gut, Knie, haarlos, blank gescheuert, eine Narbe an der Wade, auch sie haarlos und perlweiß, halbmondförmig. Seine Geliebte küsst diese Narbe, sagte sich Nora und versuchte, ihre widerstrebenden Lippen auf die Narbe zu legen. Eine Frau küsst diese Haare, atmet an seinem Schenkel, er beobachtet sie dabei, liegend, die Augen halb geschlossen, in der blauen Dämmerung des Zimmers. Es war Nora, als hätte sie diese Narbe schon geküsst, oft. Sie fühlte sie unter der Zunge, zart geriffelt, zäher als ihre Umgebung. Sie trank Wasser und horchte dabei in sich hinein. Regte sich etwas irgendwo? Nichts, kein Echo, halt – seine Füße. Seine Füße machten sie traurig. Sie standen schlicht nebeneinander, nur der eine zuckte ab und zu, um eine Fliege wegzuscheuchen. Die Zehen harmlos aufgereiht mit ihren kurz geschnittenen runden Nägeln. Nora kehrte pflichtbewusst zur Hose zurück. Da ist etwas drin, etwas, was du kennen müsstest, stell es dir vor, befahl sich Nora und starrte, ohne zu blinzeln, auf den Schoß des Mannes. Sie zog ihm die Hose aus, es war nicht schwer, sie stellte ihn neben den Tisch, nackt, schwarzes lockiges Haargestrüpp, die verborgenen geheimen Partien im gestreiften Licht. Sie ließ ihn pendeln, diesen dunklen behäuteten Fremdling, Rührung überkam sie und freundliche Heiterkeit. Er lächelte, seine Augen schmal gezogen, in der grau gesprenkelten Iris zwei schwarze Punkte, harte, stechende Brauen wie zwei feine schwarze Bürstchen, in denen klare Tropfen hingen.

Er schaut mich an, dachte Nora. Sie schämte sich nicht, sicher hatte er die Wanderschaft ihrer Augen beobachtet, aber die Augen, der Blick huschte über sie hin, schweifte in die Ferne. Ohne Botschaft für sie.

Nora stand auf und ging hinüber zur Theke, um das Wasser zu bezahlen. Sie hatte den Mann vergessen, schon als sie vom Tisch aufstand. Als sie hinaustrat in die Geräuschkulisse des Strandes, konnte sie sich kein Bild mehr von ihm machen. Sie konnte das Meer riechen, den kühlen Melonengeruch des Wassers, immer vermischt mit Sonnenöl, Kokosnuss, Zitronen. Das Wasser lockte sie nicht wie früher, auch das war verloren gegangen. Wenn sie aufstand, die Wege der Karawanen kreuzte und hinauswatete, bis die milchige Bläue ihr bis zur Brust stieg, tat sie es sorgfältig, fast pflichtbewusst. Die Sonne auf ihrem nassen Kopf wie eine heiße enge Kappe. Das Wasser im Mund erstaunlich salzig, sie spuckte es aus. Sie schwamm, die Bewegungen kamen mechanisch. Noch ein paar Züge, sagte sie sich, dann kehre ich um, das muss genügen. Schon suchten ihre Augen den roten Schirm am Strand zwischen den wimmelnden Leibern. Eine runde Schatteninsel, unter der sie sich zusammenrollen und liegen bleiben wollte.

Früher hatte sie sich in der Sonne ausgestreckt, begierig und ganz beschäftigt mit Wohlgefühl und Wärme. Nachts zwischen den Laken hatte das Brennen ihrer Haut sie beglückt wie eine eingebrachte Ernte. Nicht dass sie sich an dieses Gefühl wirklich erinnern konnte. Es gelang ihr selten, die Erinnerungen zu beschwören, die sie gerade benötigte. Es war, als habe sie diese Empfindungen aus zweiter Hand. Es geschah ihr auch manchmal, dass sie plötzlich von den Zeilen einer Geschichte verfolgt wurde. »Als es Abend wurde, kamen sie in eine Stadt …« oder an Worte aus einem Kindergedicht »… aß die Beeren rot und blau …«. Diese Bruchstücke plagten sie, Nora wendete sie hin und her voller Verlangen, sie einzupassen in das richtige Umfeld wie bei einem Geschicklichkeitsspiel – plötzlich formte sich ein Stern aus den verschiedenen Teilen, plötzlich passte eines ganz selbstverständlich ans andere. Seit einiger Zeit war es schlecht bestellt um ihre Erinnerungsgabe, auf die sie sich sonst viel zugute hielt. Namen entfielen ihr, altbekannte Orte tauchten unter und wollten kein einziges Haus mehr zeigen, keine Brücke, keinen Platz. Reisen mit Abend, Morgen, Ankunft und Abschied taten so, als wären sie nie unternommen worden. Etwas war durcheinander geraten, das Geflecht der Tage hatte sich gedehnt, war gerissen. Wann war sie diejenige gewesen, an die sie jetzt dachte? Fremd wie jemand anders, der einem zufällig eines Abends von sich erzählt hat, unterbrochen von Stimmen am Nebentisch und der Musik einer müden Kapelle.

Sie stand im seichten Wasser und sah zu, wie kleine durchsichtige Wellen über ihre Füße spülten. Sie kannte das Gefühl, kannte das Bild, es bewirkte nichts. Sie wollte vorsichtig sein, sie wollte sich nicht trösten lassen, nicht von der unmöglichen Person im gepunkteten Kleid, nicht von der Nachtkatze, und weiß Gott, es gab noch andere Noras: die mit dem Sumpffieber, die Verrückte, die mit den Angstvisionen, die geplagte Halbwüchsige, die Selbstmörderin, Asketin, Heilige, Medusa, Mini Mouse.

Die Außerirdische zeigte sich heute nicht, die anderen, schläfrig und schweigsam, meldeten sich nicht zu Wort, ließen sich mitschleppen, keine kämpfte sich zur Oberfläche durch.

Nachts lag der Strand verlassen da wie der Strand einer unbewohnten Insel. Die Sonnenschirme lehnten an den Hütten, die Liegestühle türmten sich neben der Strandpromenade, aber Nora wendete alldem den Rücken zu. Sie setzte sich in den Sand, der, an der Oberfläche schon kühl, unter ihren scharrenden Fingern wärmer wurde und feucht.

Nora streckte sich aus und atmete. Der Himmel, verhangen und undurchsichtig, lagerte über dem Wasser wie ein schmutziger Baldachin.

Nora setzte das Messer an die Kehle dieser Frau, die lachte, die neben einem Mann im Bett lag und ihm zuhörte, die Brotbrocken abbrach und sie ihm reichte, nachdem sie selbst davon abgebissen hatte. Die Frau bemerkte das Messer nicht, sie umarmte den daliegenden Mann und verbarg ihr Gesicht in seiner Halsgrube. Nora zitterte. Mini Mouse quiekte, die Selbstmörderin schloss die Augen, das Kind fing an zu weinen, die anderen riefen und drängten sich, stießen sich und brüllten ihr Warnungen zu, Befehle, Verheißungen, Bitten.

Nora machte sich unverwundbar und hart, sie fühlte den Panzer, das Klicken der Gelenke, das Surren des Stromkreislaufs in ihren Gliedern. Licht pulste hinter ihrer Stirn, kalt war sie und übermenschlich stark.

Sie packte den Mann an seinem Stirnhaar und hob die Klinge hoch über ihren Kopf. Sie schaute in sein Gesicht, auch er sah sie an, seine Lider wurden schwer und sein Mund öffnete sich, nicht um zu schreien, nicht um zu sprechen.

Die Frau neben ihm antwortete auf seine Zeichen, sie näherte ihm ihr Gesicht und küsste ihn.

Das Messer fiel aus Noras Hand, es verschwand im Sand, und das Wasser schickte eine kleine glasige träge Welle nach ihr aus und benetzte ihre nackten Füße.

Keiner weiß es

Ich komme noch immer in den Zoo. Ich sitze meistens hier, auf dieser Bank neben dem Vogelhaus, das ist meine Lieblingsbank, sie liegt im Schatten, und die Leute bleiben nie lange vor den Käfigen stehen. Vögel kümmern sich nicht um das, was man ihnen zuruft, um das, was man von ihnen erwartet. Sie singen oder kreischen, wann sie wollen. Sie halten ihr Gefieder in Ordnung. Ich sitze hier im Schatten, und die Zoobesucher gehen an mir vorbei, ohne mich zu bemerken, ein alter Mann eben, es gibt so viele alte Männer.

Früher habe ich mich auch auf andere Bänke gesetzt, aber ich bin es müde, die Menschen zu beobachten, wie sie sich zum Narren machen vor den Käfigen. Wie sie versuchen, die Tiere zu stören, ihren Blick zu fangen, ihre Gier zu locken, wie sie versuchen, das aus ihnen zu machen, um dessentwillen Menschen in den Zoo gehen.

Sie wollen etwas erleben bei den Tieren, lauern auf etwas Wildes, Unbezähmbares und Grausames, um zuzusehen. Sie belauern auch das Leid der eingesperrten Kreatur, um Mitleid zu haben, aber das Mitleid vergessen sie schnell, wenn sie weiterschlendern. Ich respektiere die Tiere, sie haben mich nicht enttäuscht. Sie können mir trauen.

Ich war Kellner. Ich war ein guter Kellner. Ich kenne die

Menschen. Ich habe sie bedient. Heute würde es mich mehr erheitern, Tieren das Essen zu servieren – den Raubtieren vielleicht. »Hat es Ihnen geschmeckt, mein Herr?«

Im Sommer ist es heiß, da, wo ich wohne. Ich habe ein Zimmer ganz in der Nähe, unterm Dach. Im Sommer riecht man die Tiere, besonders vor einem Gewitter. Man hört sie auch. Ich liege dann auf meinem Bett und stelle mir vor, ich wäre in Afrika. Sie brüllen, pfeifen und heulen. Ich war noch nie in Afrika. Im Sommer gehe ich jeden Tag den kleinen Hang hinunter und über die Straße in den Zoo. Meine Brote und meinen Tee bringe ich mit. Ich habe eine Jahreskarte. Die Wärter kennen mich und beachten mich nicht weiter: ein alter Mann, der ein wenig hinkt, ein weißhaariger Mann, der neben den Volieren sitzt und vor sich hin zu dösen scheint.

Manchmal, wenn ich meine Runde mache, gegen Abend, füttere ich die Krokodile. Wie ruhig sie durchs Wasser gleiten, wie bewegungslos sie daliegen, übereinander, nur das Schwefelgelb der Augen glänzend, immer wachsam. Ich bleibe stehen bei den Kängurus und esse mein letztes Brot bei ihnen. Ich esse nicht gerne allein. Die Kängurus machen immerzu an sich herum mit ihren kleinen schwarzen Händen. Das gefällt mir, sie erinnern mich an manche Frauen, die immerzu an ihren Kleidern zupfen, ihre Haare zurechtstreichen, ihren Hals befühlen. Mir hat auch immer gefallen, wie Vögel ihr Gefieder putzen und sich dabei aufplustern, um mit dem Schnabel bis zur Haut unter den Flaum zu gelangen.

Die Frau – ich hatte sie schon ein paar Mal hier gesehen, ohne ihr wirklich Beachtung zu schenken – hatte etwas von einem Vogel, einem Wasservogel, dünn, mit großem Schnabel und müden Augen. Wasservögel, solche großen, sehen meistens zerzaust aus und verdrießlich, wenigstens im Zoo.

Die Frau blieb neben dem Eisbärgehege stehen, diesem weiß bemalten Betongebirge, Eisberge, die nicht schmelzen und zwischen denen der gelangweilte schwere Geselle hin und her tappte, mit klirrenden Krallen. Auf der Bank neben dem Gehege saß ich damals gerne am Morgen. Ich bildete mir ein, es sei kühler dort als anderswo, und ich konnte die Flamingos gegenüber beobachten, die Zebras, die Wasserbüffel, die immer in Gruppen zusammenstehen, den Kopf gesenkt, und sich aneinander reiben.

Sie lehnte an der kleinen Mauer und sah zu dem Bären hinüber, das Gesicht halb abgewandt und still. Das Tier blieb stehen, hob seinen kleinen eckigen Kopf und wandte ihn ihr zu, schnüffelte kaum wahrnehmbar. So blieben sie eine ganze Weile, ohne sich um die Leute zu kümmern, die vorbeigingen, stehen blieben und sprachen. Dann, als gäbe er nach, ließ sich der Bär niederfallen, dort, wo er stand, und streckte sich aus, den Bauch an den Betonboden gedrückt. Sie lächelte, ohne sich zu bewegen, lächelte, ihre Hände betasteten lange die Mauer, an der sie lehnte, als prüfe sie behutsam die glatte Oberfläche.

Sie sah auf, unsere Blicke trafen sich, und sie kam und setzte sich auf die Bank, ans äußerste Ende und ohne mich anzusehen. Ihr Gesicht hatte sich verändert, sie lächelte nicht mehr, und wie sie dasaß, schien mir, als spanne sich ihr Körper, als warte sie nur darauf, dass ich sie wegscheuchen würde. An diesem Tag hatte ich mir Würstchen gekauft und eine Flasche Bier, und während ich kaute und die Flasche an die Lippen hob, beobachtete ich sie aus dem Augenwinkel. Sie machte gar nichts, rührte sich nicht, und doch hatte ich das Gefühl, als folge sie meinen Bewegungen beim Essen, verstohlen und gierig. Sie nestelte an ihrer Bluse herum, aber nicht, um sie zurechtzuziehen oder zu glätten. Ein schwarzer Glasknopf sprang auf den Weg, rollte und blieb vor mir liegen. Ich hob ihn auf und reichte ihn ihr hinüber, auf der flachen Hand, und ich lächelte dabei. Sie pickte ihn von meiner Handfläche. Sie lächelte nicht. Ich sah, dass sie sich vor mir fürchtete, aber ich merkte, dass mir das Vergnügen bereitete. Schon lange hatte mich kein Mensch mehr ängstlich angeschaut. »Heute Morgen haben Sie seinen Käfig gesäubert«, sagte ich. »Mit dem Schlauch. Er hat alles beschnüffelt, als er herausdurfte. Ich glaube, er war zufrieden.« Drüben warfen drei junge Männer lachend Hände voll Popcorn über das Wasserbecken. Der Bär lag da und kümmerte sich nicht um das falsche Schneetreiben.

»Sie kommen auch oft her, ich habe Sie schon gesehen«, sagte ich, und sie, als hätte ich sie beschuldigt, erstarrte und stand auf.

»Nein«, sagte sie. Es war eine so offensichtliche Lüge, dass ich fast gelacht hätte. Aber ich lachte nicht. Als sie wegging, sah ich, dass ihr schwarzer Rock verknittert und zerrissen war und ihre nackten Beine schmutzig.

An verschiedenen Tagen begegnete ich ihr wieder, aber ich tat, als bemerkte ich sie nicht. Ich hatte ihren ängstlichen Blick nicht vergessen. Einmal sah ich sie lange vor dem Teich mit der Antilopeninsel stehen und ins Wasser starren, wo große fleckig rote Goldfische träge mit den Flossen fächelten. Einmal hockte sie auf der Wiese unter den Haselnussbüschen neben dem Nashorngehege. Sie hatte den Rock zwischen den Knien gespannt und betrachtete einen Haufen Heu, der auf ihrem Schoß lag. Ich fragte einen der Wärter nach ihr, aber er wusste nicht, wen ich meinen könnte, und drohte mir mit dem Finger, als stelle ich einer Frau nach. In gewisser Weise hatte er Recht, ich stellte ihr nach, aber mehr aus Neugier und Langeweile. Es war ein schöner warmer Sommer, und ich kam schon frühmorgens in den Zoo.

An manchen Tagen sah ich sie von ferne vorbeigehen, eingefügt in eine Gruppe von Leuten und so, als gehörte sie zu ihnen. Ihr Haar, und sie hatte viele Haare, dunkle und ein paar graue darunter, trug sie manchmal zurückgebunden, manchmal auf dem Kopf zusammengedreht. Ich erkannte sie aber immer an der Art, wie sie den Kopf hielt und die mageren Schultern spannte. Ich weiß nicht, warum sie mich an Marlies erinnerte und warum ich in diesem Sommer immer wieder daran denken musste, was damals mit Marlies und mir geschehen war. Ich wollte nicht an sie erinnert werden, ich glaubte, ich würde nie mehr daran denken müssen. Sie hatte keine Ähnlichkeit mit Marlies. Sie bewegte sich ganz anders – merkwürdig. Marlies' Haare kurz und hell, ihre runden Arme, ihr Lachen, die kleinen Sprünge, die sie machte, beim Gehen. So viele Jahre sind seitdem vergangen.

Früher habe ich mich nie für Tiere interessiert. Da hatte ich es nur mit verzogenen kleinen Hunden zu tun, die unter den Tischen hervorfuhren und auf den Bänken saßen, neben ihrem Herrn. Wie gerne der Mensch einen Sklaven hat, der von seinem Wohlwollen abhängt. Wie ähnlich dieser Sklave ihm wird. Leute, die das Essen in sich hineinstopfen, ohne es zu genießen, Leute, die ihren Unmut an dem auslassen, der das Essen nicht gekocht hat, Leute, die sich über ihre Teller beugen, als kämpften sie mit einem trickreichen Gegner. Ich habe die Hunde geduldet, die im Restaurant an meinen Hosen schnüffelten, das wurde von mir verlangt. Als ich klein war, gab es eine Katze, die aber gehörte unserem Nachbarn. Heute, wenn ich im Schatten sitze und zusehe, wie die Pinguine sich ins Wasser stürzen, untertauchen und dahingleiten, als wäre das Wasser Luft und sie flögen, überkommt mich etwas wie Bewunderung und Zuneigung. Pinguine sind seltsame Wesen. Oft stehen sie lange unbeweglich da, den Kopf zur Wand gekehrt, als dächten sie nach. Wenn sie die Mauser haben, sieht man, dass es ihnen schlecht geht, sie bewegen sich schwerfällig, sind zänkisch und nachlässig mit der Körperpflege. Früher beneidete ich die Tiere immer ein wenig um ihre Ruhe, für sie war gesorgt, schien mir, man kümmerte sich um sie. Immer hatten sie Gesellschaft. Ihr Tisch war immer gedeckt.

Einmal, ich weiß nicht mehr genau, wann, habe ich die Frau vor dem Marderkäfig hocken sehen. Es war Abend, und nur wenige Leute schlenderten noch auf den Wegen dem Ausgang zu. Sie zupfte am Maschendrahtgitter mit den Händen, langsam, so als spiele sie ein Instrument und müsse auf einen Rhythmus achten. Der Marder kam heraus und sprang ans Gitter, dort, dicht vor ihrem Gesicht, klammerte er sich fest. Er kommt sonst immer nur heraus, wenn es etwas zu essen gibt, ich habe ihm manchmal meine Schinkenschwarten hineingeworfen. Der Marder hing also am Gitter, sein rötliches Sommerfell hob sich deutlich ab von ihrem dunklen Haar. Sie bewegte weiter die Finger auf dem Maschendraht, und an den Bewegungen ihres Kopfes konnte ich erkennen, dass sie sprach, vielleicht hat sie auch gesungen, ich weiß es nicht. Ich habe die beiden nicht gestört.

Der Regen überraschte mich auf dem Weg zum Nilpferdhaus. Ich bin nicht sehr schnell, aber das liegt nicht am Alter. Wenn ich schnell laufe, kann man deutlich sehen, dass ich meinen Fuß nachziehe, und obwohl ich weiß, dass einen alten Mann keiner anschaut, bin ich doch zu eitel, um mein Gebrechen so auffällig zur Schau zu stellen. Es ist eigentlich kein Gebrechen, nicht im landläufigen Sinne. Ich habe mir den Fuß damals verbrannt, als ich den Imbissstand hatte, mit heißem Fett, und er ist danach nie mehr so geworden wie der andere.

Im Nilpferdhaus, wo die Stimmen der Tiere und der Leute seltsam hallen, empfingen mich die warme feuchte Luft und ein Geschmack von fauligem Schilf. Ich nahm die Brille ab und putzte die Gläser. Als ich sie wieder aufsetzte, sah ich die Frau vor dem Tapirgehege, und ich stellte mich neben sie, die Hände auf dem runden Eisenrohr. Die beiden Tapire lagen auf dem nassen Betonboden und dösten, nur ihre Ohren zuckten ab und zu, und ihre langen gummiartigen Rüssel tasteten blind und ziellos an den Kacheln. Sie wandte sich mir zu und lächelte. Es war ein vertrauliches Lächeln, ein Lächeln, das man zwischen zwei Sätze einer Unterhaltung schiebt, die man gerade führt, ein Lächeln, das den Tapiren galt und mir und ihr, die wir sie betrachteten. Für einen Augenblick glaubte ich, sie sei viel jünger, als ich sie eingeschätzt hatte, aber dann, als sie den Kopf reckte und, langsam und ohne die Augen von mir zu lassen, ihre Nase berührte, sah ich, dass ich mich getäuscht hatte. Sie war nicht mehr ganz jung, musste so um die vierzig sein.

»Ich möchte essen.« Sie sagte es wie jemand, der weiß, dass es zu essen gibt, und sicher ist, dass er gleich essen wird, und ich, alter Idiot, reichte ihr meinen Arm und sagte: »Dann sollen Sie essen.« Dabei war mir bewusst, dass ich das Essen für sie kaufen musste, und so war es dann auch.

Wir setzten uns vor den Würstchenstand unter die Plane an einen Tisch, an dem eine Frau mit zwei kleinen Kindern saß, die meine Begleiterin anstarrten. Ich stellte zwei Paar Würstchen auf einem Pappteller vor sie hin, und sie verneigte sich sehr anmutig vor mir und aß die Würstchen langsam und in kleinen Bissen, die sie vorher in den Senf tunkte. Sie aß wie ein Kind, konzentriert und voller Hingabe. Die Semmel zerpflückte sie und schob sie in kleinen Stücken ab und zu zwischen die Wurstbissen. Ich sah ihr zu. Wenn sie großen Hunger hatte, dann zeigte sie es nicht. Sie kehrte die Brösel in ihre flache Hand und warf sie neben den Tisch. »Keine Tauben da«, murmelte sie mit leiser Unruhe.

»Der Regen«, sagte ich.

Sie seufzte und streckte sich. »Würstchen, immer nur am Samstag«, sagte sie. »Freitag Nudeln und Sonntag Pizza.«

»Bei Ihnen zu Hause?«, fragte ich, und sie gab mir einen jener düsteren Blicke, den ich später noch oft an ihr gesehen habe. So, als habe sie mich dabei ertappt, mich nicht an die Abmachungen zu halten.

»Ich esse gerne Würstchen«, sagte ich rasch, und sie nickte.

»Sie sind köstlich hier!« – als spräche sie von Seezungenröllchen. Ihr Gesicht verklärte sich.

»Ich heiße Sigi«, sagte ich, und als sie nicht antwortete, fügte ich hinzu: »Eigentlich Sigurt, aber das klingt fürchterlich.« Ich wartete auf ihr Lächeln, aber sie senkte die Augen.

»Wie heißen Sie?« Sie drehte an den Knöpfen ihrer Bluse. Ich sah, dass einer fehlte. Ihre Finger drehten an dem Garnstumpf, den er hinterlassen hatte.

»Und wie ist Ihr Name?«, fragte ich leichthin und sah hinaus in den fallenden Regen.

»Hat man Sie geschickt?«, fragte sie leise, ohne mich anzusehen.

»Geschickt? Wer?« Sie war schon aufgestanden.

»Die Würstchen waren köstlich«, sagte sie und trat hinaus in den Regen. Ich bemerkte, wie die Frau an unserem Tisch mich ansah, und auch die Kinder hörten auf zu streiten und glotzten ihr nach. Sie ging davon, den Weg entlang, ohne auf die Pfützen zu achten.

Manchmal verstrichen viele Tage, ehe ich sie wiedersah. Auf meinen Spaziergängen durch das Zoogelände hielt ich nebenbei nach ihr Ausschau. Ich setzte mich mal auf diese, mal auf jene Bank und schloss die Augen, wie einer, der döst, als könne ich sie so herbeilocken. An einem schwülen Nachmittag setzte sich jemand neben mich. Ich hatte gerade an sie gedacht, aber es war eine alte Frau, die einen Hut trug und eine große weiße Tasche, die neu aussah, an sich gedrückt hielt. Ich wusste sofort, dass sie mich ansprechen würde. Wenn die Leute aus dem Affenhaus kommen, wollen sie immer reden. Sie setzte sich neben mich auf die Bank und begann sofort zu erzählen. Sie zeigte mir die Fotos ihres Enkels, hässliche Fotos in Farben, wie es sie nicht wirklich gibt. Sie erzählte von ihrem Schrebergarten und dass sie einmal Schauspielerin gewesen sei; das glaubte ich ihr nicht. Mit Menschen kenne ich mich aus. Ich erzählte ihr, ich sei Kapitän gewesen. Sie glaubte mir das und musterte mich durch die obere Hälfte ihrer bifokalen Brille. Wie leichtgläubig manche Leute sind. Sicher fand sie, dass meine Augen kühn blickten, wie Hans Albers' Augen. Ich habe sehr blaue Augen, das ist wahr, ich hatte die Brille abgenommen, um sie zu putzen. Wer weiß, ob Hans Albers je zur See gefahren ist. Mir wird schlecht auf einem Schiff, sogar auf der Fähre nach England wurde mir schlecht; dabei war das Meer eigentlich ganz ruhig. Nicht, dass ich als Kellner angeheuert hätte auf diesem fürchterlichen Schiff, das nach ranzigem Schmieröl roch und nach überhitztem Metall. Ich wollte damals Marlies zurückholen. Ich wollte nach London gehen und Marlies zurückholen. Es war Herbst, aber London war nicht neblig, wie ich es mir vorgestellt hatte. Es gab viele Statuen, und in den Parks lagen Leute zwischen den Laubhaufen und lasen Zeitung.

Die Frau neben mir sagte: »Ja, ja«, das sagte sie oft und atmete aus dabei. Sie fragte mich, ob ich Witwer sei, und da sah ich meine geheimnisvolle Freundin, sie ging an uns vorbei, langsam und getragen, als schritte sie zu den Klängen eines schwermütigen Marsches. Sie wandte uns ihr Profil zu, und ich konnte sehen, dass sie mit Absicht an uns vorbeiging, als wolle sie sich mir zeigen. Schon hob ich die Hand, um ihr etwas zuzurufen, aber plötzlich schämte ich mich.

Die Frau neben mir stellte ihre Tasche mit Nachdruck auf ihrem Schoß zurecht und kniff die Lippen zusammen.

»Wir haben auch Tiere transportiert auf unserem Frachter, damals von Port Said aus«, sagte ich. »Elefanten sind sehr nervös auf Reisen. Man muss ihnen ein Huhn zur Gesellschaft geben, das ungerührt im Stroh herumscharrt. Pferden gibt man einen Hund mit, das macht sie ruhig.« Die alte Frau musterte mich misstrauisch, und ich stand auf und schulterte meinen kleinen Sack, wie es die Seeleute tun.

Im Aquarium fasste sie von hinten meine Hand und hob sie an ihre Backe. Sie hatte drei Taubenfedern im Haar. Eine davon fiel heraus und streifte meine Hand, so dass ich einen Augenblick verwirrt war, weil ich nicht wusste, ob ihre Backe oder die Feder so weich meine Haut berührt hatte.

Lange sahen wir dem großen bleifarbenen Fisch zu, der an den Steinen herumäste. Sie berührte die Glasscheibe mit den Fingerspitzen und sagte: »Meeresgrund.« Ich zeigte ihr die Muräne und die Schildkröten.

Draußen schien die Sonne auf uns herab, und wir schlenderten zu einer Bank und setzten uns. Ich holte meine Brote aus meinem Rucksack und hielt ihr die Hälfte hin. »Bückling«, sagte ich. Aber sie schüttelte den Kopf. Ich überlegte mir gut, was ich jetzt sagen sollte. Ich fürchtete, sie würde gleich wieder aufstehen und fortlaufen, und das wollte ich nicht.

Wir saßen eine Weile, und keiner von uns sprach ein Wort. Sie saß zurückgelehnt und ganz gelassen, die Augen halb geschlossen, als träume sie. Ich wollte sie nicht aufschrecken mit meiner Stimme, aber ich kann es nicht gut aushalten, wenn es so eine lange Stille gibt. Ich werde dann unruhig und muss etwas sagen, als wäre es mir peinlich zu schweigen. Marlies kannte das an mir, sie hat es mir oft gesagt. »Warum redest du, wenn du nichts zu sagen hast?«

Wir liegen auf dem Bett, und es ist ein Winternachmittag, und draußen wird es dunkel. Ich weiß nicht, warum ich rede, aber ich kann nicht aufhören, vielleicht, weil ich es müde bin, immerzu Anteil zu nehmen an dem, was Marlies beschäftigt, »plagt« – wie sie sagt. Es ist mein freier Tag, und ich habe Lust, aufzustehen und hinunterzulaufen auf die Straße. Ich möchte lachen, möchte, dass Marlies lacht, sich bei mir einhängt, neben mir hertrippelt und aufhört zu reden. Ich möchte da nicht mit hin, wo sie mich hinzerren will mit ihren Worten, mit ihren Tränen. Sie hält mich fest dort, auf dem Bett. Das ist Liebe, sagt sie, und ich, ich bin wie gelähmt.

Drüben waren die Schwäne ans Gitter geschwommen und musterten uns kalt. Ich warf ein Stück Brot zu ihnen hinüber, aber es prallte am Gitter ab und rollte auf den Weg. Mir fiel ein, wie ich als Junge auf meinen Papierkorb gezielt habe und mir sagte, wenn du triffst, geht dies oder jenes in Erfüllung oder auch nicht. Sie hatte mich beobachtet und vor sich hin gesummt. Sie zog eine Feder aus ihrem Haar und strich sich damit über die Kehle. Dann erzählte sie mir eine Geschichte von einer Familie, die um einen Tisch saß in einem Lokal, und in der Mitte des Tisches stand eine große Platte mit gebratenen Hühnern, und sie riefen nach den Kindern, die irgendwo draußen im Hof waren, und dann standen sie alle auf und liefen hinaus in den Hof, und die Hühner dampften auf dem Tisch, und sie kamen nicht wieder, und dann kamen sie wieder und zerrten die Kinder hinter sich her, aber eines fehlte, und die Frauen waren ganz blass und suchten nach ihren Taschen, und der Großvater musste auf die Toilette geführt werden, und eine Frau telefonierte an der Theke und weinte, und sie sammelten ihre Sachen zusammen und drängten hinaus, und Kinder von anderen Tischen rannten auf den Hof hinaus und wurden zurückgescheucht von ihren Eltern, und die Hühner auf dem Tisch … Der Kellner packte sie ein, in Metallfolie, aber sie nahmen sie nicht mit, und er stand kopfschüttelnd und verwirrt und hielt das silberne Paket vor der Brust wie ein Baby und … »Es muss etwas Furchtbares passiert sein«, sagte sie so gequält, als wäre das alles gerade eben passiert.

Seltsam, dass sie mir das erzählte. Ich hatte ihr nicht gesagt, dass ich einmal Kellner gewesen war, ich hatte ihr überhaupt nichts von mir erzählt, und sie hatte mich nichts gefragt.

Die Geschichte aber verwirrte mich, und ich wusste nicht genau, um was es ihr ging. Immer hat sie mir so verworrene Sachen erzählt.

Die Wärter haben mich später gefragt, ob ich nicht bemerkt hätte, was mit ihr los sei. Es ist wahr, dass ich sie seltsam fand und nicht wie andere Leute, aber das gerade gefiel mir an ihr. Sie respektierte die Tiere. Sie war nicht wie die anderen, die sich aufdrängten mit ihrer Neugier und ihrer lärmenden Freude. Ja, sie gefiel mir, sie war so zutraulich manchmal, wie eben jetzt, so vertrauensselig und mitteilsam, und sie gefiel mir auch, wenn sie düster war und abweisend. Sie machte mich neugierig, und ich bildete mir ein, sie zu beobachten wie eins der Tiere, ohne einzugreifen, ohne mir meine Meinung zu bilden, jedenfalls nicht gleich.

Ich erzählte ihr nun von der Schießerei im Fischrestaurant und wie die Splitter von den Marmortischen spritzten und wie die Leute auf allen vieren unter die Theke krochen und wie ich auf dem Bauch lag und der Rotwein aus der eben geöffneten Flasche meine frische weiße Schürze tränkte. Sie hörte mir aufmerksam zu, und ihre mageren Hände lagen in ihrem Schoß.

»Frau Mack muss immer entscheiden, welches Programm«, sagte sie. »Und das steht dann auf einem Zettel, der hängt an der Wand. Vorher gab es immer Geschrei und Puffe und Geknuffe wegen dem Programm. Frau Mack hat mir auch gezeigt, wie man Makramee macht, und ich habe wunderschöne Taschen geknüpft, Taschen wie Vogelnester, doch sie wollten sie mir nicht lassen, aber Frau Isa haben sie ihren Hasen gelassen. Sie hatte einen Hasen, den trug sie immer herum, und sie hat ihn auch gefüttert, und manchmal hat sie ihn mir gezeigt und gesagt, ob er nicht wieder gewachsen sei. Aber er konnte nicht wachsen, er war aus Stoff, und seine Augen waren aus Glas.«

»Wollen Sie mir nicht sagen, wie Sie heißen?«, fragte ich sie und warf einen neuen Brotbrocken über den Zaun, dieses Mal traf ich ins Wasser, und wir sahen zu, wie die beiden Schwäne rasch den Hals nach ihm reckten und mit den Flügeln schlugen.

»Nennen Sie mich Lilo, das ist mein liebster Name, mein Wassername, mein Name für den Sommer«, sagte sie.

Irgendwie leuchtete mir das ein, was sie da sagte, warum nicht? Man sollte sich seinen Namen aussuchen können, jeden Tag einen neuen.

Am Morgen konnte ich nicht aufstehen, später dann gelang es mir, hinüberzuhinken zum Klo. Ich habe kein Bad hier oben, nur ein Klo hinter dem Heißwasserboiler. Es war ein windiger Tag, und die Dachluke quietschte und krachte in ihren Angeln. Frau Kloppsch kam am Vormittag herauf, das hatte ich erwartet. Sie geht nie aus, und ich glaube, sie hört unten alles, was ich da oben mache, jeden Schritt im Zimmer und jeden Schritt auf der Treppe. Ich hörte sie immer kommen, denn die Tür zum Speicher ist aus Eisen, wegen der Brandgefahr, und es macht ihr Mühe, sie zu öffnen. Frau Kloppsch setzte sich auf meinen Stuhl, ich habe nur einen Stuhl, und glotzte mich an. Aber es sieht nur so aus, als glotze sie. Ihre Augen stehen ein wenig vor, und wenn sie die Treppe heraufgekommen ist und die Tür aufgezogen hat, ist sie immer außer Atem, und ich habe bemerkt, dass ihre Augen dann noch größer und vorwurfsvoller aussehen als sonst. Seit sie versucht hat, mich hinunterzuzwingen auf ihre Couch, damit sie mich pflegen kann, wenn ich krank bin, fürchte ich ihre Besuche. Ich bin ihr nicht gewachsen, wenn ich krank bin und im Bett liege. Sie geht dann im Zimmer herum, als wäre es ihr Zimmer, schaut sich an, was auf dem Tisch liegt und auf der Kochplatte steht, und bückt sich ächzend, um heruntergefallene Sachen aufzuheben.

»Soll ich Ihnen was mitbringen lassen vom Supermarkt?«, fragte sie. Sie hat einen Jungen, der ihren Hund ausführt und einkauft. »Ich könnte Ihnen was mitkochen, ich dachte heute an einen Gemüseeintopf.« Ich will nicht, dass sie für mich kocht, das gibt ihr Gelegenheit, neben dem Bett zu sitzen, wenn ich esse, und zuzusehen und zu reden. Ich denke, sie hätte am liebsten, wenn ich hinunter zu ihr zöge. Den ganzen Tag eingeklemmt zwischen ihren prallen Sesseln und wuchernden Beistelltischchen, den ganzen Tag ihrer kurzatmigen Stimme ausgesetzt und zugedeckt von einer Lawine von Fotos, trockenen Rosen und vergilbten Zeitungsausschnitten. Sie war früher Opernsängerin. Vielleicht bin ich undankbar. Vielleicht würde ich mich auch an den Hund gewöhnen. Er hat keine Zähne, sie gibt ihm mit den Fingern zu essen. Ich habe oft Lust, ihm ein schmieriges Paket mit Därmen und Kutteln vom Freimarkt mitzubringen und zuzusehen, wie er das Zeug über den Teppich schleppt.

Frau Kloppsch ist kein böser Mensch, und ich weiß wohl zu schätzen, dass sie mich duldet in dem Zimmer unterm Dach, in dem früher ihr Dienstmädchen wohnte. Aber ich denke, sie hat sich mehr von mir erwartet, als sie mich einziehen ließ. Nichts Verwerfliches, »Ansprache«, wie sie es nennt, und mal ein Kartenspielchen und einen »Austausch«. Ich habe sie nie singen hören, vielleicht ist das ihre Stimme, die ich höre, nachts, wenn sie manchmal ihre Platten spielt. Eine weiche und lichte Frauenstimme, die mich an Lilien erinnert. Ich liege im Bett und schaukle auf der Musik, ein Korken im lauen Wasser einer Bucht.

Wenn ich krank bin, ist alles anders, es ist eine Strafe für mich, im Bett zu liegen. Ich kann nichts tun, um mich abzulenken, und meine Gedanken schweifen und tragen mich fort.

Draußen hörte ich die Bäume im Wind rauschen und auch die Geräusche der Straße drunten mit ihren verschwommenen Stimmen und dem Summen von Motoren stiegen zu mir herauf wie eine feine Brandung. Ich sah dem Sonnenviereck zu, das langsam über meinen Tisch glitt, unmerklich, über die Tassen, den Teller mit den Birnen, die staubigen Papiere. Im Halbschlaf glaubte ich, Sonnenöl zu riechen und das Geräusch von Wellen zu hören, Rufe und Gelächter …

Marlies liegt im seichten Wasser, und über ihre Backe zieht sich eine silberne Sandspur. Immer wollte sie verreisen, immer wollte sie ans Meer, und ich, ich wollte immer weniger, je mehr sie drängte. Einmal, einmal hat sie mich herumgekriegt, und wir waren eine Woche in Italien. Wo war das? Ich glaube, der Ort hieß Fuoco oder so ähnlich.

»Wie geht es uns gut«, sagt sie und zeigt auf die Schirme am Strand und auf die bunten Boote, und ich, ich kann es nicht schön finden, weil sie es mir so hinschiebt, so als wäre es ihre Erfindung. Und es ist heiß, und ich habe einen Hut auf, einen Strohhut, den hat sie mir gekauft. Und sie macht so eine Bewegung über die ganze Strandpromenade, so eine stolze Bewegung mit dem Arm, als überreiche sie mir alles. Und sie sieht so schön aus, sie triumphiert, ihre Augen auf meinem Gesicht, ihre Haare gelockt vom Meerwasser, und ich denke, wie ich sie jetzt dazu bringe, mit mir ins Zimmer unserer Pension zu gehen und sich hinzuhocken vor mir auf den gefleckten Terrazzo und meine neuen kurzen Hosen aufzuknüpfen, und ich sehe die Hosen herunterfallen und um meine Knöchel hängen, und ich weiß, ich könnte sie jetzt gleich an der Hand nehmen und fortziehen mit mir, in dieses Zimmer, in dem am Tag die Läden geschlossen sind wegen der Hitze, und da verlässt mich meine Lust, und wir kaufen ein Eis, und der Wind zerrt an den bunten Fantasiefahnen über unseren Köpfen …

Ich hatte Frau Kloppsch nicht kommen hören, und sie stand schon vor meinem Bett, als ich mich aufrichtete.

»Ich hab Ihnen die Zeitung mitgebracht«, sagte sie und holte sie unter ihrer Achselbeuge hervor. Ihre Augen musterten mich besorgt.

Später, als sie gegangen war, bin ich dann wirklich eingeschlafen. Ich schlief, bis es dunkel wurde, und wachte auf, als es zu regnen begann. Ich dachte an meine neue Freundin und fragte mich, wo sie Schutz suchen würde vor dem Regen, so als hätte sie keinen Ort, an dem sie sich verbergen könnte, als lebte sie im Tierpark unter den Haselbüschen und hinter den Strohballen am Zaun.

Wenn ich mein Bein spüre oder meinen Magen, neige ich dazu, mir alle möglichen unnützen Sorgen zu machen. Nur gut, dass ich im Grunde zäh bin, ich komme immer wieder auf die Beine. Wichtig ist, mich von Frau Kloppsch fern zu halten und ihren düsteren Prognosen. Wenn ich mich schwach fühle, fürchte ich mich ein bisschen vor ihr.

Ich lebte also drei Tage von Tütensuppe und Kartoffeln. Ich weiß, wie man so was verfeinert, das habe ich gelernt. Ich habe schon von weniger leben müssen.

Marlies war damals immer krank, zumindest in diesem Jahr, als wir den Stand mit den Würstchen und den Schaschliks gepachtet hatten. Sie sagte, sie fühle sich so allein, so verlassen in unserer kleinen Wohnung am Stadtgraben. Vielleicht kam das davon, dass sie das Kind verloren hatte. Ich habe es mir auch gewünscht, das Kind. Das war in diesem Frühling, in dem es viel zu früh heiß wurde und die Bäume schon im April blühten. Der Metzgerbursche stellte mir morgens schwitzend die Alukästen mit den Würstchen vor die Tür. Der Bierfahrer trank eine Flasche mit mir unter den Kastanien. Das Geschäft ging gut. Ich hatte alle Hände voll zu tun, ich kam nicht dazu, mir Gedanken zu machen. Immer waren Leute da, die etwas bestellten, mit mir sprachen. Man muss einen eigenen Rhythmus finden bei den Verrichtungen hinter der Theke, sonst geht alles schief. Marlies sitzt im Nachthemd im Sessel vor dem offenen Fenster. Sie kann nicht sagen, was sie hat, müde sei sie und ihr Kopf wie taub, abends will sie mit mir reden, sie hat nicht gekocht, wir essen Würstchen und Kartoffelsalat, ich habe ihn gemacht schon ganz früh am Morgen, manchmal ist nichts übrig, und ich gehe in die Kneipe an der Ecke und kaufe Buletten und Brot, dann sprechen wir, aber es ist immer das Gleiche. Jeden Tag warte ich darauf, dass es besser wird mit Marlies. Der Doktor, sagt sie, findet nichts. Nachts höre ich sie weinen und aufstehen und im Zimmer herumgehen, aber ich bin furchtbar müde. Ich denke, Marlies lässt sich gehen, sie will nicht gesund werden, sie wollte auch den Stand nicht. Sie wollte ins Ausland gehen mit mir und dort arbeiten, aber ich wollte etwas Eigenes, wollte etwas aufbauen für uns.

Wenn ich in meinem Bett liege, unterm Dach, höre ich nachts das Gebälk krachen und Mäuse über die Dielenbretter rennen. Der Speicher riecht nach heißem Holz und Staub. Ich höre die Tiere schreien drüben im Zoo, verschlafen, bilde ich mir ein, und wie im Traum.

Es wäre schön, hinüberzugehen und zwischen den Käfigen und Gehegen herumzuschleichen wie ein Nachtwesen, die Augen an die Dunkelheit gewöhnt und ohne die Tiere zu erschrecken. Ich stelle mir die Wasserflächen vor, in denen sich der Himmel spiegelt. Die leeren Wege, grau und kühl. Kein Mensch ist zu sehen. Ich möchte gerne einschlafen. Es ist nicht gut, darüber nachzudenken, ob man etwas falsch gemacht hat in seinem Leben. Schlimmer als alles andere sind die Dinge, die man nicht getan hat.

Meistens kann ich erst einschlafen, wenn es draußen hell wird.

Allmählich ging es mir besser. Das Wetter hellte sich auf, für Stunden besuchte ich wieder den Zoo.

Ich sah sie auf der Wiese neben dem Kinderspielplatz. Sie zeigte einem kleinen Mädchen etwas, was sie in ihrer Hand hielt. Sie umarmte das kleine Mädchen und erlaubte ihm, an ihren Haaren zu zerren. Sie steckte dem Kind ein Gänseblümchen ans Kleid. Ich blieb stehen und sah ihr zu. Dann ging ich weiter und setzte mich irgendwo auf eine Bank. Ich konnte fühlen, dass ich noch schwach war, das ärgerte mich, das Unterhemd klebte an meiner Brust, mein Mund schmeckte sauer. Ich fühlte kein Bedürfnis, sie zu sehen, irgendetwas an ihr beunruhigte mich. Ich wusste nichts von ihr und wollte auch nichts wissen. Ich hatte keine Neugier, herauszufinden, was sie den ganzen Tag im Zoo machte, warum sie immer dieselben schwarzen Kleider trug, warum sie sich so eigenartig benahm, so eigenartige Geschichten erzählte.

Vielleicht war es besser, aufzustehen und nach Hause zu

gehen, sich aufs Bett zu legen und Zeitung zu lesen. Aber ich blieb sitzen, die Sonne wärmte mich. Als sie herankam, so, wie sie immer kam, hochaufgerichtet und wie in tiefen Gedanken versunken, fürchtete ich einen Augenblick, sie würde an mir vorbeigehen. Sie setzte sich zu mir auf die Bank und wandte mir ihr Gesicht zu. Ich aber, ich glaubte, leichter atmen zu können, und plötzlich roch ich das frisch gemähte Gras drüben am Hügel neben dem Flamingogehege.

»Die Kinder müssen mit, alle, das muss gehen«, sagte sie. »Ich weiß nicht, ob sie behalten können, was ich ihnen sage, ich weiß nicht, ob sie mir zuhören.«

»Wo sollen die mit, die Kinder?«, fragte ich.

»Die Tiere und die Kinder«, sagte sie und nickte, sie war ganz ernst. »Ich hoffe, wir haben genug Zeit, manchmal glaube ich, wir schaffen es nicht, aber dann ...« Sie fasste nach meiner Hand. Sie erwartete, dass ich ihr beipflichtete.

»Wo sollen die hin, die Tiere und die Kinder?«, sagte ich. Sie lächelte und nickte. Sie ließ meine Hand los.

»Kommen Sie, das wissen Sie besser als ich«, sagte sie, »ich habe Sie beobachtet. Sie sind schon lange mit dabei, ich weiß, ich bin noch nicht ..., ich habe noch nicht beweisen können ... Sie trauen mir nicht, ist es das?«

Sie streifte mein Gesicht mit einem schnellen Blick, misstrauisch und düster.

»Ich finde, es wird Zeit, einander zu vertrauen«, sagte sie. Sie sagte es ohne Betonung, als wiederhole sie einen abgenutzten Satz.

Ich versuchte, mein Bein in eine andere Lage zu bringen, ohne dass sie es merkte; es tat mir weh.

»Es macht nichts, dass Sie nicht schnell laufen können. Nicht alle müssen gesund und stark sein, im Gegenteil – wirklich.« Es schien ihr wichtig zu sein, mich zu beruhigen. Sie fasste wieder nach meiner Hand, und ich ließ es geschehen und streichelte ihren Arm. Mir war seltsam zu Mute, ich wusste nicht, worauf sie hinauswollte, fühlte aber, dass ich sie gleich verscheuchen würde mit meiner Begriffsstutzigkeit.

»Ich bin gesund und stark«, sagte sie, »ich kann Heupferde mit der Hand fangen, ich kann einem Löwen in die Augen sehen, das ist bestimmt nicht leicht. Sie haben mir gesagt, meine Blicke könnten töten, aber das ist Unsinn. Schauen Sie mich an.«

Ihre Augen waren unruhig und weit geöffnet. Ich fühlte sie mir nahe kommen, diese Augen, sie kamen auf mich zu, ohne dass sie selbst mir näher rückte. Es war, als versuche sie, etwas zu sehen am hintersten Horizont meiner Augen. Marlies' Augen waren ganz anders gewesen, grau und flüssig, Marlies' Augen dicht vor den meinen. Das bläuliche Weiß ihres Augapfels, die braun gesprenkelte Iris. »Liebst du mich noch?« Ich habe diese Frage gehasst, immer stellte sie mir diese Frage. Ich habe später nie mehr geantwortet, früher schon, automatisch und vielleicht auch, weil ich es wollte und weil es von mir erwartet wurde. Damals in London hätte ich sie gerne gefragt. Aber dazu war keine Zeit. Ich hatte mit ihr auf einer Bank gesessen, wir warteten auf den Bus, der uns zu ihr nach Hause bringen sollte, in ihr Zimmer in der Tottenham Court Road.

»Du kannst eine Nacht bei mir schlafen«, sagt sie, »aber nicht in meinem Bett.« Und ich tue so, als mache mir das nichts aus, und ich sitze mit den Händen in den Taschen meines Anoraks und habe Lust, auf den jungen Mann im Trenchcoat einzuschlagen, der vor uns auf und ab geht, und Lust, der Frau einen Tritt zu versetzen, die sich neben mir über einen Kinderwagen beugt. »Bist du traurig?« Marlies sieht mich an, von der Seite, wie jemanden, der droht, gleich ohnmächtig zu werden, und ich, ich lache, das ist ganz einfach, das Lachen wartet schon in meiner Kehle, und ich mache irgendeinen Scherz über die Frauen und das Leben, und dann kommt der Bus.

»Ich kann alles, wenn ich will. Ich kann kochen, ich kann bügeln, ich kann mit Tieren umgehen.« Meine dunkle Freundin beugte sich zu mir.

»Nicht irgendwelche komplizierten Sachen, das nicht, aber Kartoffelbrei und Milchreis. Meine Mutter konnte wunderbar kochen, noch, als sie nicht mehr bei uns wohnte, noch, als sie nicht mehr mit uns sprach, immer hat sie gekocht, jeden Tag, ich habe das genau gewusst, obwohl ich noch klein war. Sie sagten mir, das wäre die Gemeindeschwester, die hätte das gekocht, aber ich schmeckte die Gewürze meiner Mutter, sonst hätte ich keinen Bissen gegessen.«

»Hat Ihre Mutter Ihre Familie verlassen?«, fragte ich ungelenk.

»Nein, nie wirklich, das ist nicht wahr«, sagte sie böse. »Sie haben mich überredet, nicht mehr auf sie zu warten, man hat mich dazu gebracht, zu zweifeln, verstehen Sie, und da, da kam sie immer seltener, ich meine, nachts, immer hat sie mich sonst nachts besucht. ›Wie war dein Tag‹, hat sie gesagt und ›bist du gesund, mein kleines Mädchen?‹.«

Sie weinte nicht, aber ihr Gesicht verzog sich, als werde sie gleich weinen, und ich gab mir Mühe, sie davon abzubringen. Ich erzählte ihr von meiner Mutter, ich erfand eine Geschichte mit einem großen Kuchen und Kerzen darauf. Meine Mutter war eine strenge und sparsame Frau gewesen, und an einen Kuchen zum Geburtstag konnte ich mich nicht erinnern. Ich sah sie in der Küche stehen, ein frisch gebügeltes Hemd in der Hand. Mein Vater, den breiten nackten Rücken gekrümmt, wäscht sich, über eine Zinkwanne gebeugt, die auf dem Herd steht. Trübe Tropfen fallen aus seinem Schnurrbart, er prustet, meine Mutter sieht ihm zu. Ihr Gesicht ist ganz unbeweglich, sie wartet geduldig und ausdruckslos, das Hemd vor sich. Wir Kinder sitzen am Tisch und warten mit ihr, den Löffel in der Hand. Der Geruch des Essens, warm und versöhnlich, füllt die Küche.

»Und Ihr Vater?«, fragte ich sie.

Ein dünner Mann mit glitzernder Brille und trotz der Hitze in einem dunklen Anzug setzte sich neben mich und öffnete unverzüglich ein Buch, das er in der Hand gehalten hatte. Ich fühlte ihre Finger sich in meinen Arm graben. Ihr Gesicht war verzerrt, das sah ich, ehe sie den Kopf neigte und ihr Haar es verbarg. Sie flüsterte mir etwas zu, aber ich verstand sie nicht. Sie warf mir einen raschen prüfenden Blick zu und verschwand zwischen den Bäumen hinter der Bank.

An jenem Tag sah ich sie nicht mehr, und ich ging erst nach Hause, als der Tierpark geschlossen wurde, wie immer. Ich merkte, dass ein Gewitter kommen würde. Auf dem Heimweg flog mir eine Mücke ins Auge, und ich musste bei Frau

Kloppsch vorbeigehen und sie bitten, mir zu helfen. Sie setzte mich auf einen Stuhl am Fenster und flatterte schwerfällig um mich herum, als gäbe es eine komplizierte Augenoperation an mir auszuführen. Auch sie spürte das kommende Gewitter, ich sah, wie ihr Gesicht zuckte, als sie sich über mich beugte, einen Taschentuchzipfel zwischen den Fingern, kurzatmig vor Konzentration.

Marlies hatte mir einmal etwas aus dem Auge herausgeleckt mit der Zunge, das war in der Küche gewesen. Ich arbeitete als Beilagenkoch, und sie half dem Salater und musste den ganzen Tag lange gelbe Gummihandschuhe an den Händen haben. Das Hotel Seraphin war ein helles ruhiges Hotel am Stadtrand. Sie haben mich dort wieder eingestellt, Jahre später, nachdem Marlies nach London gegangen war und nach dem Brand in meinem Imbissstand und dem langen Aufenthalt im Krankenhaus. Der alte Lenz, der Chefkoch, konnte sich noch an mich erinnern und natürlich auch an Marlies und wie sie einmal auf dem Hof hingefallen war, den Arm voller Flaschen, direkt hinter mir, und ich es nicht bemerkt hatte, weil ich ein Tablett mit Kuchen trug für eine kleine Feier der Belegschaft.

»Es ist dir egal, was mit mir los ist.« Marlies sitzt auf dem Küchentisch, und jemand klebt ihr Pflaster auf die Ellbogen. »Ich könnte eingehen neben dir, und du würdest nichts davon bemerken«, und alle schauen mich an in der stillen Küche, als habe sie Recht.

Ich habe viele Jahre überhaupt nicht an Marlies gedacht, aber sie spricht zu mir, und ich höre sie sprechen.

»Du Schöner«, sagt sie dicht an meinem Ohr. »Du Einziger«, und wir stehen in der Straßenbahn eng zusammengedrückt, und ich will nicht, dass sie solches Zeug sagt vor den anderen Leuten, aber ich spüre, wie sie sich schwer an mich fallen lässt, bei jeder Bewegung der Bahn, und ich bin benommen von ihrer Brust an meiner Brust, so als wäre ich weich und nachgiebig, ein Mann aus Lehm, in dem ein Abdruck bleiben wird von diesem Frauenkörper, ein Abdruck, der ihn verändert und den alle nun immer werden sehen können, für immer, und ich lasse es zu und stemme mich gegen sie, und die Leute um uns herum sind nicht mehr da, und ich habe Mühe, sie nicht zu packen und noch näher zu mir zu ziehen, noch viel näher, und sie schaut mich an und schiebt ihre Hand zwischen uns, nicht, um mich abzuwehren, nein, nicht, um mich abzuwehren ..., aber die Leute sind wieder um uns herum, und ich sehe, dass sie uns zuschauen, und sie legt den Kopf an meine Schulter und ...

»Da haben wir's«, sagte Frau Kloppsch und zeigte mir etwas Schwarzes auf dem weißen Tuch, aber ich konnte nicht genau sehen, was es war, weil sie es mir so nahe vor mein Gesicht hielt.

Sie nötigte mir einen Tee auf und sagte mir, dass sie bald zur Kur fahren würde. Der Hund sei untergebracht, aber sie zähle auf mich, wie immer, wegen ihrer Alpenveilchen, die gegossen werden müssten.

Als ich ging, rollten die ersten fernen Donner über das Tal, und die Bäume zeigten ihre weißen Blattunterseiten. An der Tür bat ich Frau Kloppsch um den Feldstecher auf ihrem Fensterbrett. Ich hatte ihn bemerkt, als ich das Fenster schloss. Also schaute sie hinüber in den Tierpark. Die Entdeckung störte mich in diesem Augenblick weniger, als ich erwartet hatte. Auf der Treppe stellte ich mir die Frage, wozu ich selbst den Feldstecher benötigte, und ich wusste sogleich die Antwort. Das machte mich verlegen.

Die Besucher waren fort, und obgleich es noch hell war, schien der Tiergarten sich bereits zum Schlafen zu rüsten. Der Regen fiel und spritzte auf den Wegen, zeichnete Muster auf das Wasser des Sees, dampfte um die Dächer. Ich hörte ihn auch auf das Dach über mir prasseln, ins Geäst der Bäume. Ich atmete tief, bemerkte den Ozongeruch des Gewitters, den Duft von feuchtem Holz. Ich fragte mich, ob sich die Tiere fürchteten vor den Blitzen und den Donnerschlägen, die näher kamen. Ich sah, wie sich die Antilopen zusammendrängten auf der runden Insel im See, sah den Tiger mit angelegten Ohren am Gitter auf und ab rennen. Dann sah ich sie, ich hatte den Feldstecher hin und her gleiten lassen, um sie zu suchen, und ich hatte sie gefunden. Sie rannte über die Wiese hinter dem Murmeltiergehege, ihr Haar flatterte schwer, eine nasse dunkle Fahne. Sie war nackt und glänzte im Regen. Ich konnte sie nicht wirklich anschauen, sie bewegte sich so rasch, und durch das Glas sah ich ihren Körper eingebettet in das dunkle Grün der Wiese, unwirklich, wie eine Szene aus einem Traum.

Aber vielleicht war das nur ein Bild aus einem Film, das aus meiner Erinnerung aufstieg. Ich habe früher bestimmte Zeiten erlebt, da ging ich jeden freien Abend ins Kino, manchmal sah ich mir den Film zweimal an.

Ich verlor sie aus dem Blickfeld, und als ich sie wieder fand, nahe den Büschen jetzt und bewegungslos, klebte ihr Haar am Kopf und veränderte sie. Fast glaubte ich, mich getäuscht zu haben. Dann war der Mann bei ihr, ein Wärter, ich erkannte ihn an dem blauen Overall, sein Gesicht erkannte ich nicht, er hatte die Schildmütze tief in die Stirn gezogen. Er packte sie, und sie zappelte in seinem Griff. Er rang mit ihr, sie fielen fast zu Boden. Ein Blitz teilte den Himmel und lenkte mich ab. Er schleppte sie weg, und die Wiese lag grün und dampfend unter dem nächsten Blitz, als wäre nichts geschehen.

Ich streckte mich auf dem Bett aus, den Feldstecher auf meiner Brust. Es ist wahr, dass ich daran dachte, hinüberzulaufen und ihr zu helfen, aber mein Bein schmerzte. Es regnete, und es war mir klar, dass ich nur schwer über den Zaun gelangen konnte. Ich beruhigte mich mit dem Gedanken, dass ich wirklich nicht genau gesehen hatte, ob sie nicht einverstanden war mit dieser Jagd und mit dem Ende dieser Jagd. Der Gedanke nahm mich gegen sie ein, warum, das wusste ich nicht. Es ist nicht so, dass ich ein moralischer Mensch bin und es anderen Leuten nicht gönne, ihren Spaß zu haben, auch wenn sie nackt im Gewitter auf der Wiese tanzen wollen und nachher ins Heu kriechen wie Tiere.

Ich sah mich mit einer Frau im Schilf liegen, und es raschelte um uns her mit seinen trockenen Halmen. Es war nicht Marlies, aber ich war voller Leidenschaft und Ungeduld, die Frau – ein bleiches Gesicht zwischen undeutlichen Haaren – versucht, sich aufzurappeln, wehrt mich ab. Ihre Hände sind mir im Wege. Sie zieht ihre Kleider zurecht, ich höre das, meine Finger treffen Haut, Stoff, Haare. Hunde bellen, und ich halte sie an den Armen fest und lasse sie nicht gehen. Ich umarme sie, ihr Widerstand macht mich taumelig, wir fallen zwischen die Schilfhalme, der Boden ist nass und morastig unter meinen Knien, und ich kann den See riechen und ihren geöffneten Mund. Gab es in dieser

Nacht einen Mond? Ich weiß es nicht mehr. Ich wünschte mir einen Mond jetzt, auf meinem Bett liegend und weit entfernt von allem, wie am Grund eines Brunnens.

Nachts hatte ich schlecht geschlafen, Tiere brüllten, und ich glaubte, Sirenen zu hören und Autos, die anfuhren, bremsten.

Wenn ich träumte, so konnte ich mich an nichts mehr erinnern. Nur einmal war ich mitten im hallenden Lärm einer großen Badeanstalt und spielte Wasserball mit den Kollegen. Ich hatte den Ball, hielt ihn hoch und sank unter Wasser, das um mich her gurgelte und klatschte und die Rufe und Pfiffe auslöschte.

Die Bäume vor meinem Fenster leuchteten, und ich hatte Lust, mich zu strecken am Fenster und zu knurren, zu pfeifen und zu gähnen, wie ich es an manchen Morgen tue, wenn der Himmel blau ist und seidig und wenn mich Lebenslust überfällt, ein Gefühl der Zähigkeit und Unzerstörbarkeit, so als könnte ich noch mal ein neues Leben anfangen, ein ganz anderes, und alles Übrige hinter mir lassen.

Die Tore zum Tierpark waren an diesem Morgen geschlossen. Viele Menschen standen davor, eine unruhige Gruppe. Ich bahnte mir einen Weg und blieb vor dem Kassenhäuschen stehen. Ich wunderte mich, dass das grüne Rollo geschlossen war. Die Leute, die mich beobachtet hatten, nickten mit den Köpfen.

»Machen erst um zwölf auf heute«, sagte ein Mann. »Muss ja heut Nacht die Hölle los gewesen sein mit dem Tiger.« Eine Frau hielt eine Zeitung in der Hand und sah den Umstehenden ins Gesicht. »Hier steht's, da.« Ich schaute nicht hin. »Ein Mann ist zerfleischt worden.«

Mein erster Impuls war, weiterzugehen, als hätte ich nichts gehört. Was wussten diese Menschen von meinem Zoo, von dem, was nachts hier geschah, und von dem, was geschehen sein musste, wenn erst mittags die Tore geöffnet wurden. Dann aber blieb ich doch und hörte, dass während des Gewitters heute Nacht der Tiger, der Sibirische Tiger, aus noch ungeklärten Gründen aus seinem Käfig ausgebrochen war. Man hatte ihn erschossen, er hatte einen Wärter getötet.

»Aufgefressen?«, fragte ein Kind.

Nein, aufgefressen wohl nicht, nur zerrissen.

»Sie müssen sauber machen«, flüsterte eine alte Frau. »Solch eine prächtige Kreatur, das ist wirklich ein Verlust«, meinte eine andere. Die umstehenden Menschen betrachteten sie lauernd. »Der Wärter soll noch ganz jung gewesen sein«, sagte jemand. »Ist wohl verblutet.« Ich ging. Ich glaubte, alle blickten mir nach.

An diesem Tag stand ich lange in dem großen Supermarkt herum und kaufte alle möglichen Vorräte ein. Ich trug die schweren Tüten die Treppe hinauf, und obgleich ich mir vorgenommen hatte, später mit dem Bus in die Stadt zu fahren und nach langer Zeit wieder mal ins Kino zu gehen, legte ich mich erst aufs Bett. Später vergaß ich das Kino. Ich setzte mich an den Tisch und ordnete lustlos die getrockneten Blumen, die ich vor vielen Tagen gesammelt und gepresst hatte. Ich schaute hinüber in den Tierpark, und obgleich er mir unverändert und ruhevoll schien wie immer, konnte ich mich nicht dazu entschließen, hinüberzugehen. Auch den Feldstecher, der auf dem Fensterbrett stand wie eine Schildwache, rührte ich nicht an. Abends briet ich mir ein Kotelett, es war hart, und ich konnte es nicht aufessen.

Auf einer Bahre, wie immer, trug man Frau Kloppsch in das Krankenauto. Der lange Weg die Treppe hinunter und durch den abschüssigen Garten hätte ihre Kräfte überstiegen. Sie lag fröhlich, gut gekämmt und geschminkt auf einem ihrer Kissen – eine scheidende Königin. Sie reichte mir den Schlüssel zu ihrer Wohnung wie ein Trinkgeld und zwinkerte mir mit einem großen Auge langsam und bedächtig zu.

Ich wartete, bis das Auto um die Ecke verschwunden war, und stieg dann hinauf in ihre Wohnung, riss die Fenster auf, legte mich aufs Sofa und schenkte mir ein großes Glas Cognac ein. Dergleichen hatte ich noch nie getan, und ich weiß nicht, was mich dazu brachte. Ich lag mit Schuhen auf ihrem rosa Samtsofa und wärmte den Cognacschwenker in der Hand. Später übermannte mich der Schlaf, und ich zog die zarte haarige Decke über mich, die am Fußende auf mich gewartet zu haben schien.

Drüben huschten die silbrigen Schatten der Paviane durch den Steingarten, drüben wartete man auf mich. Nach zwei Tagen hielt ich es nicht mehr aus und ging hinüber zu den Tieren.

Das Laub hing schlaff an den Bäumen, und auf den Wegen war gesprengt worden gegen den Staub. Den ganzen

Tag sah ich meine Freundin nicht, auch nicht am nächsten und übernächsten Tag. Ich fing an, nach ihr zu suchen. Ich ging systematisch vor, sah in alle Vorratsschuppen, hinter alle Tierhäuser, durchkämmte die dichten Büsche am Zaun und saß lange am Kinderspielplatz im grünen Licht der Ulmen neben dem Brunnen.

Im Tigerkäfig lagen die Weibchen in der Sonne und rührten sich nicht. Ich hätte gern gewusst, ob ihnen ihr Gefährte fehlte.

»So eingesperrte Tiere verlieren jede normale Regung«, sagte ein junger aufgebrachter Mann neben mir am Gitter. »Sie sind alle seelisch krank oder verrückt, das haben wir aus ihnen gemacht mit unserer Tierliebe.«

Er hatte lockiges Haar bis auf die Schultern und einen Mund rot und dick wie ein Kind. Es wunderte mich, wie erregt er war. Er schaute mir ins Gesicht und sprach zu mir, als wären wir alte Bekannte.

Was er sagte, beunruhigte mich, und ich wollte weitergehen. Aber er schloss sich mir an und ließ nicht von mir ab, bis er mir den Nachmittag verdorben hatte mit seinen fürchterlichen Geschichten von Tieren, die sich gegenseitig totbissen und auffraßen, von Tieren, denen die Haare ausfielen, weil sie sich immerzu am Gitter rieben, von Tiermüttern, die ihre eigenen Kinder verstießen, und von den Rhesusaffen, die nicht etwa aus Lebenslust so herumsprangen, sondern aus Verzweiflung. »Ein langer, quälender Veitstanz«, sagte er. Ich fragte ihn, ob er eine schwarz gekleidete dünne Frau gesehen habe, mit langem Haar und ohne Schuhe. Aber Menschen schienen ihn nicht zu interessieren, und wir trennten uns, nachdem wir lange am Wolfsgehege gestanden hatten. Es roch scharf dort, und ich hatte nie großes Interesse an den Wölfen gehabt. Wir standen und sahen zu, wie die grauen gespannten Gestalten auf dem bräunlichen Rasen herumschossen, ziellos, den Schwanz zwischen den Beinen und die Ohren angelegt. Sie wichen sich aus, ohne einander anzusehen oder zu berühren, räudige, klägliche Gesellen. Auch ich konnte sehen, dass sie sich eigenartig verhielten.

»Viel zu klein, das Gehege«, sagte mein neuer Freund, und da konnte ich es sehen, konnte es ablesen an ihren Bewegungen: Die Sehnsucht, über eine weite, grasbewachsene Ebene zu rennen, hatte sie verkrüppelt.

Ich gehe selten aus zum Essen, aber an diesem Abend hielt es mich nicht in meinem Zimmer unter dem Dach. Das Hochgefühl, mit dem ich am Morgen aufgewacht war, hatte sich verwandelt, war zu einer eigenartigen Leere geworden, die sich in meinen Magen senkte und mich ruhelos machte. Es kam mir tröstlich vor, als die Kellnerin mir einen Teller mit Nudeln vorsetzte und mir guten Appetit wünschte. Manchmal braucht der Mensch eben, dass ein anderer etwas für ihn tut, auch wenn er dafür bezahlen muss. Ich grübelte darüber nach. Ich hatte Lust, die Frau am Tisch festzuhalten, versuchte, ein Gespräch über das Wetter anzufangen und über die Hitze. Sie sah müde aus, und fast hätte ich ihr ein Bier ausgegeben, kam aber davon ab, als ich merkte, wie viele Gäste sie zu versorgen hatte. Der Koch, ein breitschultriger junger Mann in einem weißen T-Shirt, schaute an der Durchreiche ins Gastzimmer, geduckt und in einer Wolke aus Küchendampf. Ich hätte gerne mit ihm geplaudert. Ich zog das Abendessen so lange hin, wie ich konnte, und als ich heimging, sah ich den halben Mond über den Türmen des Heizkraftwerks stehen.

Sie hockte auf dem Boden neben der Metalltür zum Speicher. Im Licht der Treppenbeleuchtung hielt ich sie erst für ein dunkles unordentliches Bündel, aber dann hob sie den Kopf und lächelte mich an. Ein Geruch von Tierkäfig und Angst umgab sie, eine strenge Witterung, die mir das Haar im Nacken aufrichtete. Ich kenne den Geruch von Angst.

Marlies steht neben den Gemüsekisten an der Tür und lächelt, die Augen gesenkt, aber ihr Gesicht ist verändert, hager und fremd. Ich habe beide Hände in einer Metallschüssel, in der Kalbshirne schwimmen, ich ziehe ihnen die Haut ab. »Ich bin zurück«, sagt sie, und ich hebe das nächste Hirn aus dem Wasser und befühle es nach Knochensplittern, denn ich weiß nicht, was ich sagen soll. Sie kommt heran, schiebt sich neben mich, nichts ist zu bemerken von ihrer früheren Wendigkeit. Sie steht neben mir, aber sie schaut mich nicht an.

Sie will das Kind bekommen, das sie erwartet, sagt sie, nachts, am Boden neben meinem Bett sitzend, und sie will es mit mir aufziehen, und sie ist zurückgekommen, und sie hat Angst vor dem Mann, dem Vater dieses Kindes, er ist ein schrecklicher Mann, unberechenbar, sagt sie, und er ist hinter ihr her, und sie weiß nicht, was er ihr antut, wenn er sie findet. Und ich gehe in die Kochnische und mache ihr eine Tasse Kaffee, und mir gieße ich einen Whiskey ein, aber als ich damit fertig bin, weiß ich nicht, was ich jetzt tun soll, und sie sitzt auf dem Boden vor meinem Bett und weint, es ist ein hässliches Weinen, als würge sie an etwas, und ich denke, ich sollte mich neben sie setzen und sie umarmen, aber ich kann es nicht.

Ich packte sie am Arm, so rau, dass sie mir einen erschreckten Blick zuwarf. Ich stellte sie auf die Beine und führte sie in mein Zimmer.

»Wie haben Sie mich gefunden?«, fragte ich, und sie lächelte und hob die Schultern.

»Ich bin Ihnen oft nachgegangen«, sagte sie. »Ich weiß, wie man das macht.«

»Was ist geschehen?«

»Das wissen Sie doch. Ich habe einen Fehler gemacht. Der da, der war nicht der Richtige, obwohl er mich das glauben machte, aber dann habe ich es gesehen, er wollte alles verraten, ein Feigling, ein Judas, er glaubte nicht an unsere Sache.« Sie schaute mich an, forschend und ernst. »Wir müssen rasch handeln, ehe es noch mehr Opfer gibt.«

Ihre Stimme, laut und hart, klang anders, als ich es gewohnt war. Sie sah mich an, und ihr Gesicht verzerrte sich. Sie legte die Hände über ihre Augen und wimmerte. Ich stand hilflos da. Sie sprach wieder, leise diesmal. »Wie konnte er das nur mit sich geschehen lassen … stark, unverletzlich … Er war vollkommen … Seine Augen so nah. Wir waren uns einig, er und ich … als ich das Schloss auf hatte. Er kam ohne Zögern …«

Ich verstand nicht richtig, was sie mir sagte. Ich drängte sie, sich auf meinen Stuhl zu setzen.

»Jetzt sind sie alle hinter mir her«, ihre Stimme wurde noch leiser. »Ich bin erschöpft … Als sie ihn gestellt hatten, am Gitter beim Kinderspielplatz, hat er sich umgewendet und sie angestarrt. Er war wütend, das konnte ich sehen, aber er war auch nervös, nicht ängstlich, nur nervös. Im Vogelhaus flatterten die Vögel, und das machte ihn unruhig, er glaubte nicht, dass er sterben sollte.« Sie fuhr sich mit den Händen ins Haar. »Ich muss schlafen«, sagte sie, und sie stand auf und streckte sich auf dem Boden neben meinem Bett aus. Als ich sie zudecken wollte, schlief sie schon.

Ich ließ Wasser in die Wanne laufen, und sie zog sich aus, dicht neben mir, ohne auf mich zu achten oder verlegen zu werden. Sie stieg in die Wanne, ihr ganzes Gesicht war verändert vor Freude. Sie griff nach Frau Kloppschs Schaumbad und hob die Flasche hoch über ihren Kopf, sah dem grünen Strahl zu, wie er ins Wasser schäumte, und lachte auf. Sie tauchte unter und lag im grünlichen Wasser, die Haare um ihren Kopf ein züngelndes Algenkissen. Sie drehte die Augen zu mir hin, und ich reichte ihr einen Schwamm. Ich setzte mich auf Frau Kloppschs geblümten Wäschepuff und gab mich ganz dem Vergnügen hin, ihr zuzusehen. Ich leugne nicht, dass sie mir gefiel, ihr Körper war mager, aber nicht schwach, ihre Knie gerötet, ihre Brüste zwei lebendige Tiere, die zappelten unter dem Seifenschaum. Vielleicht wäre es richtig gewesen, sie allein zu lassen, aber sie fing an zu reden und lachte, unbefangen, als wäre sie es gewohnt, beim Baden Gesellschaft zu haben.

»Die Haare haben sie uns abgeschnitten. Das ist sauberer so, hat Frau Mack gesagt. Die Nägel durften wir selber schneiden, aber Frau Mack schaute zu. Sie trug die Schere immer in ihrer Schürzentasche. Ich habe geweint, als ich mich sah im Spiegel, ich hab mir den Kopf rot bemalt mit Geranienblättern, aber das durfte man nicht.«

»Waren Sie denn im Krankenhaus?«, fragte ich, aber sie hörte mir nicht zu und drückte den Schwamm aus über ihrem Kopf.

»Das riecht so gut«, sagte sie, »das riecht wie Wiesenschaumkraut.«

Wir aßen an meinem Tisch Kartoffeln und Speck. Sie in ein Handtuch von Frau Kloppsch gewickelt, die Haare feucht.

Den Nachmittag über schaute sie mit dem Feldstecher hinüber in den Tierpark. Sie machte Notizen auf ein paar Bogen Papier, die ich ihr gegeben hatte. Ich hatte ihr eine meiner Hosen geliehen, ein kariertes Hemd. Sie machte keine Anstalten, sich um ihre Kleider zu kümmern, ich war es, der sie in die Waschmaschine unten bei Frau Kloppsch warf.

»Wann kommen die anderen?«, fragte sie mich, und als ich wissen wollte, wen sie erwartete, lachte sie und sagte: »Gut, ich habe Geduld.«

Natürlich hatte ich längst begriffen, dass sie mich für jemanden hielt, der ich nicht war. Ich hatte auch bemerkt, dass sie Geschichten erfand. Vielleicht hatte sie Drogen genommen, man liest so viel darüber. Beim Baden hatte ich ihren Körper nach Einstichen abgesucht und keine gefunden. Sicher war, dass sie keine Bleibe hatte und dass sie in eine Sache verwickelt war, die ich nicht durchschaute. Der Tag verging sehr rasch. Sie veränderte mein Zimmer, so wie eine Pflanze oder ein Bild ein Zimmer verändern können, manchmal, wenn man mit sich zufrieden ist und ein Auge für dergleichen hat.

Nachts weckte sie mich auf, mit einem Schrei, der im ganzen Dachboden widerhallte. Sie lag im Bett und ich auf dem Kissen von Frau Kloppschs Sofa auf dem Boden. Ich wusste nicht gleich, wo ich lag, und stieß mit dem Kopf ans Bettgestell. Sie hatte die Decke abgeschüttelt und zitterte, ihr Körper war heiß und nass von Schweiß. Sie hatte hohes Fieber, ich wollte sie zudecken, aber sie schnappte nach meiner Hand, mit der ich ihre Stirn berühren wollte. Später zog sie mich zu sich herunter mit beiden Armen und erstaunlicher Kraft. Ich legte mich zu ihr, und sie umklammerte mich mit allen Gliedern, atmete hastig und beruhigte sich erst, als sie meinen Körper nachgeben fühlte und ich mich zurechtlegte, um eine bequemere Stellung einzunehmen. Sie schlief ein, das Gesicht in meiner Halsgrube. Was sollte ich tun? Ich hörte die Mäuse über die Bretter im Speicher laufen und die Balken im Dach knarren, und wie immer roch es nach heißem Holz und Staub in meinem Zimmer. Morgen muss etwas geschehen, dachte ich, was, wusste ich noch nicht genau. Einen Augenblick lähmte mich die Angst, Frau Kloppsch könnte zurückkommen und mich hier überraschen. Ihre Arme und Beine zuckten, sie keuchte, aber sie ließ mich keinen Augenblick los. Ich dachte daran, einen Arzt zu rufen, aber Ärzte kommen heute nicht mehr zu den Kranken wie früher. Ich konnte sie mir nicht vorstellen im Wartezimmer von Dr. Kugelmann unter der Yuccapalme. Ich sah sie auf einer Bahre liegen, festgebunden, damit sie nicht herunterrutschte, die steile Treppe hinunter. Ich hatte Angst vor ihren Schreien.

Ich dachte an das Krankenhaus, an meine Mutter, die sich schämte im Krankenhausbett, ohne ihre Zähne, sie wollte nicht mit mir sprechen.

Ich wollte nicht an Marlies denken, und doch saß ich wieder an ihrem Bett, die Sonne kam durchs Fenster und wärmte meinen Rücken, und ich hatte Flieder mit, einen Strauß Flieder, die Schwester hatte ihn in eine Vase gestellt, ich konnte ihn riechen. Hätte ich es aufhalten können? Ich glaube nicht. »Bald bist du wieder gesund«, sagte ich, und Marlies drehte ihr Gesicht zu mir herüber und schaute mich an, so als wäre ich krank und sie habe Mitleid mit mir. Ich hatte sie seit vielen Wochen nicht mehr gesehen und auch nicht gewusst, wo sie war.

Sie liegt im Krankenhausbett und dreht den Kopf zur Wand. Marlies will mich nicht anschauen, sie will nicht mehr sprechen. So war das auch damals, jede Nacht, wenn ich zurückkam von der Arbeit. Sie sah mich nicht an, sie sprach nicht mit mir. Sie stand auf und ging langsam in die Küche, um mir etwas zu essen zu machen, und ich – was hätte ich denn tun sollen?

Der Mann steht vor der Tür, und Marlies geht mit ihm, ohne zu zögern, dreht sich um und geht mit ihm, legt das Messer aus der Hand und die Zwiebel und geht mit ihm durch die Tür und den Gang entlang. Marlies sitzt in der Hotelküche auf dem Hocker neben der Kühltruhe und weint, und der alte Lenz hält ihr ein Glas Schnaps hin und legt ihr die Hand auf den Kopf. Ich habe den Arm voller Lauch und stehe im Weg, es ist Abend und das Restaurant ist voll, alle haben zu tun.

Marlies wohnt wieder bei mir, ihr Bauch ist nun dick. Sie braucht lange, um die Treppe hinaufzusteigen. Sie kann nicht auf dem Rücken liegen im Bett, ich muss ihr die Fußnägel schneiden. Sie sagt, sie bleibt, aber wenn ich heimkomme in der Nacht, weiß ich nicht, ob sie da ist, und ich weiß auch nicht, ob sie sich freut, mich zu sehen. Ich gewöhne mich daran, dass sie kommt und geht, es fällt mir nicht leicht, aber ihr geht es viel schlechter dabei als mir, ich hab aufgegeben zu fragen, was sie will, sie weiß es nicht. Sie hat blaue Flecken, ich übersehe sie. Sie fragt mich, ob ich das Kind lieben kann; ich weiß es nicht. Über den Mann darf ich nichts sagen, auch wenn sie über ihn klagt, ihn verflucht. Im Supermarkt, am Samstagmorgen, steht er plötzlich an der Fleischtheke. Er ist blass, wie nur dunkelhaarige Leute blass sind, gelb, ungesund, wie ein Dämon, die Augen hitzig. Er kniet vor ihr nieder in den Pfützen auf dem Betonboden und legt seinen Kopf an ihren Bauch, und Marlies fährt mit den Fingern durch sein Haar und schaut zu ihm hinunter wie eine Maria auf ihr Kind. Was soll ich tun? »Schlag ihn zusammen«, sagen die Kollegen aus der Küche. Und Marlies, Marlies sagt: »Bring ihn um«, sie sagt das mit ganz hoher süßer Stimme, sie liegt mit dem Kopf an meiner Brust, die Augen geschlossen. Am Abend steht er vor dem Haus, und sie geht mit ihm fort. Und ich gehe nicht mehr nach Hause, ich schlafe beim Spüler und seinen Freunden in einem Etagenbett, direkt unter der Zimmerdecke, und ich geh nicht mehr in die Küche und ich geh nicht mehr nach Hause. Und dann hebt der Arzt das Tuch und zeigt mir die Marlies, und sie haben ihr die Haare aus dem Gesicht gekämmt, wie sie es nie leiden konnte, sie sieht nicht aus, als schliefe sie, ihr Mund ist offen, und sie sieht irgendwie erstaunt aus und verdrossen.

Mein Bein tat mir weh, und ich versuchte behutsam, die Arme beiseite zu schieben, ohne sie aufzuwecken, aber sie wachte auf und betastete unsere beiden Gesichter mit den Fingerspitzen, lächelnd, weil beide nass waren und glitschig vom Schweiß.

»Du bist krank«, sagte ich. »Soll ich dir Wasser holen?« Aber sie hielt mich fest.

»Man muss allen zeigen, wie man jagt und so«, sagte sie. »Ich glaube, das lernen sie schnell ... Wenn wir erst aus der Stadt heraus sind und am Meer und wenn erst alle auf dem Schiff sind ... Ich zeige den Vögeln, wie man ein Nest baut, und den Schlangen, wie man die Haut abstreift, obwohl, das können die sicher alle von allein ... Was denkst du?«

Sie fantasierte, ich versuchte mitzuspielen, um sie nicht aufzuregen. »Aber zuerst müssen wir dich wieder gesund machen«, sagte ich. Sie richtete sich auf und schüttelte mich ab.

»Lass es mich sehen«, sagte sie. Ich wusste nicht, was sie wollte. Sie suchte den Schalter der Lampe und machte Licht. Ich sah jetzt, dass sie wirklich krank war, ihr Gesicht war rot und ihre Augen geschwollen und matt.

»Welches ist es?« Sie schob meinen Schlafanzug zurück und betrachtete mein verbranntes Bein. Ich wollte es verstecken, wollte aus dem Bett, aber sie hielt mich fest. Es war mir sehr unangenehm, und ich wurde wütend. Ich stieß sie zurück und rollte aus dem Bett.

»Mach das nie mehr«, sagte ich, aber sie streckte die Hand aus und streichelte mein Knie.

Ich hinkte zur Tür und die Treppe hinunter; ich legte mich in Frau Kloppschs Bett. Es war viel zu weich, und ich bekam keine Luft in ihrem voll gestopften Schlafzimmer. Ich schlief erst ein, als die Amseln sangen.

Am Morgen kaufte ich ihr Pfirsiche und Trauben. Sie hatte kein Fieber mehr, aber sie war schwach und einsilbig und ließ sich von mir das Gesicht waschen und die Haare kämmen. Ich las ihr aus der Zeitung vor, sie schlief dabei ein. Ich holte Laken von unten und bezog das Bett, das gefiel ihr. Frau Kloppschs Bettwäsche war glatt gebügelt und mit grünen Blättern bedruckt, wie eine Efeuhecke. Lass mich nur machen, dachte ich. Lass die nur kommen und versuchen, sie mir wegzunehmen, die sollen mich kennen lernen. Sie könnte meine Tochter sein, sagte ich mir, und ich überlegte, was ich Frau Kloppsch sagen würde, wenn sie zurückkäme. Aber ich wusste, dass ich mich nicht wie ein Vater fühlte, ich fühlte mich wie ein Mann, ein Steinzeitmann, der in seiner Höhle eine Gefährtin verborgen hält und Nahrung für sie herbeischafft, listig und geschickt. Jeder Gang zum Supermarkt wurde ein Jagdausflug, jeder Mensch, der mir auf der Straße begegnete, wurde zum Feind, den ich misstrauisch beäugte. Ich verbrauchte viel zu viel Geld, aber das war mir gleich. Ich kaufte Löwenmäulchen und stellte sie neben ihr Kopfkissen. Ich kaufte Wein und Eis für uns.

Ich weiß nicht, ob sie mitspielte, um mich nicht zu enttäuschen, sie blieb im Bett und stand nur auf, um aus dem Fenster zu schauen. Sie war manchmal übermütig und albern und manchmal abwesend und bedrückt. Es schien mir, als gäbe sie sich an allem Bösen, das ihr geschehen war, die Schuld, und es musste ihr einiges zugestoßen sein. Sie sprach nie darüber, aber ich entnahm es ihren Bemerkungen. Sie glaubte ja auch, schuld am Tod des Tigers zu sein. Von dem Wärter sprach ich nie, überhaupt merkte ich, dass ich kein Bedürfnis hatte, ihre Vergangenheit zu erfahren, auch an meine dachte ich nicht mehr, brauchte ich nicht zu denken.

Sie war aber immer in Angst und horchte auf jedes Geräusch im Treppenhaus, schloss sich ein, wenn ich fortging, und rief: »Wer ist das?«, wenn ich zurückkehrte. Nachts fuhr sie auf, wenn die Tiere drüben im Tierpark brüllten.

Ich las ihr vor, ich holte Bücher aus Frau Kloppschs Wohnung und las ihr vor, bis sie einnickte. Ich habe früher viel gelesen, alles, was ich bekommen konnte, gelesen, ich entsinne mich nicht mehr, wann ich damit aufgehört habe. Sie mochte am liebsten Bücher von Expeditionen in die Arktis oder in die Wüste. Frau Kloppsch hatte zu meinem Erstaunen einiges davon in ihrem Regal stehen.

Manchmal aber hörte sie nicht zu, wurde immer unruhiger und zappeliger neben mir, rollte sich zusammen zu einer zähen atmenden Kugel, ihre Haut kalt und trocken, ihre Augen weit geöffnet und misstrauisch zu mir hingedreht, als würde ich anfangen zu schreien und sie zu schlagen.

»Rufen …, sie rufen«, flüsterte sie, und ich glaubte zu wissen, dass sie die Schreie der Tiere meinte, die über das Rauschen der Bäume zu uns hereinwehten, klagend, manchmal einzeln, manchmal vielstimmig. Ich legte mich an ihren Rücken und sagte: »Ich bin ja da« oder »Du hast ja mich«. Als sie an einem Abend an mich herankroch und neben dem Bett kniend meine Hand nahm und sie behutsam auf ihre Brust legte, als sollte ich ihr sagen, ob sie am Leben sei, erschien es mir ganz selbstverständlich, dass wir uns küssten und dass sie nahe herankam und sich an mich drückte und mich dabei ansah und dass wir zusammenlagen, zwischen den Efeuranken von Frau Kloppschs Bett.

Ich rannte nackt und furchtlos über eine rote staubige Hochebene, den Speer erhoben, die Muskeln gespannt, und ich schleuderte den Speer und traf mein Wild. Noch nie waren mir solche Gedanken gekommen, aber ich wunderte mich nicht, und ich schämte mich auch nicht, und ich fühlte Zärtlichkeit und Grausamkeit und hielt sie unter mir und biss sie in den Hals und in die Schulter, nicht, um ihr wehzutun, nur um meiner Sehnsucht nachzugeben, die heftig war und unvernünftig wie als Kind, wenn ich die Katze des Nachbarn einfing und liebkoste, bis sie wütend wurde und sich mir entwand.

Aber sie entzog sich mir nicht. So lagen wir, bis ich mich anders hinlegen wollte, und als ich mich von ihr löste, ungeschickt, auf die ausgestreckten zitternden Arme gestützt, dachte ich zum ersten Mal an meinen eigenen Körper, und er schien mir alt und fremd neben ihr. Ich glitt aus dem Bett mit angehaltenem Atem, um nicht zu keuchen. Ich machte mich unsichtbar und unhörbar, wie jemand, der gar nicht da ist.

Ich zog mich an, leise und ohne sie anzuschauen. Ich ging zum Fenster, um mich zu beruhigen. Auf dem Fensterbrett lagen noch immer die Zettel, auf denen sie geschrieben hatte, vor Tagen, als sie mit dem Feldstecher hinübergeschaut hatte in den Zoo. Ich schob sie abwesend zusammen, bündelte sie und warf sie auf den Tisch. Einer flatterte auf den Boden. »Hilfe« stand darauf, und das stand auf allen, immer ein einziges Wort: »Hilfe« – »Hilfe« – »Hilfe«.

»Keiner kann uns hier finden«, sage ich. Wir liegen in einer Hängematte, und über uns ist das Dach aus Bananenblättern.

»Wir sind da«, sagt sie. Ihre Augen sind schläfrig, und sie atmet mit offenem Mund.

»Alle sind da, keinen haben wir zurückgelassen«, sagt sie.

»Keinen«, sage ich.

»Hörst du? Das ist der Wind, morgen wird es warm werden, schon früh«, sage ich.

»Das ist gut«, sagt sie. »Das ist gut.«

»Wir sind in einem Baum«, sagt sie, »in einem hohen Baum mit Blättern wie grüne Sicheln«, sagt sie, »und da gibt es auch Früchte und da gibt es auch Blüten und alles, wir sind da ganz versteckt.«

Ihre Augen sind geschlossen, und sie lächelt.

»Das Dach habe ich gemacht«, sage ich.

»Haben wir ein Dach?«, fragt sie, und ich höre an ihrer Stimme, dass sie gleich einschlafen wird. Und ich sehe, dass sie weint, nicht laut, nur ihr Gesicht ist nass, und ich höre draußen die Blätter der Bäume im Wind, und ich höre mich sagen: »Sollen wir fortgehen, weit fort?« Und ich denke, sie hat mich nicht gehört, und sie ist eingeschlafen und …

»Morgen«, sagt sie, »gleich morgen.«

Zwei Männer kamen, als ich bei Frau Kloppsch die Blumen goss. Sie suchten nach einer Frau. Ich war viel zu nervös, um ihnen richtig zuzuhören, und nachher fiel mir ein, dass sie sich nicht ausgewiesen hatten. Über uns hörte ich nackte Füße über die Dielenbretter laufen, und ich sprach viel und laut, erzählte von Frau Kloppschs Kur, von meinen Pflichten, die Wohnung zu hüten, von dem Hund, der bei einer Pediküre untergebracht sei. Ich erzählte ihr nichts von alldem, und doch schien sie es zu wissen, und ohne ein Wort sahen wir später die Männer vor dem Tor des Tierparks in ein Auto steigen.

»Der Bär«, flüsterte sie. »Der hat sich so gefreut, als sie die Kiste brachten mit einem zweiten Bären drin. Er hat immer so geprustet und den Kopf hin und her geworfen, als wolle er ihn begrüßen, aber der, der aus der Kiste kam, der war so übel gelaunt und ganz verklebt von der Reise, und der hat ihn gleich gebissen, sofort, ohne Warnung. Da haben sie ihn mit langen Stangen in die Ecke geschoben und ihn durch eine Tür gedrängt und abgeschlossen, und der eine, der hat immer noch so geprustet.« Sie machte es mir vor. Ich war zu durcheinander, um auf sie Acht zu geben. Ich versuchte, die Nummer am Auto der Männer zu entziffern, aber als ich sie notiert hatte, wusste ich nicht, was ich mit ihr anfangen sollte.

Ich hatte eine Melone gekauft an diesem Morgen und trug sie in der Hand, um an ihr riechen zu können. Sie roch nach Sommer und Mittelmeer, ich hatte Sehnsucht zu verreisen, wollte mit ihr an einem Tisch sitzen in der Sonne und aufs Meer hinaussehen.

Ich wollte sie im Wind sehen, lachend und betrunken vom Schreien der Möwen.

Ein altes Lied spukte in meinem Kopf herum, der immer wiederkehrende Refrain: »... und dann der Abend, auf der Terrasse am Meer.«

Sie war nicht im Zimmer.

Später fand ich sie auf dem Speicher hinter ein paar Kisten, staubig und mit Spinnweben im Haar. Sie ließ sich von mir zurücklocken, widerstrebend, und aß auch von der Melone, aber ihre Augen nahmen mich nicht wahr, als habe sie ihren Blick nach innen gerichtet, als lausche sie unaufhörlich auf eine Botschaft, auf Signale von draußen, die sie auffangen und irgendwo in ihrem Kopf prüfen und erkennen musste.

Die Tage waren heiß, und fast jeden Nachmittag gab es ein kleines Gewitter. Ich wachte oft auf mit dem Wunsch, hinüberzugehen in den Zoo, ich dachte sogar an ein Schwimmbad und an einen gekühlten dunklen Vorführraum im Kino. Es stimmt, ich ertappte mich immer häufiger bei dem Gedanken an meine alten Gewohnheiten, an das Leben, das ich geführt hatte, bevor sie kam, und das mir mit einem Mal so schön und friedlich erschien, wie ich es vorher nie bemerkt hatte. Sie wurde immer rätselhafter für mich, und nun machte sie keine Anstrengungen mehr, sich einzupassen in unser Spiel, denn es war ein Spiel mit Regeln, von denen ich geglaubt hatte, wir beide hätten sie erfunden. Sie durfte sich dabei so exzentrisch und kindisch benehmen, wie sie wollte, solange ich dabei mitmachen durfte. Wir beide, wie zwei unartige Kinder, hielten uns nicht an das, was man uns vorschrieb, ich ein »unwürdiger« alter Mann und sie meine Belohnung dafür, dass ich mich so unwürdig machte. Aber wir waren nicht gemeinsam auf einer Seite, sie hatte mich ausgeschlossen aus ihrer Welt. Sie überließ sich mir, eine leblose Puppe, mit geschlossenen Augen und schlaffen Gliedern, oder ich wurde der Feind, vor dem sie zurückwich, atemlos, in die äußerste Ecke des Zimmers, sehr weiß das Weiß ihrer Augen, die Hände zu Fäusten geballt. Oft musste ich sie suchen und finden zwischen dem Gerümpel auf dem Dachboden, sie wollte nicht mehr baden, wollte nicht mehr essen, sie benutzte auch die Toilette nicht mehr. Nachts, wenn es mir gelungen war, sie ins Zimmer zu zerren, sie zu waschen und sie in eine Decke zu hüllen, ließ sie mich nicht schlafen. Sie stieß sich an den Möbeln, kratzte sich die Arme auf mit den Fingernägeln, hockte am Fenster, das Kinn aufs Fensterbrett gestützt, und klapperte mit den Zähnen.

Mein Bein machte mir zu schaffen, meine Kräfte ließen nach. Ich ging nicht mehr hinunter in Frau Kloppschs Wohnung und auch nicht zum Einkaufen hinaus auf die Straße. Ich aß, ohne mich darum zu kümmern, was es war, und nur dann, wenn es mir in den Sinn kam. Ich war wie besessen davon, sie nicht aus den Augen zu lassen, und ich gab nicht auf mit meinen Versuchen, sie zu erreichen. Manchmal erlaubte sie mir, mit ihr zu sprechen, zwischen meinen Knien hockend, den Kopf an meinen Körper gelegt. Ich sprach auf sie ein, Botschaften der Beruhigung, Geschichten aus meinem Leben, was mir in den Kopf kam. Manchmal auch, gegen Morgen, wenn sie einschlief, irgendwo auf dem Boden ausgestreckt, gelang es mir, sie zu umarmen, und für Augenblicke kam sie zu sich, streichelte mein Gesicht, küsste meine Augen und flüsterte. Immer sprach sie von Bäumen und Gras, von Wasserfällen und Bächen, von einem Waldrand mit Beeren. Ich fragte mich, ob sie von ihrer Kindheit sprach oder von einem Ort, an dem sie sein wollte, so wie ich mich nach dem Meer sehnte, aber dort, wo sie hinwollte, gab es keine Menschen, und ich sehnte mich nach Menschen, sehnte mich immer stärker nach den

Geräuschen einer Kneipe mit Gelächter, lauten Stimmen und Musik, nach dem Getöse auf einem Volksfest, nach dem Lärm einer großen Straße mit Hupen und Knattern und dem Brüllen von Maschinen.

Am Morgen, als ich nicht aufstehen konnte, kam sie an mein Bett, hockte sich auf den Boden und schaute mich lange an. »Was soll aus uns werden?«, fragte ich, und zum ersten Mal stieg eine große Hoffnungslosigkeit in mir auf, und ich musste mein Gesicht wegdrehen, weil meine Augen nass wurden. Sie berührte meine Stirn sehr zart mit den Fingerspitzen und lächelte. Sie rückte dicht ans Bett und legte den Kopf neben mir aufs Kissen. So blieben wir lange und schauten uns an, ohne zu sprechen. Ich wusste, wenn ich nachgab, wenn ich jetzt nachgab und einschlief, würde alles sich verändern, ob zum Guten oder zum Schlimmen, daran dachte ich nicht.

Am Nachmittag schien die Sonne auf meine nackten Zehen. Noch ehe ich die Augen öffnete, wusste ich, dass ich allein im Zimmer war, allein auf dem Dachboden, allein. Dennoch rief ich nach ihr. Ich rief nach ihr und hörte mich rufen, ich wusste, sie würde nicht antworten. Erst jetzt wurde mir klar, dass ich sie nie bei ihrem Namen genannt hatte.

Einmal, auf dem Speicher, neben der Tür, als sie sich fallen ließ, sich nicht weiterschleppen lassen wollte, sich mit den Fingernägeln an die Ziegelwand krallte, an den Türrahmen, wir keuchten beide, und ich hörte uns keuchen, kratzen und stöhnen, und ich schüttelte sie, packte sie und schüttelte sie mit all der Kraft meiner Wut und meiner Ratlosigkeit und schrie: »Wer bist du? Sag mir, wer bist du?« Da schaute sie mich an, plötzlich ganz ruhig und so, als hätten wir nur gerauft, zum Spaß, und sagt: »Ich bin der Nachthäuter, manchmal bin ich auch der Baumläufer, aber nicht heute.« Und sie kommt auf die Füße und geht vor mir her ins Zimmer. »Merk es dir«, sagt sie, »merk dir das. Keiner weiß es, nur du.«

Erst als es dunkel wurde, stand ich auf, trank Wasser und hinkte hinaus auf den Speicher, um nach ihr zu sehen, aber ich wusste längst, dass ich sie nicht finden würde. Es war gut, dass ich lange herumsuchen musste, um etwas Essbares zu finden. Schließlich stieg ich vorsichtig die Treppe hinunter in Frau Kloppschs Wohnung. Ich öffnete eine Dose Bohnen und eine Dose Schinken aus ihrem Vorratsschrank und nahm mir vor, beides am nächsten Tag zurückzustellen. Ich legte mich auf das rosa Sofa und aß, die geöffneten Dosen auf der Brust. Ich machte mir auch nicht die Mühe, ein Glas für den Cognac zu holen. Kühle Luft, die nach Heu roch, kam zum Fenster herein und bewegte das Mobile, das über mir hing. Es waren lauter kleine Schiffe, aus deren Kaminen Federn ragten, wie winzige Rauchsäulen, die sich im Windzug bogen.

Frau Kloppsch sagte kein Wort über die vertrockneten Blumen auf ihrem Fensterbrett. Ich hatte sie zwar gegossen in den letzten Tagen vor ihrer Ankunft, aber sie hatten sich nicht versöhnen lassen. Frau Kloppsch war voller Energie und voller Mitteilsamkeit und Mitleid.

»Der heiße Sommer hat Ihnen nicht gut getan«, sagte

sie und reichte mir ein Taschentuch mit dem Stadtwappen ihres Kurorts, das sie mir mitgebracht hatte. Ich erbot mich, den Hund abzuholen, als Strafe für die vernachlässigten Pflanzen, und sie warf mir einen raschen Blick zu, als habe der Sommer ohne sie mich geläutert und der Herbst mit mir verspräche, angenehm zu werden.

Der Herbst ließ auf sich warten, und es blieb weiter heiß und gewittrig. Ich lag viel auf meinem Bett und las in einem Buch über eine Expeditionsreise ins Innere Australiens.

In der Stadtbücherei war ich vorher noch nie gewesen, man kommt mit dem Bus hin. Die junge Frau dort ist freundlich, und sie versteht, dass ich Bücher suche, mit denen ich fortreisen kann, irgendwohin, wo ich noch nie war und wo ich nie sein werde. Ich habe ihr von meiner Seekrankheit erzählt, und sie meint, ich solle ein Flugzeug benutzen.

In diesen Wochen habe ich auch viele Bücher mit Tierfotos betrachtet – aber was ist schon ein Foto? Jemand hat es gemacht mit einer Kamera, hat sich herangeschlichen und auf den Auslöser gedrückt und will mir nun weismachen, so sind die Tiere, so leben sie in der Savanne, im Busch, in der Steppe. Ich glaube nichts davon. Tiere in der Natur – was ist das? Welches menschliche Auge wird je sehen, wie ihr Leben wirklich ist? Sie haben ihr Geheimnis, sie haben ihre Würde, auch hinter Gittern. Ich verstehe ihre Trauer, ich lasse ihnen ihr Schweigen.

An manchen Tagen redete ich mit keinem Menschen. Ich zog mich nicht an, sondern blieb im Morgenrock auf meinem Bett liegen und döste, ohne richtig wach zu werden. Ich las in meinen Büchern und versuchte, mich zu verlieren in den fremden Landschaften.

Meine Mutter hält mich an der Hand fest und zieht mich fort. Die Katze des Nachbarn liegt auf dem Abfallhaufen hinterm Haus, und ich will mich losmachen, will zu ihr laufen und sie aufheben, ihr Gesicht sehen. »Dort, wo sie jetzt ist«, sagt meine Mutter, »hat sie es viel besser, glaube mir.« Sie will nicht, dass ich die tote Katze berühre, sie hat Angst, ich könnte krank davon werden.

Ich habe damals versucht, mich damit zu trösten, und manchmal gelang mir das auch. Das soll nicht heißen, dass ich glaubte, meine Freundin sei tot, im Gegenteil. In meinen Gedanken ließ ich sie am Waldrand entlanggehen, an den Schlehdornbüschen vorbei durch hüfthohe Farne. Immer war es Abend und spät im Jahr, die wilden Vögel sammelten sich auf den Feldern.

Seit die Blätter sich zu färben begannen, sitze ich auf der Bank neben dem Vogelhaus im Schatten. Der Herbst ist langsam und sanft in diesem Jahr. Ich sehe den Schatten der Bäume zu, die über den Weg kriechen am späten Nachmittag. Fliegen sitzen auf den Flanken der Büffel, die Kängurus halten ihre schwarzen Hände angewinkelt vor der Brust, wenn sie springen. Die Krokodile bewegen sich ohne Hast, sie gleiten durchs Wasser ohne eine Bewegung, Blasen steigen aus dem schwarzen Schlamm um sie her. Ich möchte mit niemandem sprechen.

Manchmal in den ersten Tagen haben die Wärter sich zu mir gesetzt und versucht, mich auszufragen, aber ich habe ihnen nicht zugehört. Ich habe auf meine Ohren gedeutet und den Kopf geschüttelt, bis sie die Geduld mit mir verloren. Ich will nicht, dass sie mir etwas erzählen, was ich nicht wissen will. Mir ist, als wüsste ich schon zu viel. Es ist angenehm, dass die Tiere schweigen.

Herr Keim in der Unterwelt

Das Abendessen nahm Herr Keim täglich im vegetarischen Restaurant an der Ecke ein. Er hatte sich an die verwischte Speisekarte gewöhnt, an die olivgrün geflammten Resopaltische, an den herben Geruch nach Jutesäcken und Koriander. Seine Verwirrung war groß, als er nach seiner Schwarzwaldreise, auf die ihn seine Arbeit als Buchvertreter geführt hatte, vor dem Aushängeschild »Adler von Klow« auf der Straße stand und durch die Gardinen, die vorher undenkbar gewesen wären, in den vertrauten trapezförmigen Raum spähte, die Zwillingsleuchten an den Wänden gewahrte, die rosa Tischdecken, die Menge kleiner Stühle. Er trat durch die Tür und wäre fast gegen das hochbeinige Pult geprallt, an dem eine massige Frau auf einem ebenfalls hochbeinigen Hocker saß und über das Lokal hinblickte, als habe sie dort ein Tennisspiel zu überwachen.

Zu unentschlossen, um umzukehren, unter dem eindringlichen Blick der Dame neben der Tür, und unwillig, seiner Betroffenheit nachzugeben, suchte Herr Keim die Ecke auf, in der er sonst immer gesessen hatte, setzte sich unter den gerüschten Lampenschirm und griff nach der Klarsichthülle mit der Speisekarte.

Es war noch früh am Abend, und außer ihm gab es nur

wenige Gäste. Ein schweigendes Paar in der Mitte unter dem Lüster hielt sich über den Tisch hinweg an beiden Händen. Vier Männer, die am Ende des Raumes unter einem Rauchbaldachin die Köpfe zusammensteckten, unterbrachen ihre halblaute Unterhaltung, nur um dem Kellner etwas zuzurufen. Der trug die gefüllten Gläser ohne Hast zu ihrem Tisch und stand dann wieder da, an die Theke gelehnt, rauchte abwesend, nickte und behielt die Tür im Auge.

Als Herr Keim, hilflos vor den fremdartigen Namen der Speisen und fast entschlossen, wieder aufzustehen, die Augen hob, traf ihn der Blick der Dame von ihrem hohen Sitz herab mit solcher Bestimmtheit, dass er sofort erlahmte und sich schwer gegen die Wandbespannung lehnte.

Ihre Augen lagen eng zusammen, was ihn an den Blick eines Greifvogels erinnerte, die Nase, weich und breit, suchte diesen Eindruck wettzumachen, ihr Mund jedoch, auch er breit, war blass und gespannt, als koste es ihn Anstrengung, das Wettspiel zwischen Nase und Augen auszugleichen.

Sie gab dem Kellner ein Zeichen und ließ die Hand, mit der sie gewinkt hatte, in ihrem dichten, unnatürlich schwarzen Haar verschwinden, als wolle sie ihre Absicht damit verschleiern. Keim hatte das Gefühl, dass dies seinetwegen geschah. Aus den Augenwinkeln traf ihn ein erneuter Blick. So betrachtet ein Gärtner eine widerspenstige Pflanze, die er aufgebunden hat, bei der er aber nicht sicher ist, ob sie zurückschnellen wird.

Unter dem wortreichen Beistand des Kellners, der Herrn Keim jedes Gericht umfassend und schwärmerisch erklärte, das alles in einem zischenden und schwerfüßigen Deutsch, wählte Herr Keim etwas aus, ohne genau verstanden zu haben, was es war, und bestellte ein Bier dazu.

Er aß, ohne aufzusehen und ohne Genuss. Wenn es Fleisch war, was er annahm, so schmeckte es nach keinem, das er kannte, und das, was er für Kartoffeln gehalten hatte, erwies sich beim Durchtrennen mit der Gabel als irgendeine Getreidepaste. »Lidawische Küche« hatte der Kellner gesagt, und Herr Keim grübelte, während er kaute, in welchem östlichen Staat das Gericht beheimatet sei. Zu fragen wagte er nicht.

Zum Zahlen wies ihn der Kellner zum Pult neben der Tür. Eine Gruppe neuer Gäste drängte herein, und eine Weile war die Frau auf ihrem Hochsitz zwischen erhobenen Armen und lächelnden Gesichtern verborgen. Man kannte sich, das war zu sehen und zu hören, und man sprach dieselbe Sprache, eine Sprache, die Herrn Keim ausschloss. Rechtzeitig jedoch tauchte sie auf, mit geröteten Wangen und glitzernden Augen hielt sie Herrn Keim ein Zettelchen hin, nahm seine Geldscheine entgegen und drückte mit ihren kleinen rundlichen Fingern auf die Tasten der elektrischen Kasse, die neben ihr summte. Fingerchen, die Herrn Keim in ihrer Form an etwas Angenehmes erinnerten. Erst auf der Straße fiel es ihm ein: Leckereien aus Quittenmark, die auf seinem Keksteller gelegen hatten zur Weihnachtszeit vor vielen Jahren und die ihm, während er den Schirm aufspannte, den Mund mit pelziger Süße füllten.

Zu Hause legte sich Herr Keim ins Bett und las sein abendliches Pensum an Neuerscheinungen dieses Herbstes. Der kleine Verlag, für den er arbeitete, brachte obskure italienische Renaissance-Schriftsteller heraus, die dem Verleger auf seinen Italien-Reisen aus nur ihm bekannten Quellen zugeleitet wurden und die er selbst übersetzte. Herr Keim, gewappnet mit dem, was er Berufsethos nannte, arbeitete sich lustlos durch die Aphorismen eines florentinischen Prälaten und danach durch ein schmales Bändchen mit erotischen Gedichten. Er machte sich ein paar Notizen, welchen Buchhändlern er diese von Tiervergleichen und mythologischen Anleihen strotzenden Verse anbieten könnte, und stellte zu seiner trotzigen Befriedigung fest, dass er selbst in keiner Zeile irgendetwas Anregendes hatte entdecken können. Herr Keim hatte sich seit ein paar Jahren daran gewöhnt, dass ihn die körperliche Variante der Liebe immer weniger interessierte. Er buchte dies auf das Konto seiner zunehmenden Vergeistigung.

Im Halbschlaf sah er die glänzend gelblichen Fingerchen einer Frauenhand ungeschickte Buchstaben formen, die er nicht entziffern konnte. Das kommt davon, wenn man abends Fleisch isst, dachte er, und wenn man verpflichtet ist, die verstaubten Abenteuer irgendeines längst verrotteten Hofdichters zu lesen. Damit schlief er beruhigt ein.

Jeden Abend aß Herr Keim nun im »Adler«. Schon um sieben Uhr fing er an, unruhig zu werden und im Zimmer auf und ab zu gehen, ohne zusammenhängende Gedanken fassen zu können. Zuerst schob er dies auf seinen Hunger, der, gewiss ein Zeichen für seine gute Gesundheit, gebieterisch und pünktlich auf das Abendessen drängte, aber bald musste er sich eingestehen, dass, wenn er einmal am Tisch saß, den gefüllten Teller vor sich, seine Lust zu essen sehr gering war und er viel eher seinen Durst spürte, dem er dann auch nachgab. Undeutlich begriff er, dass ihm die vegetarische Küche fehlte, und er betrachtete die Speisen, die man vor ihn hinstellte, mit stärker werdenden Vorbehalten, aß sie aber dann doch. Manchmal fragte er sich, warum er sich nicht ein anderes Lokal suchte, aber er erklärte sich seinen Starrsinn sogleich mit seinem angeborenen Traditionsbewusstsein vertrauten Örtlichkeiten gegenüber. Überdies verachtete er im Grunde jene Menschen, die so viel Aufhebens um die Nahrungsaufnahme machten.

Das Restaurant erschien ihm jetzt angenehmer als in den ersten Tagen. Vielleicht lag es daran, dass es besser besucht wurde, vielleicht auch am Kellner, der ihm, ohne zu fragen, sogleich ein Bier hinstellte, wenn er sich an den Tisch setzte, vielleicht aber auch an der Art, wie die dicke Frau neben der Tür ihm entgegensah, wenn er eintrat. Sie ringelte sich, anders konnte Herr Keim die Bewegungen nicht beschreiben, mit denen sie, ohne ihre schwere untere Hälfte, die mit dem Hocker verwachsen zu sein schien, zu bewegen, den Oberkörper aufrichtete und drehte, all das ganz sacht und träge, als habe ein wunderbarer Gedanke sie heimgesucht und sie gäbe ihm heimlich nach. Dabei schien ihm ihr Gesicht zu folgen, ein flaches, sehr weißes Gesicht, von der Tür zu seinem Tisch, die Lippen fest geschlossen, die Augen jedoch weit geöffnet und so aufmerksam, als beobachte sie jemanden bei einem schwierigen Jonglierkunststück. Sie hieß Ala, das hatte er im Vorbeigehen einen kleinen speckigen Herrn sagen hören, der ihr widerstrebendes Händchen zu sich über das Pult zog und es küsste.

Zu Hause hatte Herr Keim im Lexikon nachgeschlagen.

Ala hießen die Schwingen der Flügel auf Spanisch, aber sie war gewiss keine Spanierin, und an Flügel und Flug konnte man bei ihr nicht denken, viel zu rund und fleischig waren ihre Arme, viel zu deutlich drückte die Sitzfläche des Hockers sich in ihre mächtig aufgebauschten Röcke. Herr Keim hatte noch nie gesehen, dass sie die Beine bewegte. Kleine spitze Schuhe standen ordentlich nebeneinander auf der Sprosse des Hockers.

Sie thronte, ja, es war etwas Königliches in der Art, wie sie neben der Tür residierte. Manchmal steckte ein Kugelschreiber hinter ihrem Ohr, manchmal stand eine Vase mit einer Blume vor ihr, und sie betastete die Blüte, ohne ihre Blicke auch nur sekundenlang von den Tischen und Gästen zu lassen. Aber Herr Keim wusste, dass dies alles eine Rolle war, die sie spielte und die ihr wahres Wesen verbarg.

Er glaubte keineswegs, dass sich in diesem Turm aus Fleisch ein kleines, dünnes und nach Schönheit lechzendes Mädchen verbarg, wie er es einmal gelesen hatte. Für ihn, dem die Askese für eine menschliche Tugend, ja Pflicht galt, barg solch ein Körper eine anarchische Gewalt, eine archaische und tierhafte Gefahr. Er ließ sich nicht täuschen von den roten Nägeln an diesen Fingern, den kleinen ebenmäßigen Zähnen zwischen diesen Lippen und auch nicht von der Sanftheit, mit der diese Augen auf ihm ruhten, wenn er seine Teigtäschchen aufspießte, eins nach dem anderen, und dabei tonlos vor sich hin pfiff.

Abends im Bett blätterte er nachlässig in den Büchern über Gartenbau und Kleintierzucht, die er ebenfalls in sein Sortiment aufgenommen hatte und die sich am besten verkauften. Ein paar Kunstbücher, schlecht gedruckt und mit unsinnigen Texten versehen, hob er sich bis zuletzt auf. Wirkliche Schönheit war fast durch nichts zu zerstören. Aber zuerst kam die Pflicht. Seine Reise ins Ruhrgebiet, die er seit vielen Tagen geplant hatte, schob er immer weiter vor sich her. Er erwischte sich dabei, wie er schon mittags um das Lokal herumstrich und durch die Gardinen ins Innere spähte, aber am Mittag hatte der »Adler« geschlossen, und Keim sah drinnen eine schmächtige Frau mit pendelnden Ohrringen Stühle auf die Tische stellen und den Boden aufwischen. Er gestand sich ein, dass es ihn drängte, Ala zu sehen, und doch fürchtete er sich davor, ihr zu begegnen. Er hoffte insgeheim auf eine Steigerung seines Widerwillens, hoffte darauf, sie zwischen den Tischen herumwatscheln zu sehen, unelegant und kläglich wie ein Schwan, der aus dem Wasser gestiegen ist, auf dem er eben noch majestätisch dahingeglitten war. Herr Keim ging mit sich zu Rate, er versuchte, sein Verhalten zu analysieren, den wohligen Ekel, den ihm die Gedanken an Alas ausufernde Körperlichkeit bereiteten. Immer hatten ihn Frauen erschreckt und abgestoßen, deren lebendiges Fleisch so unübersehbar war. Es hatte etwas Ungehöriges, dass nichts weiter als eine dünne Kleiderhülle dies peinliche und schwellende Leben von der Außenwelt trennte, dass man nicht umhin konnte, an Blut zu denken, das geschäftig durch Adern gepumpt wurde, an zusammengedrängte Organe, an Haut, die sich über Gliedern dehnte und spannte, Haut, die der seinen ähnlich war und deren Spannung er sich vorzustellen versagte.

An dem Abend, als eine Gruppe von drei Männern in seltsamen Filzhauben auf Instrumenten zirpte, die Keim nur vage als Abarten heimischer Instrumente erkennen konnte, gelang es ihm nicht, seinen Teller leer zu essen. Er wartete mit herabhängenden Schultern auf Alas Blick, trank von seinem Bier und schob den Moment ihrer Missbilligung fast genüsslich hinaus. Der Kellner, an die Wand gelehnt und unaufmerksam, wie ihn Keim noch nie gesehen hatte, bewegte den Kopf im Takt der Musik und hob dann die Augen, um zu Ala hinüberzusehen. Über die Köpfe der musizierenden Männer hinweg ging sein Blick – die Augen groß und voller Trauer, obgleich sein Mund dabei lächelte –, durchquerte den Raum und kam bei Ala an. Ala, die Augen halb geschlossen, fing ihn auf und gab ihn zurück, den Mund zum ersten Mal weich und so rot, wie Herr Keim ihn noch nie gesehen hatte. Lange sahen sie sich an, und Herr Keim, der Zeuge dieses Augenspiels wurde, geriet in eine Unruhe, die er sich nicht erklären konnte.

Seltsamerweise drängte sich ihm mitten im Getöse der fremdartigen Weisen ein Bild auf, das er in dem Kunstband eines größeren Verlages, für den er seit einigen Jahren arbeitete, betrachtet hatte: eine Jungfrau Maria, das Kind nachlässig auf einem Knie balancierend, an deren Röcken zwei kniende alte Könige zerrten und ihr Silbergefäße darboten. Sie aber sah hinüber zu dem Mohrenkönig, der aufrecht und unter einem prächtigen dunkelroten Turban am Rand der Gruppe stand. Ihn sah sie an, und ihr verschwimmender Blick ging nicht ins Leere, das hatte Keim damals sehr deutlich begriffen.

Der Kellner räumte seinen Teller fort, und schon stand

ein neues Bier vor ihm. Aber solange er auch wartete, er konnte die beiden nicht noch einmal dabei ertappen, wie sie sich über den Raum hinweg mit den Augen berührten.

Nun stiegen andere Bilder in ihm auf, und er suchte sie fortzudrängen. Undeutliche Bilder einer Umarmung, Haut auf Haut, dazu ein würgendes Gefühl des Versinkens, Sich-auflösens. Die Luft über seinem Tisch schien davon zu zittern, und er nahm einen tiefen Schluck aus seinem Glas.

Später, als er seine Rechnung beglich, neben dem Pult stehend und damit beschäftigt, sich aufrecht zu halten und das Geld richtig abzuzählen, beugte Ala sich zu ihm und nahm ein Haar von seinem Revers. Sie sagte etwas, das er nicht verstand, erstaunlich weich und mit halbverschluckten kehligen Rs, dabei traf ihn zwischen dem Rauch und den Zwiebelgerüchen einen Augenblick lang ein undefinierbar süßlich talgiger Duft, ein Duft nach warmer Haut und Gewürzen.

Auf der Straße wusste er, dass er zu viel getrunken hatte, und schwor sich, nie wieder im »Adler« einzukehren, aber der nächste Abend fand ihn erneut an seinem vertrauten Tisch. Alas Blick lag wie eine Hand auf seinem gesenkten Kopf.

Im Traum sah er sie nie nackt. Immer war sie verborgen unter Schichten von Unterwäsche, glänzenden sackartig geschnittenen Unterröcken über kompliziert verschnürten Brustgeschirren und Leibchen. Er sah, wie die Kanten der Strümpfe an ihren Schenkeln umgerollt, gefaltet und festgesteckt waren, ein fleischfarbener Wulst, der in die Haut dieser Schenkel einschnitt. Er wusste trotz der Enthaltsamkeit der letzten Jahre, dass keine Frau heute noch solches Unterzeug am Leib trug, aber es widerstrebte ihm, sich moderne, womöglich grellfarbige Wäsche vorzustellen. So wie er Ala sah in seinen Nächten, hatte sie etwas Unschuldiges und Harmloses, warum, das konnte er sich nicht erklären, denn diese Träume ließen ihn zurück mit trockenem Mund und gespannten Gliedern.

An einem hellen Nachmittag im November hatte er aus dem Fenster lange die Möwen beobachtet, die um die Brücke kreisten. Er fühlte, wie seine Unlust zu reisen verging. Er grübelte darüber nach, was ihn so lange gehalten hatte in diesem Zimmer und in dieser Stadt, und so machte er sich daran, die Liste für seine Vertreterbesuche aufzustellen.

Der Anzug, den er auf solchen Reisen trug, so bemerkte er zu seinem Erstaunen, schlotterte an ihm, er musste abgenommen haben, sogar seine Schuhe umschlossen seine Füße nicht mehr mit jenem unauffälligen und willkommenen Druck, den er an ihnen gewohnt war. Im Spiegel sah er einen blassen Menschen mit müden Augen. Er betastete seine Stirn dort, wo seine Haare sich zurückzuziehen begannen, und danach, mit fest geschlossenen Zähnen, die flachen Gruben in seinen Wangen. »Gastritikergesicht«, flüsterte er. Erst jetzt fiel ihm ein, wie lange er schon dieses wohl bekannte Brennen in seiner Brust wahrgenommen hatte, die leise immer währende Spannung unter dem Rippenbogen. Er kannte diese Symptome, hatte er doch vor ein paar Jahren eine hartnäckige Gastritis mit einer langen und demütigenden Kur aus Haferflocken und Tee auskuriert. Er erinnerte sich ungern an diese Zeit. Er müsse sein Leben ändern, hatte sein Arzt gesagt, nun, er hatte es geändert. Es war allerdings nicht leicht, auf Reisen vernünftig zu essen und an den Abenden mit den Buchhändlern wenig zu trinken. Das Rauchen hatte er eingestellt, und da er ein nervöser Raucher war, der in Gesellschaft eine Zigarette nach der anderen anzündete, hatte er eine ganze Weile alle menschlichen Kontakte gemieden – auch die Frauen, denn ihnen, so glaubte er, hatte er sein Magenleiden im Grunde zu verdanken.

Er besah seine Augen im Spiegel und bot allen Willen auf, um nicht in jene Stimmung zu fallen, die er die »Bauchwehstimmung« nannte und in der er selbstquälerisch seine vergangenen Liebschaften an sich vorbeiziehen ließ. Viele waren es nicht, doch es genügte. Er kämmte sich das Haar in die Stirn und schnitt mit der Nagelschere ein paar zu lange Spitzen ab. Sein Magen, eine saure Blase, die aufwärts und zu seiner Kehle zu steigen schien, versetzte ihn in Wut. Er schlug sich mit der Faust auf die Brust. Sie, sie hatte ihn vergiftet dort im »Adler«. Wie hatte er dieses unsägliche Essen bloß so lange bestellen, beriechen, betrachten und sich einverleiben können? Die Erinnerung an das schwärzliche Fleischragout mit den breiigen Knoblauchzehen und den roten Paprikastreifen, die ihm noch nach Stunden aufstießen, stieg wie ein Brechreiz in seine Kehle und mischte sich mit einer Entrüstung, die rasch zu einer Wut anschwoll und ihm wie Salz in die Augen drang. Er konnte zuschauen, wie sich das Weiß seiner Augen rötete. Er musste blinzeln. Ala lachte mit vollem Mund, Fleischbröckchen flogen durch die Luft, hingen zwischen ihren Zähnen, Sauce, schwärzlich wie Blut, stand blasig in ihren Mundwinkeln. Sie hatte ihn vergiftet, sie hatte ihn gefüttert aus ihren fauligen Fleischtöpfen, von Anfang an. Hatte sie nicht am Eingang gewartet wie der Wächter der Unterwelt?

Mit zitternden Händen band er die Krawatte, packte den Bücherkoffer und warf seine Hemden in die Reisetasche. Erst als er im Zug saß, zwischen den anderen Reisenden, beruhigte er sich ein wenig und wandte der jungen Frau, die ihm gegenübersaß und ihn anstarrte, sein Profil zu. Er saß, den Kopf an seinen Mantel gelehnt, und schloss die Augen. Auf sein Profil konnte er sich verlassen, die Nase seines Vaters, lang, schmal, aristokratisch und in wohlproportioniertem Einklang mit seinem kräftigen Kinn. Die Vorstellung tröstete ihn.

An den Abenden mit den Buchhändlern benahm er sich wie immer, scherzte mit den Frauen, führte seine berühmten Streichholztricks vor oder imitierte, sich rasch erhebend, den alten berühmten Buchhändler aus dem Nachbarort, wie der sich über den Niedergang der deutschen Sprache ausließ und dabei mit dem kleinen Finger im Ohr juckte, als flüstere ihm immerzu jemand schlecht konstruierte flache Allerweltssätze zu. Bei den Buchhändlern gab er sich, wie das von ihm erwartet wurde: als sanfter Menschenfeind oder sarkastischer Haudegen, der einzig aus der Literatur die Kraft schöpfte, nicht an der Welt zu verzagen. Ohne große Anstrengung gelang es ihm an jenen Abenden, die Rede auf die Frauen im Allgemeinen und die Gefahren bestimmter Frauen im Besonderen zu lenken. Der Druck in seiner Magengrube wurde stärker und deutlicher, und während die anderen um ihn her, vom Wein erhitzt, auf seine gewagten Thesen in puncto Beziehungen und männliche Schaffenskraft einstiegen, fühlte er sich schmal werden und hager, sah sich über dem Tisch hocken, gespannt und füchsisch die Eckzähne entblößt, eine gefährdete Spezies auf der Flucht, ein Meister der Finten, dem es gelungen war, allen gefährlichen Fangeisen zu entgehen.

Nachts in seinem Hotelbett, sein Magen wie ein zackiges Stück Eis und sein Mund bitter, fürchtete er sich vor dem Tod. Er hatte einmal mit einem befreundeten Medizinstudenten eine Vorlesung besucht. Weiße Emailwännchen, in denen die zu begutachtenden Innereien lagen, wurden von Reihe zu Reihe weitergegeben. Der Magen, in dessen perforiertem Ulkus ein Bleistift steckte, war von bläulich silbriger Haut umschlossen und sah kalt und kristallen aus, als käme er aus einem Marmorleib.

Gelegentlich wollte Ala sich in seine Abende drängen, aber er verscheuchte sie rasch mit wütenden Angriffen und hastig eingestreuten Scherzen, die immer zu Lasten dicker Frauen gingen. Die Frauen am Tisch warfen sich zwar gegenseitig heimliche Blicke zu, niemand jedoch gebot ihm Einhalt, und gelegentlich gelang es ihm, die ganze Gesellschaft in eine wahre Orgie zu treiben, bei der jeder, dem es möglich war, irgendein unappetitliches oder lächerliches Erlebnis mit weiblichem Körperfett zum Besten gab.

Keim beobachtete sein Treiben mit leisem Befremden und gab gut Acht, nicht zu weit zu gehen, wenn etwa eine dicke Frau mit am Tisch saß. Er, der nicht wagte, Wein zu trinken, und in dessen Bauch es rumorte und schmerzte, war wie betrunken vom Echo seiner bösen Sätze. Seine Wangen waren heiß und seine Nasenflügel gebläht wie bei einem Kampf.

Sosehr ihn aber auch solch ein Abend befriedigte, ein schaler Geschmack blieb zurück, wenn er später unter der Dusche stand, in irgendeiner Pension, und seinen mageren zähen Körper einseifte. Er wusste nicht genau, warum er Mitleid empfand mit diesem Körper, er war keineswegs hinfällig oder entstellt. Er kam ihm nur missachtet vor, so, als habe er nicht all das erhalten, was er benötigte. Herr Keim erschrak über diesen Gedanken, er hasste Leute, die von ihrem Körper sprachen, als hätte er ein eigenes Leben. »Mein Körper braucht Sonne«, hatte seine Freundin Linda gesagt. Er sah sie eingeölt und lang gestreckt auf einem Handtuch vor dem offenen Fenster liegen. »Mein Körper braucht Eiweiß.« Ekelhaft. Er löschte die Szenen rasch aus. Es hatte ihn damals erbittert, sie so von ihrem Körper reden zu hören, mit einer Zärtlichkeit und Umsicht, die sie ihm, so schien ihm, Keim, damals, keineswegs zuteil werden ließ …

Nachts unter der Decke roch er an seinen Schultern und Oberarmen, betastete die Muskeln seines flachen Bauches. Sein Körper blieb stumm, verschlagen und hinterhältig, war eine Zeitbombe. Vielleicht sind dies die Vorahnungen, die einen plagen, wenn man nicht mehr lange zu leben hat, dachte er, und er taumelte ins Bad und übergab sich, an die Toilette gekauert. Ein nackter Mann, im eisigen Licht der Neonröhre. Ein nackter Mann, der auf den Kacheln hockte, an die Badewanne gelehnt und mit Lust, zu schluchzen.

Natürlich suchten sie ihn heim, wenn er sich herumwälzte, ohne einschlafen zu können in dem klammen Bett, mit der zu kurzen Decke und dem schlaffen Federkissen, in das er versank wie in Grütze. Sie kamen und paradierten vor seinem Bett auf und ab, die Frauen, die er geliebt hatte. Er war zu schwach, um sie zu verscheuchen. Wie ähnlich sie einander waren, hatte er noch nie zuvor bemerkt. Oder war es, dass sie sich alle zusammentaten, zu einer gesichtslosen und flattrig zerfließenden Gestalt. Er hatte immer große Frauen geliebt, Frauen, mit denen er Auge in Auge stehen konnte, Frauen, die bei seinen Umarmungen anfangs zäh widerstanden und niedergezwungen werden mussten wie Kampfgenossen, um dann zu unterliegen. Jetzt, während er zusammengerollt unter der Decke lag, schienen sie ihm überlebensgroß und ohne Erbarmen, bereit, den Fuß auf seinen Nacken zu setzen, lachend und ohne Spuren einer Anstrengung zu zeigen.

Er wusste, dass all dies nicht wirklich war, das Bild des Am-Boden-Liegens war ihm fremd. Herr Keim hatte sich noch nie für einen schwachen Mann gehalten.

Er tastete blind in seinem Buchkoffer und knipste die Lampe an. Er flüchtete sich zu den Liebesgedichten aus längst vergangenen Tagen. Im Licht der Lampe fand er Gefallen an einigen derben Beschreibungen, als lese er sie zum ersten Mal, ja, einige Wendungen schienen ihm sogar recht geschickt und pfiffig übersetzt. Er stimmte ein in das Triumphgebrüll des olympischen Bullen. Er mischte sich in den Kriegslärm des siegreichen Eroberers im Alkoven.

Nachts im Traum rannte er zwischen blühenden Bäumen, schweißgebadet und ohne Hoffnung, immer wieder blickte er sich um, aber er sah seine Verfolger nicht, nur die Stämme der Bäume, die Äste und Blüten, die der Wind bewegte, und darüber gespannt einen Himmel, uralt und lang vertraut in seiner silbrig gefleckten Bläue.

Der Zug trug ihn durch fallende Schneevorhänge an kahlen Alleen vorbei, an Ortschaften entlang, die zusammenrückten, und durch dumpf dröhnende Bahnhofshallen – heimwärts.

In seinem Zimmer ließ er Bücherkoffer und Taschen aus den Händen fallen und legte sich aufs Bett, ohne seinen Mantel auszuziehen. Es hätte ihm gefallen, das Zimmer im Morgenlicht als einen Hafen der Zuflucht zu erkennen, als eine Höhle, in der er neue Kraft schöpfen würde. Er suchte sich zu erinnern an den Mann, der hier vor Tagen unbeschwert und selbstverständlich seine Sachen zusammengepackt hatte, aber er wusste, dass dieser Mann seine Erfindung war, der, dessen Teetasse noch auf dem Tisch stand und auf dessen Bett er lag, war schon damals gezeichnet gewesen und aufgegeben. Er warf den Mantel auf den Boden und schlüpfte ins Bett, später, als ihm wärmer wurde, zog er Hose und Strümpfe aus. Ich muss etwas zu mir nehmen, dachte er ganz vernünftig und nicht gewillt, sich aufzugeben, aber dann fühlte er den Schlaf kommen und fand auch diese Lösung vernünftig.

Als es dunkel wurde, zog er sich an, ohne Licht zu machen. Er hatte immer geglaubt, dass er sich, wenn es so weit wäre mit ihm, verkriechen würde wie ein stolzes Tier und dass es ihm unerträglich wäre, seine verebbenden Lebensgeister zum Schauspiel irgendwelcher Zuschauer zu machen. Nun aber überkam ihn der dringliche Wunsch, sein Zimmer zu verlassen und nicht allein zu sein. Er wusste nicht, wohin er gehen sollte, dachte an eine warm erleuchtete Buchhandlung, an ein Museum, in dem Schulklassen sich um die Vitrinen drängten. Immer noch gab es eine Stimme in ihm, die hartnäckig und quälend an ihm zerrte. Das war der Verharmloser, er kannte ihn, der Durchhalter, der von einem Gang zum Arzt am nächsten Morgen sprach, von einem warmen Essen und einer ruhigen Nacht, die in einen gesunden kraftvollen Morgen enden würde. Trotzig saß er im dunklen Zimmer auf dem Bett, mit Mantel und Schuhen, und versuchte, seinem Magen die Botschaft abzuringen, was er aufzunehmen bereit sei.

Schließlich schloss er die Tür hinter sich und trat hinaus in den fallenden Schnee, schlug mechanisch den Kragen hoch, steckte die Hände in die Taschen, prüfte mit den Fingern den Umfang seines Geldbeutels.

Am »Adler von Klow« schritt er vorbei, ohne den Kopf zu wenden, doch schon an der nächsten Ecke blieb er am Randstein stehen und wusste nicht, wohin er gehen wollte. Er blickte sich um.

Auf dem Lichtteppich, den die Tür des »Adlers« hinauswarf auf den schneebedeckten Gehsteig, sah er sie stehen und erkannte sie sofort. Ihr dünnes rotschwarzes Kleid bauschte sich im Wind, flatterte, Flocken schwirrten um sie her wie weiße Bienen, die sich niederließen auf den roten Blumen ihres Kleides, tiefrote Blüten, sie öffneten und schlossen sich bei jeder Bewegung. Sie reckte sich und winkte mit erhobenen Armen. Ihre roten spitzen Schuhe steckten tief im Schnee. Herr Keim stand und ließ die Kälte durch seine Schuhsohlen, seine Beine heraufsteigen, eisige Säulen, die ihn am Randstein festmachten, um nicht umzufallen. Und nun kam sie auf ihn zu, leicht ging sie und ohne zu rutschen, eine mit heißer Luft gefüllte exotische Montgolfiere, die auf ihn zutrieb. Sie griff nach seiner Hand, ohne ihn anzusehen, wie wollte sie ihn fortbewegen? Er würde umstürzen und in klirrende Scherben zerbrechen, aber er hatte sich getäuscht. Sie nahm seine Hand und führte ihn fort, zurück und durch die Tür. Sie zog ihn durch die undeutlich schwankende Dünung des Gastraumes und weiter durch eine metallene Pforte, die sie nur mit dem Finger berührte und die sich auftat wie von Zauberhand.

Keims Brille war beschlagen, und das war ihm recht. Er ließ zu, dass man ihn schob und drängte, warmer Dampf überzog seine eisige Stirn mit prickelnden Tropfen. Der Mantel fiel von ihm ab, und in dem Klirren und Zischen um ihn her hörte er Stimmen, die anschwollen und leiser wurden wie ein Chor, dessen Worte er nicht verstand und dessen Melodie er an irgendeiner Stelle seines Bewusstseins zu ergründen versuchte und sogleich wieder vergaß. Nun ist es so weit, dachte er und wehrte sich nicht, als seine Knie nachgaben und er nach hinten kippte, aber er schlug nicht auf, sondern er wurde aufgefangen und saß, den Kopf geneigt, die Arme ausgestreckt, um sich beim Sturz irgendwo festzuhalten.

Hände streichelten sein Haar. Sein Kinn lag in einer Handfläche geborgen wie ein zerbrechliches Ei. Die Brille hob sich von seinem Gesicht und entschwebte irgendwohin in die feuchte Luft. Er sah um sich, und das wirbelnde Glänzen von Metall und Weiß ließ ihn die Augen schließen.

So also wird es geschehen. Ihm war schwindlig, und er wartete ergeben darauf, dass das Zischen und Dröhnen um ihn her übermächtig wurde und ihn zermalmte. Jedoch immer noch gab es Widerstand in ihm, und so kam es, dass er nach ein paar Atemzügen erneut die Augen öffnete. Ich bin in einer Küche, sagte er sich, und schon erschien vor seinem Mund ein Löffel. Er öffnete den Mund, er streckte zögernd die Hände aus, fand warmen Widerstand, glatt unter seinen Fingerspitzen und beruhigend gewölbt, um sich gut in sein Handinneres zu fügen. Fremde Worte rieselten über ihn hin, Atemzüge streiften sein Gesicht, laue Wellen leckten seine Kleider fort und durchtränkten seine Haut. Da gab er auf. Es war nicht unangenehm, nur überraschend. Alas Gesicht dicht vor dem seinen, ihre Augen, Honigvogelaugen, der massige Kontinent ihres Körpers breitete sich aus zwischen seinen geöffneten Knien, seine Hände unterwegs, ohne abzuirren.

Sein Mund füllte sich.

Der süße Brei, dachte er, und dahinter? Dahinter musste das Land liegen, das Land, darinnen Milch und Honig fließen.

Im Spiegel ist Sonntag

Eberhards Mutter starb im Sommer. Im Frühjahr hatten Regine und Eberhard sich verlobt, obgleich Regine eine Verlobung für altmodisch hielt. Er bestand darauf, man hatte ihn in die Zentrale seiner Möbelspedition versetzt, und er beschrieb Regine sein neues Büro, seinen Schreibtisch und den Platz neben dem Telefon, an dem er ihr Foto aufgestellt hatte. Auch er übergab Regine ein Farbfoto von sich in einem polierten Holzrahmen. »Birkenholz«, sagte er, und Regine dachte immer an Birken, wenn sie das Foto betrachtete, obwohl Eberhard wenig von einer Birke an sich hatte. Er saß mit gebauschtem Jackett auf einer Mauer, und es sah so aus, als halte er sein Gesicht in den Wind, die blonden Augenbrauen kaum merklich gerunzelt, das Kinn verwegen gehoben, den Mund fest geschlossen. Regine gefiel sein Profil, wie arrogant es aussehen konnte und wie behutsam die langen Finger seiner Hand die Sonnenbrille vor der Brust hielten, während die andere Hand mit ausgestrecktem Zeigefinger hinüberwies, despotisch, irgendwohin auf etwas außerhalb des Bildes, das man nicht sehen konnte.

Sie nahm das Foto nicht mit an ihren Arbeitstisch bei der Post. Niemand stellte Fotos auf an den Schaltern oder neben den Sortierregalen. Sie stellte es zu Hause auf die Konsole neben die Porzellanschäferin, die einmal ihrer Mutter gehört hatte. Es sah aus, als weise Eberhard auf die junge Frau mit dem Lamm im Arm. Regine gefiel das.

Sie dachte an ihr eigenes schwarzweißes Gesicht, das Eberhard nun täglich vor Augen hatte, wenn er die Hand nach dem Telefon ausstreckte. Sie war beim Fotografen gewesen und vorher beim Friseur. Sie hatte den Aufforderungen zu lächeln widerstanden, um ihre etwas unregelmäßigen Schneidezähne zu verbergen. Das war gut so. Eine nachdenkliche junge Frau, mit tadellos geschminktem Mund und einer kleinen Locke über der rechten Braue, blickte einem entgegen. Geheimnisvoll, fand sie, und nicht ganz sie selbst, aber vorzeigbar. Wie mochte sich Eberhard unter diesem Blick fühlen?

Die Verlobungsfeier hatten sie auf später im Jahr verlegt, mit Rücksicht auf Eberhards Mutter, der ihr schwaches Herz in diesem Frühling zu schaffen machte.

Einen Strauß Osterglocken hatte Regine damals mitgebracht, als sie am Sonntag von Eberhards Mutter zum Tee eingeladen wurde. Auf der Stuhlkante sitzend, hatte sie zugesehen, wie Mutter und Sohn den Tisch deckten, den Kuchen aufschnitten und Tee einschenkten. Sie wirkten wie ein eingespieltes Team dabei und erinnerten Regine an Operationsszenen aus dem Fernsehen. Die Mutter streckte die Hand aus, Eberhard legte ein Messer hinein, reichte Kuchenschaufel und Teller. Sie hielt die Serviette unter den tropfenden Schnabel der Teekanne, als er Regine einschenkte. Während er die Zuckerdose zurechtrückte, schob sie das Sahnekännchen daneben.

»Sie sind im Postwesen tätig, Fräulein Regine?«

»Sagt doch du zueinander!«, rief Eberhard, und die beiden Frauen fassten sich einen Moment ins Auge und lächelten. Eberhards Mutter schwitzte, ihr runder Kopf sah feucht aus und empfindsam, aber das kam vielleicht nur daher, dass er immerzu leise zitterte.

»Nenn mich Mutter«, sagte sie.

»Mutter«, hatte ihr Regine artig und verlegen nachgesprochen.

Es blieb bei diesem einen Besuch.

An dem Nachmittag, als Eberhard sie in der Post anrief, hatte Regine sogleich ein Taxi genommen. Auf dem Rücksitz sitzend, im lauen Wind, der durchs Fenster kam und welke Kastanienblüten zu ihr hereinwehte, hatte sie ihre Tränen fast nicht zurückhalten können.

Natürlich hatte sie sich sofort bereit erklärt, ihn bei sich aufzunehmen, obgleich es ihr schwierig erschien, ihn in ihrem kleinen Zimmer unterzubringen.

»Ich brauche nicht viel«, hatte er gemurmelt, »du wirst mich gar nicht bemerken.«

Regine, die ihm gegenüber auf dem Sofa saß und eine hauchdünne Porzellantasse in der Hand hielt, hatte nicht gewagt, das zu bezweifeln, nicht in diesem Augenblick jedenfalls, Eberhards Hände hingen schlaff über seinen Knien, er hob nicht den Kopf, trank nicht. Der Kaffee war dünn und kalt, und Regine wäre gerne in die Küche gegangen, um selbst einen starken Kaffee zu kochen, aber die Wohnung, in der am Vortag seine Mutter gestorben war, schüchterte sie ein, und so saß sie, hielt die Tasse vor ihr Gesicht und nahm ab und zu einen winzigen Schluck.

»Im Gang lag ein Topf in einer Milchlache«, sagte Eberhard gerade, »ich habe mich gewundert …, und das Gas brannte … und mein Bett …«, er senkte den Kopf bis auf die Brust und atmete schwer, »mein Bett … noch nicht gemacht …« Seine Stimme klang, als würde er gleich weinen. Regine stand tapfer auf, setzte sich neben ihn und legte den Arm um seine Schultern. »Das muss alles ganz fürchterlich für dich gewesen sein«, flüsterte sie. Er machte sich steif unter ihrer Berührung, lehnte sich nicht an sie. »Ich kann hier nicht bleiben«, sagte er leise.

»Natürlich nicht«, sagte Regine.

»Dort hat sie gelegen.« Eberhard machte eine Kopfbewegung zur Tür. »Dort – ich hab erst nur ihre Füße gesehen, ohne Strümpfe, nie hab ich sie ohne Strümpfe und Hausschuhe gesehen in der Wohnung. Ich wusste gleich …«

Regine hatte nur ein verwischtes Bild von einem schweren Körper, der auf dem rot gemusterten Teppich lag, die runde Brille verrutscht, der Mund mit den immer etwas bläulichen Lippen geöffnet. Sie wollte es sich nicht noch genauer vorstellen, hielt sich aber bereit, Eberhard anzuhören, falls es ihm Erleichterung verschaffen sollte, ihr alles genau zu schildern. Sie wusste nicht, wie Mutter und Sohn miteinander ausgekommen waren in den vielen Jahren, in denen sie zusammengelebt hatten, in der Parterrewohnung am Stadtrand. Es fiel ihr schwer, sich dieses Leben vorzustellen, zwischen den vielen dunklen Möbeln, die noch von Eberhards verstorbenem Vater stammten, aus irgendeinem größeren und besseren Haus, aus dem sein Tod die beiden vertrieben hatte.

Zuerst musste Regine sich daran gewöhnen, an Eberhards Seite in ihrem Bett zu schlafen. Sie hatten nie eine ganze Nacht zusammen verbracht. Eberhard war früher immer gegen Mitternacht aufgestanden, um mit der letzten Straßenbahn nach Hause zu fahren. Regine zählte die Schläge der Kirchturmuhr. Es war drei Uhr morgens. Eberhard nahm viel Platz ein in dem schmalen Bett. Er schlief unruhig und warf sich hin und her. Manchmal schlug er mit dem Kopf gegen die Wand.

Seit vier Tagen bewohnten sie nun schon zusammen den engen Raum und die winzige Küche. Eberhards Kleider lagen noch immer in einem Koffer, der neben dem Bett stand. Die Wohnung seiner Mutter wollte er nicht betreten und wartete, bis seine Schwester aus Braunschweig käme, um den Haushalt aufzulösen, wie er es nannte. Es klang so, als habe er nie in diesem Haushalt gelebt. Als Regine die Alpenveilchen und die Azaleentöpfe holen wollte, um sie gießen zu können, hatte er das Gesicht verzogen, als werde ihm übel. Er aß, was Regine vor ihn hinstellte, sie war keine gute Köchin. Fischstäbchen und Tütenpüree, Fertigsuppen und Pulverkaffee. Er aß wenig und sprach fast nichts. Er saß, wenn er von der Arbeit kam, etwas früher als Regine, da sein Büro fast um die Ecke lag, schon immer in dem kleinen hellblauen Sessel neben dem Fenster. Regine musste auf dem Hocker vor dem Spiegel sitzen oder auf dem Bett. Er las keine Zeitung und wollte auch nicht fernsehen. Dass er ungern Radio hörte, wusste Regine von früher.

Nachts, wenn sie ihn zu trösten versuchte mit ihrer Nähe und ihn umarmte und streichelte, lag er reglos, als schlafe er. Aber seine Augen waren offen, das sah Regine im schwachen Lichtschein von der Straße. Seine Augen waren trocken.

Regine fühlte sich hilflos und machte sich Vorwürfe. Es lag gewiss an ihr, dass sie ihn nicht trösten konnte. Gut wäre gewesen, wenn er geweint hätte, so glaubte sie, und sie versuchte ungeschickt, ihn so weit zu bringen.

»Du hast sie sehr geliebt«, flüsterte sie im Dunkeln. »Es tut furchtbar weh, wenn einem die Mama stirbt, ich weiß das.« Dabei merkte sie, dass ihre Augen sich mit Tränen füllten. Eberhard aber lag da, als habe er nichts gehört.

Eines Morgens wachte Regine davon auf, dass Eberhard neben ihr schluchzte. Er lag zusammengerollt und unter die Decken vergraben, sein Rücken bebte. »Mein Schatz, mein armer Schatz.« Regine umarmte den Deckenhaufen, unter dem er lag, denn er wollte sich nicht auswickeln lassen. Er weinte jetzt, stoßweise und wie jemand mit großen Schmerzen, hoch und durch die Nase. Regine, kopflos vor Mitleid, versuchte, ihn hin und her zu wiegen. »Weine nur, das ist gut«, murmelte sie.

»Heute ist mein Geburtstag«, sagte er endlich. »O Gott, heute.«

Und Regine, von Schuldgefühlen gepackt, zog sich an, lief aus dem Haus und kaufte einen Gugelhupf, Blumen und eine Kerze. Vom Bäcker aus rief sie im Büro an und sagte, sie müsse zum Zahnarzt. Aber als sie heimkam, war Eberhard schon weggegangen.

»Sollen wir an ihr Grab gehen?«, fragte sie ihn am Abend, als sie die Kerze angezündet und den Kuchen angeschnitten hatte. Eberhard saß im blauen Sessel, noch im

Anzug und umgeben von sachlicher und kühler Luft, die er immer abends aus dem Büro mitzubringen schien und an die Regine sich schon gewöhnt hatte. Man musste warten, bis er den Schlips aufband und die Schuhe auszog, das dauerte manchmal eine ganze Stunde.

»Sie hat es so genossen, Geburtstag zu feiern«, sagte er und zerbröckelte seinen Kuchen. »Sie hat darauf hingelebt, auf meinen Geburtstag. Immer hat sie sich eine Überraschung ausgedacht, übermütig wie ein kleines Mädchen.«

Regine bemerkte schuldbewusst, dass sie wütend war. Das Zimmer kam ihr plötzlich klein vor und übervoll. Sie hockte auf dem Bett und aß lustlos ein Stück Marmorkuchen. An der Tür lehnte eine Tüte mit Abfall, ein blauer Plastiksack mit Wäsche. Eberhards Koffer unter dem Tisch verdeckte fast ganz den blauen chinesischen Teppich, den sie von ihrer Tante geerbt hatte und der ihr immer als Glanzstück der Wohnung erschienen war. Eberhard hatte die Lampe nicht angemacht, das tat er nie, und in ihrer Eile hatte sie selbst vergessen, wie jeden Abend, wenn sie heimkam, das kalte Deckenlicht auszuschalten, aber sie ermahnte sich zur Langmut. Man musste Verständnis haben für einen Mann, dessen Mutter vor kurzem gestorben war. Sie konnte sich nicht davon abhalten nachzurechnen und stellte fest, dass Eberhard schon vier Monate bei ihr wohnte. Sie lehnte sich an die Wand und schloss die Augen.

»Ich hab dir was in die Silberschale gelegt«, sagte Eberhard sanft und fing an, den Schlips aufzuknüpfen. Regine brauchte nicht nachzusehen. Es war das Geld, das er zum gemeinsamen Haushalt beisteuerte. Er hatte alles genau ausgerechnet.

»Er macht sich langsam, wurde auch Zeit«, war ihr erster Gedanke, als sie Eberhard im Bad rumoren und fluchen hörte an diesem Sonntagmorgen.

Eberhard erschien in der Tür und hielt ihr schweigend, aber mit glitzernden Augen die Wäscheleine hin, an der Strumpfhosen und Unterwäsche festgeklammert hingen. »Wieso putzt du die Wanne nicht, wenn du dir die Beine rasiert hast?«, fragte er.

Regine, als habe sie auf ein Stichwort gewartet, streckte sich im Bett und sagte: »Weil das meine Wanne ist und mein Bad, häng bitte die Wäsche wieder auf.«

»Und die Küche?« Eberhards Stimme überschlug sich. Er riss die Tür auf und wies zitternd mit der Hand in die Küche.

»Spül ab«, sagte Regine und drehte sich zur Wand.

»Das Bett stinkt wie in einem Puff!«, schrie Eberhard und zerrte am Laken. Er war im Morgenrock mit Monogramm. Wahrscheinlich ein Geburtstagsgeschenk seiner Mutter, dachte Regine.

»Im Puff riecht's gewiss anders«, sagte sie. »Nach Sex nämlich.« Das hatte sie nicht sagen wollen, aber nun war's heraus.

Eberhard stand hoch aufgerichtet. »Daher weht der Wind«, sagte er leise, »hätte es mir denken können. Hab's immer gewusst.« Und dann fing er an, seine Sachen in den Koffer zu stopfen.

Regine erschrak ein wenig, als sie ihn vor dem Koffer hocken sah, mit rotem Kopf und halb rasiertem Gesicht.

»Ebi …«, sagte sie leise. »Ebi … ich hab's nicht so gemeint.«

Sie zog ihn aufs Bett, und er ließ es sich gefallen, wollte sich aber nicht hinlegen, sondern hockte auf der Kante der Matratze, zusammengesunken und kläglich.

»Wo soll ich denn hin, jetzt am Sonntagmorgen?«, sagte er.

»Richtig, wo sollst du hin …, du Blödian …« Aber das angenehme Gefühl ihrer Großmut und Menschlichkeit legte sich rasch, und während sie in der unordentlichen Küche Kaffee machte, sagte sie sich, dass sie wahrscheinlich eine Gelegenheit verspielt hatte, ihn loszuwerden. Sie stellte den Kessel zurück auf den Ofen und starrte ihn an. Erst in diesem Augenblick stellte sie fest, dass sie ihn loswerden wollte. Er war nicht mehr der Ebi, den sie einmal geliebt hatte – aber hatte sie ihn jemals geliebt, zeigte sich nicht, ob man jemand liebte, wenn man mit ihm durch dick und dünn ging? Sie sah, dass die Milch sauer war, und fragte sich, ob sie ihm vielleicht nur böse sei, weil er sie nicht anrührte im Bett. Sie schämte sich wegen dieses Gedankens und versetzte dem Toaster einen Schlag. Er spuckte die noch zu blonden Scheiben aus.

»Ich rieche Kaffee«, rief Eberhard vom Bett her mit übertriebener Fröhlichkeit, und Regine fühlte eine Welle von Missmut über sich hinschwappen. Sie biss sich auf die Lippe.

Nach zwei Wochen zog Eberhard aus. Er mietete sich ein Zimmer in einer Pension. Er ließ seine Adresse da, damit sie ihm die Post nachschicken konnte.

Die ersten Wochen genoss Regine es, wieder allein zu sein. Sie putzte die Fenster und kaufte Blumen und eine von diesen modernen Kugelvasen, die im Schaufenster des Haushaltwarenladens standen, an dem sie täglich vorbeiging. Sie fuhr mit einer Freundin ein Wochenende nach Wien und ließ sich die Haare kurz schneiden. Der Gedanke an Eberhard jedoch quälte sie. Sie fragte sich, wie es ihm ging, in dem Pensionszimmer am Abend ganz allein, fragte sich, ob er im Restaurant esse, was doch teuer war, oder ob er Aufschnitt aus dem Papier vor sich auf dem Tisch liegen hatte und einen Laib Brot daneben, er, der nicht daran gewöhnt war, für sich zu sorgen. Abends, wenn sie heimkam und das Fenster aufmachte, weil die Luft schon lau war und die Amseln im Hof sangen, glaubte sie manchmal, ihn im Zimmer herumhantieren zu hören, wie er es immer tat, wenn er seine Mappe einräumte, seine Schuhe auf Leisten spannte oder vor dem Spiegel die Haare schnitt, die aus seiner Nase wuchsen.

Als nach einigen Wochen ein Brief der Versicherung für ihn kam, klebte sie ein buntes Bildchen aus einem Möbelkatalog auf den Umschlag und schrieb darunter: »Ruf an.« Aber Eberhard rief nicht an, und als sie schließlich selbst in seiner Pension anrief, teilte man ihr mit, er sei schon lange ausgezogen, die Briefe hole er gewöhnlich ab, eine neue Adresse habe man nicht.

Regine verfiel in eine seltsame Angst und malte sich aus, wie Eberhard unter einer Brücke schlief, wie Eberhard in einem Krankenhausbett lag und auch, wie Eberhard in der Wohnung einer anderen Frau saß, im Sessel am Fenster. Die Wohnung war groß und viel schöner eingerichtet als ihre, und Regine überkam ein Gefühl von Reue. Hatte sie ihn nicht weggestoßen, als er ganz auf sie angewiesen war?

Sie sah Eberhard über seinen Teller gebeugt, wie er umsichtig und elegant eine Weißwurst häutete und zerteilte. Wie genau er die Menge Senf abschätzte, die er dem Happen auftupfte. Sie sah Eberhard auf dem Deck eines Schiffes stehen im Fahrtwind, die Brauen gerunzelt. Das Schiff fuhr unaufhaltsam durch den Abend, wohin? Regine wusste es nicht zu sagen und blieb vor den Schaufenstern von Reisebüros stehen, um sich palmenbewachsene Strände und kühn aufragende Stadtsilhouetten zu besehen.

Sie kaufte zwei Kristallgläser und eine Flasche Weißwein, die sie in den Kühlschrank legte, für alle Fälle. Sie kaufte ein gelb gestreiftes Hemdblusenkleid und ging damit im Zimmer auf und ab.

Als sie Eberhard zum ersten Mal begegnet war, auf einem Gartenfest, zu dem sie ein Kollege mitgenommen hatte, trug Regine ein neues Kleid, ein Kleid mit einem tiefen Ausschnitt und knatterndem Taftrock. Eberhard stand am Rand der lärmenden Gruppe, die sich um den Grill scharte. In seinem Weißweinglas schwamm eine Wespe. Regine, die ihren Kollegen aus den Augen verloren hatte und sich ungemütlich fühlte, weil niemand mit ihr sprach und weil sie mit ihren hohen Absätzen bei jedem Schritt in den Rasen einsank, war zu ihm getreten und hatte mit ihrem Zeigefinger geschickt die zappelnde Wespe aus dem Glas gefischt. Eberhard ließ es wortlos geschehen, und Regine, von ihrer Kühnheit erschöpft, wartete darauf, dass er sich bedanken würde, aber er sagte nur: »Vielleicht war sie ganz glücklich da im Wein.«

Es war an Regine gewesen, ein Gespräch über die Gefahren von Wespenstichen anzufangen, und bald hatten sie sich von Tanten und Vettern erzählt, die man ins Krankenhaus hatte schaffen müssen, weil sie zu ersticken drohten.

Später hatte Regine, die nicht gewillt war, Eberhard aus den Fingern zu lassen, ihn an einen der grünen Tische gesetzt und Bratwürste und Kartoffelsalat geholt.

»Man merkt, dass Sie zu Hause sind auf solchen Veranstaltungen«, sagte Eberhard, und Regine hatte sogleich Zuneigung zu ihm gefasst.

Lampions hingen zwischen den Bäumen, und später im Park hatten sie einen Vogel singen hören, von dem Eberhard behauptete, es sei eine Nachtigall. Alles hatte so schön begonnen, so leicht und so, als habe die Vorsehung ihre Hand im Spiel gehabt. Regine beschlich der Gedanke, sie habe alles verdorben.

An einem wolkenverhangenen Morgen hielt sie es nicht mehr aus. Sie zog das gelb gestreifte Kleid an. Es war noch etwas zu kühl dafür, und widerstrebend schlüpfte sie in ihren Regenmantel. Sie kämmte sich noch einmal ordentlich und malte sich nach einigen Überlegungen nur die Lippen an. Sie machte sich auf den Weg zur Speditionsfirma Golz, schüchtern, als wollte sie einen fremden Mann besuchen.

Eine Sekretärin, die Regine noch nie gesehen hatte, hörte auf zu tippen und hielt ihre gespreizten Finger über den Tasten, um anzudeuten, dass sie gleich weitertippen wolle.

Eberhard sei nicht mehr bei der Firma, sagte sie. Regine wagte nicht, weiter zu fragen.

Auf der Straße, nach ein paar Schritten, blieb Regine stehen und erlaubte dem Gefühl der Enttäuschung, aus ihrer

Brust aufzusteigen bis in ihre Augen. Ich muss ihn finden, dachte sie. Ich werde ihn finden. Von diesem Entschluss neu bestärkt, machte sie sich auf den Weg. An diesem Tag schaute sie allen Männern hinter der Glasscheibe des Postschalters ins Gesicht. Die Unklarheit der vergangenen Woche war vorbei. »Ich weiß jetzt, was ich will«, sagte sie sich, und sie wusste, dass ihr Mut und ihre Zähigkeit sie ans Ziel bringen würden.

Die Bäume im Park rochen in diesem Frühsommer so stark wie noch nie. Auch das Gras schien Regine so weich und dicht, wie sie es noch nie gesehen hatte. Sie nahm am Mittag ihre Brote und setzte sich unter die Fliederbüsche am Kanal. Eberhard konnte jeden Augenblick auftauchen und sich neben sie setzen, das wusste sie. Sie dachte jetzt unablässig an ihn, und ihre Liebe machte sie schwer und nachgiebig wie eine große Müdigkeit.

Nachts, wenn sie auf ihren Spaziergängen wie betäubt stehen blieb, um in die Fenster fremder Lokale zu schauen, stellte sie sich vor, wie Eberhard dort drinnen den Blick hob und ihr Gesicht erkannte, ihre Augen, die zu ihm hereinblickten. Sie konnte sich nicht vorstellen, dass nicht auch er auf sie wartete.

Als sie in einer regnerischen Nacht am Fenster stand, erschrak sie nicht über den Mann, der reglos zwischen den geparkten Autos lehnte und zu ihr hinaufschaute. Sie fühlte auch keine Verwunderung. Sie machte eine Geste mit der Hand, und der Mann erwachte aus seiner Reglosigkeit und kam durch den Regen, der in diesem Augenblick dichter zu fallen begann, auf das Haus zu. Er ging langsam und schaute zu ihr hinauf, und Regine genoss dabei das Geräusch des Regens.

An der offenen Tür stehend, lauschte sie seinen Schritten auf der Treppe, und Augenblicke lang fühlte sie ein leichtes Missbehagen in sich aufsteigen. Es schien so alltäglich, dass Eberhard gleich durch die Tür treten würde, nass und ohne Hut.

Wahrscheinlich hätte sie zu ihm hinuntergehen sollen und ihn an der Hand ins Haus führen, das wäre schöner gewesen, aber nun war es zu spät.

Eberhard hatte sich verändert, das sah sie sofort, er schien Regine aufrechter und hagerer als vorher, sein Gesicht kantiger, seine Bewegungen hatten ihre Behäbigkeit verloren, sein Blick die Ruhe. Als er seinen nassen Mantel ausgezogen hatte, setzte er sich aufs Bett, und Regine stand, ein Handtuch in der Hand, unter der Tür und sah zu, wie er die Schuhe aufschnürte. Seine Kleidung war zerdrückt, und er roch nach kaltem Rauch. Er hatte noch kein Wort gesprochen, und Regine, die sich seine Heimkehr, wie sie es insgeheim immer genannt hatte, anders vorgestellt hatte, inniger und atemloser, fand keine Worte. Eberhard streckte sich aufs Bett, ohne sich auszuziehen. Regine kam davon ab, ihm die Haare zu frottieren, und hockte sich neben ihn.

»Wo bist du gewesen?«, fragte sie leise, und er, dessen Kopf, wie ihr schien, unbequem am Rand des Kissens lag, fasste nach ihrer Hand und flüsterte: »Ich bin furchtbar müde.« Als Regine unter die Decke schlüpfte, war er schon eingeschlafen.

Regine begriff bald, dass Eberhard nicht gewillt war, Auskünfte über sein Leben zu geben. Das ganze Wochenende blieb er im Bett liegen und wollte weder essen noch trinken, noch reden. Am Sonntagabend, als Regine eine Flasche Wein öffnete, nahm er zwar ein Glas davon an und aß auch von der Pizza, die sie neben ihn auf den Boden gestellt hatte. Der Wind des Lebens habe ihn hierhin und dahin geblasen, war alles, was er sagte, und er lächelte, ohne Regine anzusehen.

Regine, unruhig und ohne ihn zu verstehen, wollte ihm entlocken, warum er die Firma verlassen habe und wo er wohne. Aber er schwieg und betrachtete sie streng, auf dem Rücken liegend, die Hände über der Brust gefaltet.

»Du bist wie die anderen«, sagte er und fuhr fort, sie anzustarren. Regine hatte noch nie zuvor bemerkt, wie hell seine Augen waren, wie klein die Pupillen. Sie ertappte sich bei der beunruhigenden Vorstellung, er habe gar kein Zuhause mehr und keine Arbeit, aber sie hütete sich, ihn danach zu fragen. Am Montag werden wir ja sehen, dachte sie.

Aber am Montagmorgen blieb Eberhard im Bett liegen und Regine, angezogen und gerüstet für die Außenwelt und eilig wie immer um diese Zeit, ging aus dem Haus, ohne zu erfahren, was er mit seinem Tag anfangen würde.

»Ich kann dich nicht durchfüttern«, sagte sie am Abend. Sie hatte sich den ganzen Heimweg überlegt, was sie zu ihm sagen wollte und wie sie es sagen wollte. Nun hatte sie alles vergessen.

»Keine Angst«, sagte Eberhard und legte die Hände um ihr Gesicht. »Mach jetzt nicht alles kaputt mit deinem Misstrauen.« Regine, die erwartete, endlich umarmt und geküsst zu werden, lehnte sich an ihn, aber es wurde nichts daraus, er drückte seine Backe an ihre Backe, seufzte tief, und nach einer Weile wiegte er sie leise hin und her.

Ich muss ihm Zeit lassen, dachte Regine. Sie zog sich langsam die Strümpfe aus, langsam das Unterhemd über den Kopf. Sie kam sich blöde dabei vor und gleichzeitig verschmitzt, eine Frau, die weiß, was sie tut. Eberhard sah ihr zu, die Hände in den Ärmeln seines Pullovers verborgen.

Wahrscheinlich hat er Geld von seiner Mutter geerbt, dachte sie später in der Badewanne. Wahrscheinlich braucht er nicht zu arbeiten, aber lange kann das nicht reichen, außerdem ist es nicht gut für einen Mann, nichts zu tun zu haben. Sie rechnete aus, dass sie Eberhard acht Monate nicht gesehen hatte, und sie rechnete aus, wie viel man in einem Monat verbrauchte, wenn man in einer billigen Pension lebte. Ich muss ihm helfen, dachte sie, er ist irgendwie immer noch durcheinander. Der Tod seiner Mutter hat ihn schwer getroffen. Aber etwas hielt sie ab, mit ihm über seine Mutter zu sprechen.

Als sie zurück ins Zimmer trat und Eberhard im Licht der Lampe in ihrem Bett liegen sah, überkam sie ein wohliges Glücksgefühl.

»Alles wird gut«, sagte sie und zog sein Gesicht an ihre Brust, er nickte, blinzelte zu ihr hinauf und reckte sich dann, um sie zu küssen. Regine ermahnte sich, gelassen zu bleiben und ihn nicht mit den lustvollen Gefühlen zurückzuschrecken, die in ihr gelauert hatten. Er aber griff hinter sich und löschte die Lampe aus.

Als Eberhard morgens das Haus verließ und am Abend nicht wiederkam, wartete Regine auf ihn, bis sie vor Erschöpfung einschlief. Er blieb zwei Tage lang verschwunden, und Regine, die mit niemandem über ihre Unruhe und Angst sprechen konnte, weil sie sich schämte, saß abends am Fenster, schaute auf die Straße und fragte sich, was sie falsch gemacht habe. Eberhard hatte nichts mitgenommen, sie prüfte all seine Sachen, Stück um Stück. Sie suchte in seinen Taschen, blätterte die paar Bücher durch, die er ins Regal gelegt hatte. Es wunderte und erschreckte sie, dass sie kein einziges persönliches Stück von ihm entdecken konnte. Keinen Brief, kein Foto, keinen Talisman, das erfüllte sie mit abergläubischer Angst. War Eberhard überhaupt bei ihr gewesen, hier in diesem Zimmer, hier in diesem Bett, oder hatte sie all die Dinge, die sie auf dem Bett ausgebreitet hatte, mit der Zärtlichkeit einer Witwe nur gekauft, um sich besser einbilden zu können, ein Mann lebe hier mit ihr?

Es war der dritte Tag, und Regine hatte in der U-Bahn geglaubt, Fieber zu haben, so zitterten ihre Beine, so trocken waren ihre Lippen. Als sie sich ihrer Wohnung näherte, sah sie schon von der gegenüberliegenden Straße Licht in ihren Fenstern.

Eberhard stand mitten im Zimmer. Er hielt sein Foto im Birkenholzrahmen in der Hand. Er ließ es fallen, ohne darauf zu achten. Er warf sich ihr entgegen, dass sie taumelte, seine Finger zerrten an den Knöpfen ihres Mantels, während sein Mund die Worte, die er zu fürchten schien und die er aus ihrem Mund erwartete, zurückdämmte, zerbiss und ertränkte. Regine hörte reißenden Stoff, das Zischen von Reißverschlüssen und das Knistern hastig abgeschälter Kunststoffhüllen. Sie hörte Glas unter ihrem Absatz splittern und schob es mit der Fußspitze beiseite, ehe sie sich dem Taumel seiner Wiedersehensfreude überließ. Die Deckenbeleuchtung tauchte alles in ein kaltes, unwirkliches Licht. Es war Regine, als wäre dies nicht ihr Zimmer, als lägen die Kleider fremder Leute um sie her, als werde gleich jemand gegen die Tür hämmern und sie aufbrechen. All das war nicht unangenehm und feuerte sie an. Es gab keinen Grund mehr, sich zu verstellen, sich zurückzuhalten. Eberhard beobachtete ihr Gesicht, unverhohlen und ohne sich zu schämen.

»Geh nie mehr fort von mir.« Regine umfasste ihn mit Armen und Beinen, und er lächelte, die Augen halb geschlossen und ohne darauf zu achten, dass sie gegen den Nachttisch stießen, gegen die Obstschale, und dass Orangen um sie her rollten und auf den Boden sprangen, als wären sie beteiligt an diesem Tanz.

Von nun an verschwand Eberhard nicht mehr. Es gab keinen Tag, an dem Regine nicht wusste, wo er war. Und sie vergaß ihre Unruhe bald. Er war, so schien es Regine, wundersamerweise ein anderer geworden, sie erlaubte sich nicht, darüber nachzudenken, was ihm das Leben – wie er es nannte – angetan haben mochte in diesen wenigen Monaten, die sie ihn aus den Augen verloren hatte. In denen sie ihn verstoßen hatte, sagte Eberhard und lächelte dieses kleine wehmütige Lächeln, das sie an seine Mutter erinnerte. Gemeinsam meisterten sie seine Kleiderprobleme. Regine griff ihr Erspartes an, er wollte ihr alles auf Heller und Pfennig zurückzahlen. Und war nicht sein Widerstreben, irgendetwas von ihr anzunehmen, Beweis genug für seine Ehrlichkeit? Er erlaubte Regine, einen Anzug für ihn auszuwählen, Hemden, Socken und Schuhe. Während er in der Umkleidekabine hantierte, beriet sich Regine mit der jungen Verkäuferin, und als diese von einem »stattlichen Mann« sprach und von seinen langen Beinen, entschied sich Regine, ihm zu seiner rot gemusterten Krawatte noch eine silbergraue für den Abend draufzulegen. Auch sie war beeindruckt gewesen, wie ungezwungen und anstrengungslos er sich in den verschiedenen Anzügen aus der Kabine schälte und vor ihr und der Verkäuferin auf und ab schritt.

So ausstaffiert und von Regine angetrieben, stellte er sich wieder bei seiner alten Firma vor und wurde, wenn auch vorerst nur halbtags, wieder eingestellt.

Auf dem Heimweg mittags vom Büro erledigte er die Einkäufe, die Regine ihm aufschrieb, und meistens hatte er, wenn sie heimkam, schon die Kartoffeln aufgesetzt oder den Salat gewaschen. Er deckte den kleinen Tisch und erzählte Regine dabei, was er am Vormittag getrieben hatte, haarklein und so ausführlich, dass Regine bald alle seine Kollegen und ihre Eigenheiten zu kennen glaubte. Nachts konnte er gar nicht rasch genug die Arme um Regine legen und ihr seine Zuneigung mit beredter Zunge und heftigen Atemzügen kundtun, aber die Liebe machte ihn stets schwermütig, und oft weinte er, noch erhitzt und klebrig an Regines Brust, ohne ihr sagen zu können, was ihn bedrückte.

Es erstaunte Regine, wie wenig Platz er in der kleinen Wohnung einzunehmen wünschte. Wie er seine Kleider wegräumte, seine Schuhe ins Bad trug und seine Rasiersachen, in einem kleinen Beutel verwahrt, an einem Haken neben den Handtüchern aufhängte, obgleich Regine ihm einen Platz neben ihren Dosen und Flaschen freigeräumt hatte.

Nie wollte er ausgehen. »Haben wir's nicht wunderschön hier bei uns?«, sagte er, und er ermahnte sie, kein Geld für unnötige Vergnügungen auszugeben, da man an die Zukunft denken müsse.

Zuerst war Regine überwältigt von dem Gefühl seiner Liebe. Er erwartete sie jeden Abend, als habe er an ihrer Rückkehr gezweifelt, er folgte ihr mit den Augen durchs Zimmer, und an seinem Gesicht konnte sie ablesen, dass er stets versuchte, ihre Stimmungen zu erraten und auf sie einzugehen. Er hörte ihr geduldig zu bei allem, was sie ihm erzählte, und lachte über die kleinen Geschichten aus ihrem Büro, die sie manchmal extra für ihn erfand, um ihn aufzuheitern, denn, und das war, wie Regine ihrer Kollegin Anna am Schalter nebenan erzählte, der einzige Wermutstropfen in ihrem Glücksbecher, Eberhard verfiel immer häufiger in Phasen tiefer Niedergeschlagenheit, von denen er oft ganze Tage nicht loskam und die, gerade weil er sie vor Regine zu verbergen trachtete, ihre eigene Munterkeit dämpften und sie als vage Angstgefühle bis in ihren Traum verfolgten. Aus manchen Andeutungen entnahm Regine, wie unglücklich Eberhard sich im Büro fühlte. Es gab Leute dort, die ihn unterschätzten und zu unterjochen versuchten, andere, die ihm überfreundlich begegneten, machten ihn hinter seinem Rücken schlecht. Er war von Heuchlern und Neidern umgeben. War es ein Wunder, dass er anfing, auch ihr, Regine, zu misstrauen? Wenn sie später heimkam als erwartet, konnte er stundenlang niedergeschlagen und wortkarg am Fenster sitzen. Und als sie mit Anna ins Kino wollte ohne ihn, geriet er in einen fürchterlichen Zustand, bezichtigte sich selbst, langweilig und selbstsüchtig zu sein, beschuldigte sich, sie, Regine, übermenschlich und für sie unerträglich heftig zu lieben, gestand ihr, wie sehr er sich verachtete, da er ohne sie nicht leben könne, schwor ihr ewige Liebe. Regine, verstört und auch geschmeichelt, rief Anna an und blieb bei Eberhard zu Hause. Aber als er an diesem Abend zu ihr hinüberrollte und ihren Mund suchte mit seinen feuchten, weit geöffneten Lippen, die ihren Hals hinaufwanderten, ihr Ohr streiften und ihre Backe benetzten, fühlte Regine keine Freude mehr über seine immer wache Leidenschaft. Als sie ihm nicht entgegenkam, drehte er sich von ihr ab und lag mit dem Rücken zu ihr, zusammengerollt. Regine wusste nicht, an was er sie so erinnerte.

In dieser Nacht träumte Regine von einem Berg, den sie mit Eberhard hinaufkletterte. Es war beschwerlich und rutschig, Steinbrocken, an denen sie sich festhielt, kollerten fort, kleine Sträucher ließen ihre kalten Blätter in ihrer Hand. Ein blühender Holunderbusch stand mitten am Hang, unter ihm, ganz von weißen Blüten bedeckt und bestäubt wie mit Mehl, fanden sie ein Auto, zusammengeschoben und verkrümmt wie nach einem Unfall. Darin lagen zwei Menschen nebeneinander. Sie waren tot.

Regine erwachte beklommen. Im Traum hatte sie ein großes Glücksgefühl durchströmt, eine Ahnung von Schwerelosigkeit, als könne sie die Arme ausbreiten und fortfliegen. Ihre Eltern waren beide tot, sie waren kurz nacheinander gestorben, erst die Mutter, unvermutet an einer Embolie, und später der Vater. Regine hatte ihn bei der Beerdigung der Mutter zum letzten Mal gesehen. Sie war damals noch sehr jung gewesen und wie betäubt vor Kummer und dem Gefühl, eine schlechte Tochter gewesen zu sein.

Am Morgen war sie besonders liebevoll zu Eberhard, hielt seine Hand, als sie ihm den Traum erzählte, und wartete darauf, dass auch er über den Verlust seiner Mutter klagen würde. Sie hatte Lust zu weinen.

Eberhard rückte seinen Teller zurecht, richtete sein Messer aus, stellte seine Tasse rechts neben den Teller.

»Ich weiß noch genau, wie die Wohnung roch, abends, wenn ich heimkam«, sagte er. »Sie roch ... alte Leute riechen ... nicht schlecht oder so, nein, sie riechen ... Und immer roch es auch nach Lavendel, also das gehörte irgendwie zusammen, und Fräulein Nebel im Büro, die riecht immer nach Lavendel, und ich kann ... ich kann nicht lange neben ihr stehen bleiben. Das ist so, das ist stärker als ich, es würgt mich, verstehst du?«

Regine betrachtete ihn verdutzt. Sie versuchte, sich zu erinnern, wie ihre Mutter gerochen hatte, und kam wieder davon ab. Eberhard köpfte sein Ei. Er sah wütend aus und griff nach der Zeitung. Er hatte Regine nie erlaubt, die Zeitung zu lesen, während sie frühstückten.

»Gib mir den Lokalteil«, sagte Regine, und er reichte ihn ihr über den Tisch, ohne sie anzuschauen.

»Wir haben eine Krise«, sagte Regine zu Anna, die neben ihr Briefmarkenbänder in den Briefmarkenspender einlegte. Sie befühlte den Schwamm und bündelte die Postkarten. »Habt ihr euch gestritten?«, fragte Anna. »Nein, nicht eigentlich.« Regine drehte sich auf ihrem Stuhl hin und her. »Was du immer hast«, sagte Anna, »der Mann ist doch das große Los, so was findet man nicht oft. Frank hat schon Recht, er sagt immer: ›Was wollt ihr Frauen eigentlich? Keiner kann's euch recht machen.‹«

Regine kannte Frank, er gefiel ihr nicht, aber das hatte sie Anna nie gezeigt. Er war klein und gedrungen und kämmte sich die Haare aus der Stirn, wenn er auf Anna wartete. Anna sagte, er habe Glück bei Frauen und nutze das aus; Regine konnte nicht verstehen, was diese Frauen an ihm fanden.

Regine wusste nicht, was mit ihr los war. Am Abend, wenn sie aus dem Postgebäude trat, hatte sie immer häufiger keine Lust, nach Hause zu gehen. Sie schlenderte an den Schaufenstern entlang, setzte sich in ein Café und las in den Illustrierten. Sie begleitete Anna zum Kindergarten, wo sie ihren kleinen Sohn abholte, und versuchte, die Freundin, auf der Straße stehend, so lange mit Gesprächen festzuhalten, bis der Kleine anfing zu weinen. Einmal ging sie ins Kino und sah einen alten Film, den sie schon kannte und der ihr nicht mehr so gut gefiel wie früher. Sie wusste nicht genau, warum sie das alles tat. Eberhard sagte kein Wort, wenn sie später als sonst nach Hause kam. Er wärmte das Essen auf, wenn er etwas gekocht hatte, oder packte den Aufschnitt, den sie eingekauft hatte, aus den Tüten und legte ihn auf die Teller. Eine unerklärliche Gereiztheit erfasste Regine, wenn sie ihm zusah. Er schien ihr nie genug Essen auf den Teller zu legen, nie genug Bier in die Gläser zu füllen. Sie ertappte sich dabei, wie schnell sie sich ihre Bissen in den Mund steckte, wie hastig sie schluckte. Sie unterdrückte ihren Wunsch, Eberhard zur Rede zu stellen. War er es nicht, der am Essen sparte, der mit der kleinen Portion, die er aß, ihr unangenehm zu Bewusstsein brachte, wie unanständig ihre Gier war, wie gewöhnlich ihre Art, sich voll zu stopfen? Sie gewöhnte sich an, Kekse und Schokolade in der Wohnung zu verstecken. Sie suchte ihm beim Kochen zuvorzukommen, um zu seiner Verblüffung triumphierend Berge von Spaghetti auf den Tisch zu stellen. »Wer soll das essen?«, fragte er harmlos und zu Recht. Regine konnte nur halb so viel essen, wie sie erwartet hatte.

Auf dem Weg zur Arbeit kaufte sie nun regelmäßig Kuchen ein, Tüten voll Kartoffelchips. Auf dem Heimweg besorgte sie rasch noch ein Tütchen Lakritze, ein Beutelchen Fruchtdragees und verbarg die bunten Papiertütchen in ihrer Manteltasche wie als Kind, wenn sie vom Jahrmarkt zurückkam.

Eberhard bemerkte offenbar nichts von alledem, aber Regine konnte sehen, dass es ihm nicht gut ging, sie verschloss sich gegen seine Niedergeschlagenheit mit einer Kälte, die ihr fremd war und die sie sich nicht zugetraut hatte. Es war wie ein riskantes Spiel. Regine wusste nicht, wer den nächsten Zug tun und was dann geschehen würde.

Seit sie Eberhard hatte vorbeigehen sehen, an dem hell erleuchteten kleinen Lokal, in dem sie gerade ihr Eis löffelte, seit sie sein Gesicht entdeckt hatte, am nächsten Abend, undeutlich im Spiegel, der zwischen den Topfpflanzen über der Kaffeemaschine hing, seit sie den Umriss seiner Schultern erkannt hatte unter einer Straßenlampe vor dem Kino, seinen abgewandten Kopf und die hellen Haare, die im grünlichen Licht leuchteten, wusste sie, dass er sie heimlich verfolgte.

Sie überlegte, ob seine Schwester ihm Geld schickte, ob er womöglich aufgehört hatte zu arbeiten, ob er nicht morgens das Haus verließ und irgendwann zurückkroch, um sich heimlich wieder ins Bett zu legen.

Irgendwie erfüllte diese Vorstellung sie mit Genugtuung und bereitete ihr gleichzeitig ein schlechtes Gewissen.

In den Nächten wachte Regine auf, weil er sich im Dunkeln über sie beugte. Er wurde ihr unheimlich.

Er wusch die Vorhänge, shampoonierte den Teppich, er trug die Wäsche zum Waschsalon und legte sie in den Schrank. Er schnitt Rezepte aus Zeitungen und bestand darauf, sie auszuprobieren. Im Schlaf kuschelte er sich an sie und kam ihr unmerklich nach, wenn sie zur Wand rückte.

Immer noch erzählte er ihr von seinem Tag im Büro. Sein Vorgesetzter war ein Unmensch, der seine Frau halb tot geschlagen hatte und freigesprochen worden war, Fräulein Nebel kaute ihre Fingernägel ab, bis zum nackten Fleisch, und Herr Bries, sein Tischnachbar, hatte Darmkrebs und nicht mehr lang zu leben. Er musste immer bei offenem Fenster arbeiten.

Regine hörte ihm zu und fragte nicht nach, obgleich sie bemerkte, dass sie ihm immer weniger glaubte. Sie sah, dass er auf ihr Verständnis hoffte, manchmal glaubte sie sogar, er treibe seine Geschichten so weit, um sie zum Widerspruch zu reizen. Sie zwang ihn zu einem Abendessen mit Anna. Sie wollte ihn entlarvt sehen, wollte Anna sagen hören: »Etwas stimmt nicht mit ihm«, aber Anna fand Eberhard charmant und fürsorglich, und auch Regine wunderte sich, wie fröhlich Eberhard wirkte. Oft griff er nach ihrer Hand und beugte sich zu ihr, während er sprach, er forderte sie auf, komische Geschichten zu erzählen, und zeigte nicht die kleinste Ungeduld, als Anna auf ihr Lieblingsthema, ihren Sohn, zu sprechen kam. Ein Thema, das Regine hasste. Regine fühlte sich hilflos und undeutlich enttäuscht von diesem Abend. Fast war sie froh, als Eberhard im Taxi in eine seiner schwarzen Stimmungen verfiel, rauchte und aus dem Fenster sah. Sie konnte fühlen, wie wenig ihm Anna gefallen hatte. Aber er schien sich zu hüten, ihr das zu gestehen. In der Wohnung schleuderte er, noch im Mantel, die Schuhe von den Füßen und schenkte sich ein Glas Wodka ein, aus einer Flasche, die Regine noch nie in der Wohnung gesehen hatte.

Am Tag vor Allerseelen kaufte Regine einen Chrysanthemenstrauß und zwei rote Grableuchten. Sie stellte alles auf dem Tisch zurecht und wartete darauf, wie Eberhard reagieren würde, wenn er mit den Einkäufen nach Hause kam. Der bittere Geruch der Blumen hing die ganze Nacht in dem kleinen Zimmer, aber Regine fand nicht den Mut, Eberhard einen gemeinsamen Gang zum Friedhof vorzuschlagen. Wenn er ihren kleinen Altar wahrgenommen hatte, so ließ er sich nichts anmerken. Er ging früher als sonst zu Bett und bat sie, das Fenster geschlossen zu lassen, da er eine Erkältung nahen fühlte.

Regine schlief unruhig und wachte auf, als es gerade anfing, hell zu werden. Ihr Herz, ein schwarzes Uhrwerk, schien ihre ganze Brust auszufüllen. Sie schlüpfte aus dem Bett und stand unschlüssig am Fenster. In der Küche goss sie sich ein Glas Milch ein und legte zwei Kekse neben das Glas, aber als sie sich fröstelnd am Tisch niederließ, verflog ihre Lust darauf. Sie saß eine Weile im Dämmerlicht vor dem Spiegel und lauschte den regelmäßigen Atemzügen, die vom Bett kamen und die mit einem schwachen Seufzer endeten. Ihr war ängstlich zu Mute und so, als habe sie sich verirrt, und dabei saß sie doch in ihrem eigenen Zimmer, und morgen war Sonntag.

Gerne hätte sie das Fenster geöffnet, Blätter fielen aus einer Chrysanthemenblüte auf den Teppich, ein bleicher, lautloser Wasserfall, sie kroch zurück ins Bett.

Und dann der Morgen, der Sonntagmorgen in der winzigen Küche, am Tisch, der voll gestellt war mit Tüten und Gläsern. Regine sah hinüber zu Eberhard. Ein Tropfen Eigelb floss über sein Kinn, er bemerkte ihn nicht und summte vor sich hin. Regine wurde seltsam kalt und schwindlig, als stehe sie auf einer schwankenden Brücke und Schneeflocken wirbelten um sie her.

»So geht's nicht weiter«, sagte sie und zitterte, als sie versuchte, die Marmeladendose zuzuschrauben. Eberhard hob seine hellen Augen und sah sie an.

»Wir heiraten«, sagte er ruhig. »Wir werden Kinder haben.«

Regine hatte Mühe, sich am Tisch zu halten, sie hob sich, füllte die ganze Küche aus, ihr Kopf drohte zu zerplatzen, in ihren Ohren dröhnte es, sie rang nach Luft. Es war sein Blick, das wusste sie jetzt. Er saß am Tisch ganz ruhig und ungerührt und für einen Augenblick der Mann, auf den sie gewartet hatte in jenem Frühling, es war der Blick, den sie erwartet hatte. Ein Blick, der ins Leere ging, sie nicht mehr traf, ein Blick, der nie auf sie gerichtet worden war.

Ihre Hände, selbstständig und ohne ihr zu gehorchen, fegten die Tassen und Teller beiseite, zerrten an ihren Haaren, fuhren über den Tisch und trafen Schultern und nachgiebiges Fleisch. Sie legte den Kopf auf den Tisch und atmete laut mit geschlossenen Augen, ihr Gesicht brannte. Die kleine Küche dröhnte noch immer von ihren Schreien.

Jetzt wird er mich umbringen, und er hat Recht, dachte sie. Aber Eberhard kam mit einem nassen Handtuch aus dem Bad und führte sie zum Bett wie eine Schwerkranke.

Später, als sie die Augen vorsichtig öffnete, sah sie Eberhard in dem blauen Sessel am Fenster sitzen. Die Sonne schien herein, und seine sandhellen Brauen leuchteten wie Goldfäden. Er hatte ihr sein Profil zugekehrt und, die Augen halb geschlossen, schien er eingeschlafen, den Kopf geneigt und friedlich, ein kleines Lächeln um die Lippen.

Das andere Gesicht

Sie erkannte ihn sofort, als er sich auf der Bank niederließ, ihr gegenüber, und sie ansah, die Brauen fragend gehoben, als erwarte er, sie würde ihn fortscheuchen. Die unruhigen Schatten der Blätter färbten sein helles Haar, glitten an seinen Schläfen herunter, als er sich über den Tisch neigte. Sie betrachtete ihn vorsichtig, den Kopf abgewandt, durch ihre Sonnenbrille. Sie wusste nicht, woher sie sein Gesicht kannte, und einen Augenblick lang glaubte sie, es sei eines der vielen Gesichter, die ihr abends aus dem Fernseher entgegensahen. Später wurde sie unsicher. Wo war sie diesem Gesicht begegnet? Unüberschaubar erschien es ihr jetzt, ein Himmelskörper, schwer wie ungebrannter Ton, behutsam geformt die Nasenflügel und Mundwinkel, noch unfertig und zu mächtig die Kieferpartie.

Dieses Gesicht war eine Botschaft für sie, die sie zu entziffern suchte, eine vertraute schmerzhafte Nachricht, die sie schon immer gekannt und erwartet hatte.

Sie trank aus ihrem Bierglas: Er saß, die Unterarme auf den Tisch gelegt, und schaute hinüber zur Wiese, auf der Hunde tollten zwischen den umherliegenden Menschen. Seine Brauen über den blassen Augen zwei Albino-Tausendfüßler, die an der feuchten Stirn klebten. Sie lächelte, um ihr Unbehagen zu verbergen, und auch er lächelte, ohne die Augen zu ihr hinzudrehen. Sie war noch nie vorher in diesem Garten gewesen.

Riesige Gesichter sahen zu ihr herein, morgens, wenn sie mit der U-Bahn zur Arbeit fuhr. Grobkörnige Reklamegesichter mit sternförmigen Glanzpunkten neben den Pupillen.

Sie ließ sein Gesicht auftauchen im schwarzen Rahmen des U-Bahn-Fensters zwischen den Menschen, die im Gang standen und gegeneinander geworfen wurden.

Die Stadt, diese Stadt war unübersehbar und undurchdringlich für sie, noch immer, obgleich sie schon drei Wochen hier lebte. Es war leicht gewesen, Arbeit zu finden, sie hatte auch leicht ein Zimmer gefunden, in einer Vorstadt. Manchmal machte es ihr Angst, in eine neue Stadt zu ziehen, und sie blieb im Zug sitzen und wollte nicht aussteigen.

Jetzt richtete er seine Augen auf sie, Augen, die weit auseinander standen. Sie kannte die gebogenen Wimpern und die undurchsichtige Haut, diese feinen Härchen auf den Backenknochen. Sie kannte sie so genau, dass sie die Hand ausstrecken wollte, um ihn zu berühren. Warum trank er kein Bier? War er zu ihr gekommen, an den Tisch, was wollte er? In ihrer Verwirrung nahm sie die Brille ab und zeigte ihm ihr Gesicht. Sie wartete auf ein Zeichen, aber er senkte den Kopf und leckte mit einer dicken blassen Zunge seine Oberlippe, auf der Schweißtropfen standen.

Als Kind hatte sie Vexierbilder geliebt und immer wieder Entzücken empfunden, wenn ihr in dem Gewirr von Linien und Punkten mit einem Mal der gesuchte Umriss so klar und selbstverständlich entgegentrat, als sei er soeben erst entstanden, als habe sie ihn selbst dort hingezwungen, kraft ihrer Suche. Sie entsann sich einer Landschaft mit Bäumen und einem Bach, zwei Kinder hockten Hand in Hand neben einem Korb. Wo ist Onkel Pipo?, stand darunter. Erst abends im Bett hatte sie Onkel Pipo entdeckt, als sie das Bild auf den Kopf stellte. Sein Gesicht am Ende der Landschaft füllte den ganzen Himmel aus. Die fliegenden Vögel waren seine Augen, seine Nasenflügel, seine Lippen, die Wolken formten sein Kinn, das Buschwerk am Bach sein Haar.

»Bist du Onkel Pipo?«, fragte sie und zwang sich, leise zu sprechen. Der Mann, der ihr gegenübersaß, nickte mit dem Kopf und fuhr sich ins Haar, wie um es aufzustellen, damit sie es wiedererkannte. Sie legte die Hand über ihre Augen und lachte. Wie wohl es ihr tat, so zu lachen.

Nachts, als sie sich über ihn beugte, wusste sie, dass er gelogen hatte. Sie beugte sich über ihn, und im Dämmerlicht des Zimmers glaubte sie, ihr eigenes Gesicht zu sehen, das da auf dem Kissen lag, mit schweren Lidern und unruhigen Schatten um den Mund. Sie betrachtete ihn mit Grauen und wagte nicht, sich zu bewegen, aus Angst, er könne wie ein Spiegelbild ihre Bewegungen aufnehmen und ausführen. Später schloss sie die Augen und legte ihr Gesicht auf seinen Hals. »Wer bist du?«, fragte sie, und er murmelte: »Der Mann, den du liebst.« Aber auch das war gelogen. Dieses Gesicht entstammte keinem ihrer Träume, sie sah es auf dem Titel eines Buches, er hielt einen großen Fisch in die Höhe, von dem Wasser tropfte wie ein feiner Regen.

Nein, die Leinwand zitterte, Trompetenstöße und das Geschrei einer wütenden Menge. Sein Gesicht riesengroß, den Mund zum Schrei geöffnet, sein Haar schwarz von Blut. Sie konnte die Zunge sehen, die in seinem Mund zitterte. Die breite blasse Zunge, deren Geschmack sie kannte. Sie küsste ihn, um das Bild auszulöschen, und er fasste nach ihr, murmelte nah an ihrer Brust, atmete und streckte sich zu ihr herüber, gewann an Umfang, wölbte sich, drückte sie nieder, erhob sich über sie. In dem atemlosen Handgemenge, das nun entstand, öffnete sie die Augen weit und hielt sein Gesicht damit fest, sah das Weiß seiner Augenbälle, das Glitzern seiner Zähne, die dunklen Öffnungen seiner Nasenlöcher. Vielleicht wusste er besser als sie, was mit ihnen geschah. Sie verstand, dass er sich ihr zu erkennen geben wollte und dass sie ihn erkennen würde, endlich, wenn sie ihn in sich aufnahm, ihn zwang, sein Gesicht mit ihrem zu vermischen, seinen Körper mit ihrem zu verflechten. Sie willigte ein.

Die lange vergessene Landschaft tat sich auf. Sie sah die Bergkuppen und die Bäume gegen den Himmel. Es war Sommer und sein Gesicht löste sich auf in Dunkelheit, tauchte unter im Laub der Bäume, verschwand zwischen den Ästen und Blättern, die der Wind bewegte. Das Rauschen füllte ihre Ohren.

Am Morgen vermied sie es, neben sich zu sehen. Eine offene Hand lag da, herübergestreckt bis zu ihrem Kissen, da lag auch ein Körper, um den das Laken gewickelt war, da war eine leise Bewegung von Atemzügen. Er war also nicht tot. Manchmal waren sie tot. Sie wusste nicht, wie sie gestorben waren. Sie wusste nicht, wer ihnen das antat – wer ihr das antat.

Einmal war es ein Tuch, ein Tuch, das sie kannte, woher, das wusste sie nicht, aber es fuhr ihr in die Augen mit seinen roten und schwarzen Streifen, scharf und kalt, und blieb auf ihrer Netzhaut, den ganzen Tag im Zug, zog sich über die Landschaft, die vorbeistürzte, schrill, und zerfetzte die Hügel, die Baumgruppen, den Himmel. Das Tuch war um einen Hals geknüpft, fest, es schnitt tief in die Haut dieses Halses, sträubte das Nackenhaar auf. Sie hatte nicht versucht, das Tuch aufzuknüpfen.

Einmal waren es rote Blätter gewesen, riesige rote fingrige Blätter, feucht, eingesaugt in die Laken. Ein Geruch nach Rost, ein moosiger Geruch nach dem Saft, der aus Pilzen troff, träge und dickflüssig: verletztes Pilzgewebe, das helle Fleisch aufgerissen, die zarte Haut geplatzt. Dann wieder glaubte sie sich an ein Messer zu erinnern, das auf dem hellen Teppich vor dem Bett lag und an dem Haare klebten. Ein Messer, auf das sie getreten war und das gegen die Wand geprallt war, langsam und ganz ohne Geräusch.

Manchmal waren sie tot, und sie konnte nicht bei ihnen im Zimmer bleiben, nicht im Haus, nicht in der Stadt, kein Mensch konnte es aushalten in der Stille so eines Morgens, mit Vogelstimmen vor dem Fenster und dem Schlagen der Kirchturmuhr über den Dächern.

Der Koffer stand neben der Tür. Sie brauchte ihn nur aufzuheben – und dann? Im Bahnhof wusch sie sich das Gesicht, die Hände, manchmal auch die Haare, warum nicht? Das taten viele Leute. Sie hatte es gesehen, auch Frauen, Frauen unterwegs wie sie. Wer wusste, was die zurückließen, dort, wo sie herkamen. Wer wusste, welche Zimmer sie verlassen hatten und in welche neuen Zimmer sie zogen, in welcher neuen Stadt.

Manchmal war es ihr unverständlich, warum sie immer wieder vertrieben wurde, und sie weinte darüber, an die muffige Kopfstütze im Zugabteil gelehnt und ohne eine Antwort zu finden.

Ehe sie die Tür hinter sich schloss, warf sie einen einzigen Blick zurück. Nie gelang es ihr, die Hoffnung zu unterdrücken, immer wartete sie darauf, umkehren zu dürfen. Aber es war so, wie sie gefürchtet – nicht gefürchtet –, erwartet hatte. Ein Fremder lag dort am Rand des Bettes, gestreckt und im Schlaf gespannt wie einer, der gleich ins Wasser springen wird. Ein fremdes Männergesicht, dumpf und einfältig. Er veränderte das Zimmer so, dass sie schnell die Tür schloss, aus Angst, abends nicht zurückkehren zu können.

Wenigstens war es ein Mensch, dort in der weißen Landschaft von Kissen und Laken, dachte sie im dunklen Getöse des U-Bahn-Schachtes, wenigstens war es nicht das Tier, wie manchmal. Dieses grässliche Tier, für das es keinen Namen gab: kein Wolf, kein Ameisenbär, sondern ein noch nie gesehenes geflecktes, räudiges Tier, mit Menschenaugen, mit Zähnen, die selbst der Schlaf nicht unter der Lippe verbergen konnte.

Den Tag über dachte sie wenig darüber nach, was sie am Abend tun würde. Sie saß an dem kleinen Fenster und reichte den Leuten die hellgrünen bedruckten Kärtchen. Sie schaute ihnen nie ins Gesicht, sah nur die Hände, die das Geld hielten, es hinlegten, nach der Karte griffen, zutraulich geöffnet, bis sie das Wechselgeld abgezählt hatte. Sie war froh über die verkratzte Glasscheibe, die sie von den Gesichtern trennte. Auch als sie mittags die Zeitung las, vermied sie es, die Gesichter der Sportler und Politiker anzusehen. Ein Mann, las sie, ging jeden Abend vor das Haus der Frau, die er liebte, und schrie dort so lange, bis er nicht mehr konnte. Er schrie ohne Worte. Sie konnte ihn verstehen. Sie kannte den Druck in der Kehle, die aufsteigende bedrängende Luft, die sich in ihrer Brust sammelte und hinauswollte mit einem nie gehörten grauenhaften Ton. Fast immer gelang es ihr, sich zurückzuhalten.

Der Abend kam, und als sie nach Hause ging durch die Wasserpfützen des Sprengwagens und zwischen den Tauben, die darin badeten, war ihr leicht und angenehm zu Mute; sie betrachtete ihr Gesicht in den spiegelnden Schaufenstern und sah, dass sie es war, das Haar, das der Wind von ihren Schultern hob, ihr Kinn, das sich reckte, ihr Mund, der ihr zulächelte.

Beim Anblick ihres leeren Zimmers überkam sie ein großer Frieden. Sie legte sich aufs Bett und schnüffelte an den Laken. Zum ersten Mal an diesem Tag fiel ihr sein Gesicht wieder ein. Sie sah ihn am Fluss entlanggehen, den Kopf erhoben, als nehme er Witterung auf. In seinen weit auseinander stehenden Augen spiegelten sich die Menschen auf den Parkbänken wie bunte Glassplitter. Sie fand ihn, er konnte sich nicht verstecken.

In den Tagen und Nächten erlaubte sie seinem Gesicht, bei ihr zu sein, sah es im Spiegel ihrer Kaffeetasse, ehe sie trank, entdeckte es an allen Plakatwänden, gab es allen Menschen, denen sie begegnete, fühlte es auf ihr eigenes Gesicht gepresst wie eine seidige Maske. Es machte sie ruhelos und sehnsüchtig, sie brauchte nicht zu essen und nicht zu schlafen. Sie war voller Geduld.

Und sie sah ihn wieder.

Es regnete. Tropfen standen auf der Scheibe des Autos, in dem er saß. Sie erkannte ihn sofort, und auch er erkannte sie und öffnete den Mund zu Worten, die lautlos waren oder die sie nicht hören konnte, weil der Regen auf sie fiel und auf das Autodach schlug. Sein Körper verschwand im Dunkel des Autos, sein Gesicht leuchtete hell und schwebte schwankend wie eine leuchtende Scheibe, über die das Wasser eines Flusses strömt. Sie stand auf und fühlte wie immer mit Erstaunen und Seligkeit den Kitzel in ihrer Kehle und wie ihre Brust sich weitete, um Platz zu schaffen für den Schrei. Sie konnte ihn nicht zurückhalten, diesmal nicht, und während sie zuließ, dass ihre Augen sich schlossen vor Anstrengung, ihre Zähne sich öffneten, ihre Kehle brannte, setzte sie ihn frei und ließ ihn in die regenschwere Luft steigen wie eine gelbe schwefelige Fahne.

Nun war sein Gesicht ganz nah vor ihr und Tränen füllten ihre Augen, aber vielleicht war das der Regen oder die Erleichterung, die ihr alle Kraft nahm, sie taumelte, aber sie fiel nicht. Auch sein Gesicht war nass, er streckte die Hände aus, aber wenn er es tat, um sie zu berühren, sie festzuhalten, so spürte sie es nicht. Er sprach. Seine Lippen bewegten sich. Sie hörte ihn nicht. »Du bist der Mann, den ich liebe«, sagte sie. Er hörte sie. Seine Augen veränderten sich, wurden dunkel, kamen auf ihr zur Ruhe. Sein Mund entspannte sich.

Sein Gesicht – ihr Gesicht, wie im Spiegel, ganz nahe jetzt. Das Gesicht, über das langsam Wassertropfen liefen, hingehalten und voller Erleichterung, begierig, zerstört, um für immer ausgelöscht zu werden.

Fischwinter

I.

Wir durchquerten den verwilderten Park, verschwanden im Tunnel unter den Bahngleisen, tauchten auf und bogen ab in die Ulmenallee, die uns begleitete bis zu den ersten Gewächshäusern der Gärtnerei.

Immer hatten wir es eilig, am Morgen, wenn wir zur Schule gingen. Wir sprachen nicht und atmeten Dampfwolken in die Luft. Vor der Hutfabrik hörten wir die Straßenbahn kommen, und wir fingen an zu laufen. Ich war schneller als Mela, obwohl meine Schwester fünf Jahre älter war als ich. Sie rutschte im Schnee auf ihren hohen Schuhen, die sie sich im Park, auf einer Bank sitzend, hastig angezogen hatte, während meine Mutter glaubte, sie ginge in Winterstiefeln zur Schule. Ich trug die Kleider, aus denen sie herausgewachsen war, elfjährig, dünn und lang, mit kurz geschnittenen Haaren sah ich aus wie ein Junge.

Die Haltestelle »Am Fischwinter« war die Endstation der Linie 11. Die Bahn fuhr dort einen kleinen Bogen zwischen Kieshaufen und Holundergebüsch, man hörte sie ächzen, wenn sie in die Kurve ging. Funken stoben von den gefrorenen Oberleitungen. Im Winter war es um diese Zeit noch nicht ganz hell, aber in der Hutfabrik brannten schon die Lichter.

Gegenüber der Gärtnerei mit ihrem verrotteten Holzzaun und den zugeschneiten Glashäusern stand die Baracke der Rypczinskis, und am Morgen, wenn wir die Straße herunterkamen, sahen wir Rosi Rypczinski immer schon wartend vor dem Stacheldraht stehen, der das Grundstück umgab, auf dem ihre Familie hauste. Rauch hing über dem dünnen Ofenrohr, das aus der Wand der Baracke kam. Auf den Kisten, Brettern und Tonnen, die sich um die Baracke scharten, lag Schnee. Irgendwo dazwischen mussten die Ställe verborgen liegen. Sie züchteten Kaninchen, das wusste jeder, sie hatten auch eine Ziege. Die Rypczinskis waren Polen, Polacken, sagte Herr Dörr im Kolonialwarenladen. Er hatte es abgelehnt, das Kaninchenfleisch der Rypczinskis zu verkaufen. »Wer isst denn so was, wenn er nicht muss«, sagte er. »Sollen ihre Karnickel selber verscheuern, wer weiß, was sie überhaupt verfüttern.«

Rosi stand da und wartete auf uns. Ihr Mantel, der aussah wie der Mantel einer älteren Frau, hatte einen kleinen Kaninchenfellkragen. Ihre beiden Brüder trugen große Pelzmützen mit langen Ohrenklappen, die mir insgeheim gefielen, vor denen mir aber auch immer graute. Vielleicht, weil ich so genau wusste, dass man dieses Fell den Kaninchen abgezogen hatte, vielleicht auch, weil das Fell offenbar schlecht gegerbt war und ich noch immer die Spur von Adern daran zu erkennen glaubte, vielleicht aber lag es auch an der Art, wie die beiden Buben die Mützen ins Gesicht zogen. Ihre hellen flachen Augen stachen unter dem Pelz hervor wie Metallblättchen, die man durchs Ufergras im Wasser liegen sieht. Die beiden mussten etwa so alt sein wie ich, aber ich sah sie selten. Rosi verbat sich ihre Begleitung auf dem Schulweg. »Sie sind fürchterlich, und ich leide schon genug unter ihnen in dem engen Loch, in dem wir zusammenhocken«, sagte Rosi. Wenn es schneite, trug sie keine Fellmütze, sondern ein durchsichtiges Plastikkapüzchen über ihrer Dauerwelle. Sie hängte sich bei meiner Schwester ein, und man konnte sehen, dass sie ungeduldig war, ihr zu erzählen, was seit gestern geschehen war. Meine Schwester und sie warfen mir einen lieblosen Blick zu, der mir zu verstehen gab, dass meine Anwesenheit eine Belastung sei, und wenn ich guter Stimmung war, lief ich ein paar Schritte vor ihnen her. An manchen Tagen aber blieb ich ihnen hart auf den Fersen und versuchte alles zu hören, was sie sprachen, um sie dann auf der Brücke über dem Kanal mit dem Ruf »die Straßenbahn!« zum Laufen zu bringen.

Hinter der Haltestelle, auf einer kleinen kahlen Anhöhe, lag das graue flache Gebäude mit vereinzelten Fensterhöhlen, in deren zerborstenen Scheiben Lappen steckten und deren Rahmen geschwärzt waren wie Ofenlöcher. Das Haus war einmal weiß gestrichen gewesen, ein glitzernder länglicher Eisblock, stellte ich mir vor. Damals diente es als Lagerhaus, als Kühlhaus, in dem alles Mögliche kalt gehalten und aufbewahrt wurde, sagte mein Vater. Durch die großen rostigen Eisentüren waren früher Lastwagen aus und ein gefahren. »Fischwinter« stand in abgeblätterter blauer Schrift an der Stirnseite geschrieben. Es war uns verboten, hineinzugehen, und in der Schule erzählte man sich von schlimmen Dingen, die dort drinnen geschehen waren: von einem Mann, der an den Rohren gebaumelt habe und von dem schon Teile abgefallen waren, weil er sich aufzulösen begann. Am schlimmsten fand ich die Geschichte von der alten Frau, die man drinnen gefunden hatte und von der niemand wusste, wer sie war, erfroren und auf einem Koffer zusammengekrümmt, in dem zwischen ihren Kleidern zwei tote Säuglinge lagen.

Morgens, wenn wir in die Straßenbahn stiegen, wirkte der Fischwinter nicht weiter bedrohlich, eher traurig, als warte er noch immer auf bessere Zeiten, auf Lastwagen und Eisschollen, auf Ananas und Heringe. Abends aber, wenn es dunkel wurde, der Wind den Schnee vom Dach trieb und die Lappen in den Fenstern zu uns herunterwinkten, schauten Mela und ich nicht hinüber, wenn wir aus der Straßenbahn stiegen, und bogen rasch in den Weg ein, der an der Hutfabrik vorbeiführte.

Manchmal sah ich morgens, wie auch die beiden Brüder sich auf den Schulweg machten. Die Baracke schien sie auszustoßen mit einem Rülpser, sie purzelten heraus mit fliegenden Fellohren und Geschrei, sich puffend und stoßend, schlitterten sie auf dem Weg zur Straße, griffen sich Hände voll Schnee, um sich zu bewerfen, und ihre Stimmen, rau und begleitet von den Dampfwolken ihres Atems, hingen noch lange in der Luft. Die Hunde bellten und winselten wie von Sinnen. Rosi, die runden dunklen Augen zum Himmel gerollt, suchte mit ihren dünnen Schuhen Halt auf dem vereisten Weg. »Verstehst du, was ich meine?«, fragte sie meine Schwester.

Die beiden Brüder besuchten eine andere Schule und brauchten nicht die Straßenbahn am Fischwinter zu nehmen. Auch Rosi besuchte eine andere Schule als meine Schwester und ich, die Marienhagschule, die kein Schulgeld nahm wie unsere. Sie deutete meiner Schwester ab und zu an, dass sie nicht sicher sei, wirklich ein Kind der Familie Rypczinski zu sein, wer weiß, wo man sie hatte mitgehen lassen. Meine Schwester pflichtete ihr bei, auch sie hatte sich schon mit solchen Gedanken getragen, wenn meine Mutter ihr morgens den Rock hob, um zu prüfen, ob sie die wollenen Unterhosen trug, oder wenn sie aus ihren Träumereien am Klavier gerissen wurde, weil sie den Abendbrottisch decken musste.

Rosi Rypczinski erzählte meiner Schwester am Morgen von einem Mann, so viel hatte ich schon herausbekommen. Ihr Gesicht nahm dabei einen seltsamen schläfrigen Ausdruck an. Auf ihren runden Backen schmolzen die Schneeflocken und liefen unbehelligt an ihrem Hals herunter. Sie senkte durchscheinende Lider über ihre dunklen Augen. »Du weißt nicht, wie das ist, das Herz eines Menschen schlagen zu hören«, sagte sie, »ein Gefühl, als wäre man in die Brennnesseln gefallen.«

Meine Schwester lieh ihr Gedichte aus dem Bücherschrank meiner Eltern. Als Zeugin von Rosis »Zuständen«, wie sie es nannte, schwankte sie zwischen Neid und Erleichterung, und je nachdem erlaubte sie mir, ihr abends kleine und, wie mir schien, uninteressante Informationen zu entlocken.

»Rosi meint, Lieben wäre sehr unangenehm«, sagte sie, »ich glaube, sie macht was falsch« oder »Rosi sagt, sie wolle mit der Schule aufhören und als Verkäuferin arbeiten, das halte ich für unklug«. Manchmal auch nannte sie Rosi eine schwärmerische Kuh und ihre Dauerwelle billig gemacht, dann wieder glaubte sie, Rosi habe die ganze Geschichte erfunden, um sie, Mela, zu beeindrucken, und murmelte, sie werde sich kein bisschen mehr davon anhören, ehe sie »ihn« gesehen habe. Sobald ich jedoch mit einstimmte und meine Zweifel anmeldete, die ich von Anfang an gehabt hatte bei diesem Getue, wies sie mich scharf zurecht. »Was weißt denn du, du Kindskopf, nichts – aber gar nichts.« Und sie wälzte sich zur Wand und summte eine Mozart-Etüde vor sich hin, um mich auszuschließen.

II.

An einem Nachmittag begegnete ich am Rodelhang den beiden Rypczinskis. Sie standen oben bei den kahlen Haselnussbüschen, zwischen denen der Schnee zertreten war, und rauchten Zigaretten. Sie sahen zu, wie die anderen Kinder ihre Schlitten aneinander hängten, hinfielen, den Berg hinaufstapften und sich an der Bodenwelle im Schnee rollten. »Wer sind die?«, fragte meine Freundin Sara, mit deren kleiner Schwester wir hergekommen waren. Ich sah die beiden Rypczinskis zwischen den Büschen stehen und hin und her trampeln, um ihre Füße zu erwärmen. Man konnte merken, dass sie uns alle für Narren hielten, und einer von ihnen lachte, bis er sich krümmte, und rief »Bahn frei, Bahn frei!«. Der andere warf sich auf den Bauch und ruderte mit Armen und Beinen wie ein Schwimmer. Sie hatten keine Schlitten, trugen keine Handschuhe, und ihre Hände waren rot, so dass ich mich fast meiner Fäustlinge schämte. Niemand fragte sie, ob sie mitfahren wollten, auch ich wagte es nicht.

Später, als ein Schlitten umkippte am steilen Stück der Piste, an dem schon Steine aus dem Schnee ragten, stürzte ein Mädchen kopfüber in die Baumstümpfe am Rand der Abfahrt. Es blieb auf dem Rücken liegen, ein etwa fünfjähriges dickes Kind mit einer weißen Wollmütze, und als es nach einer Weile nicht aufstand, drängten wir alle näher heran und sahen, dass ihre Augen halb offen standen, aber fast nur das Weiß ihres Augenballs zu sehen war.

So standen wir neugierig und ohne zu wissen, was wir tun sollten. Jemand schob sich durch die Schlitten und Kinder und beugte sich über das Mädchen. Es war einer der Rypczinskis, welcher, wusste ich nicht. Er zog seine Jacke aus und legte sie unter den Kopf mit der weißen flauschigen Mütze, blickte sich um und sagte streng: »Nicht anfassen!« Wir sahen jetzt, dass Blut aus der Nase des Mädchens floss, und auch er sah es und häufte mit seinen roten Händen Schnee auf ihre Nase, der sich langsam rosa färbte wie Himbeereis. »Die muss nach Hause!«, sagte er und sah sich wieder um, selbstverständlich, als wäre er solche Zwischenfälle gewohnt. Sofort meldete sich ein kleiner Junge und erbot sich, sie auf seinem Schlitten heimzuziehen. »Nein«, sagte er und stemmte die Hände in die Hüften, seine Pelzohren flappten im Wind. »Wo ist die Mutter?« Der kleine Junge stapfte gehorsam durch den Schnee davon.

Ich wandte den Blick ab, weil mich ein seltsames Gefühl überkam, halb schämte ich mich für ihn, dass er sich so hervortat, halb bewunderte ich ihn. Er hatte sich verhalten wie ein Erwachsener. Dunkle Bilder von Flucht, Lager und Kriegsgräuel schossen mir durch den Kopf. Rosi wollte nie darüber sprechen, und meine Eltern gaben nur vage Auskünfte, wenn man sie nach den Polen fragte. Irgendwo hatten diese Rypczinskis etwas gelernt, was mir fremd und gefährlich schien, ein Wissen, das mir fehlte, hatte sie verändert und zu anderen Wesen gemacht, als ich es war. Ich hätte gerne sein Gesicht berührt, unter der tief in die Stirn gezogenen Fellmütze, vielleicht um zu sehen, ob es heiß war oder kalt, ob er schwitzte. Wie sahen seine Augen aus, jetzt? So metallisch und glanzlos, wie ich sie immer vor mir hatte, wenn ich mir die beiden vorstellte, denn ich stellte mir immer beide vor, als wären sie ein Wesen mit zwei Körpern. Diese seltsamen Augen. Hatten sie schon oft gesehen, wie jemand hinfiel und liegen blieb, mit einem Gesicht, das nichts mehr wahrnahm, und mit Blut, das aus weit offenen Nasenlöchern rann und in den Schnee tropfte? Ich hatte nicht gesehen, wie der Schlitten umstürzte und wie zwei andere Schlitten herankamen und ihn zur Seite warfen, wie das Mädchen gegen die schwarzen Baumstümpfe prallte und liegen blieb. Sara hatte es gesehen, und dann waren wir zögernd den Hang hinuntergeklettert, um nachzuschauen, so wie die anderen.

»Wenzel, komm!«, rief sein Bruder, und eine kaum wahrnehmbare Warnung lag in seiner Stimme. Er stand schon, halb den Hang hinauf, wartend, zu seinem Bruder umgewandt. Wenzel neben dem Mädchen, das am Boden lag, in der Mitte des Kreises von schweigenden Kindern, antwortete nicht. »Wenzel, komm!« Ich erriet, dass er den Bruder zum Aufbruch drängte, ehe die Erwachsenen kamen. Schon sah ich eine Frau ohne Mantel und im Schnee rutschend und stolpernd über die verschneite Wiese laufen, der kleine Junge, der sie geholt hatte, versuchte, mit ihr Schritt zu halten. Wenzel legte die Arme um seinen Körper und stampfte mit den Stiefeln im Schnee, den Kopf gesenkt. Ich hätte gerne seine roten Hände angefasst, ihm meine Fäustlinge angeboten, und ich schämte mich, weil ich ahnte, er hätte sie niemals angenommen. Saras kleine Schwester fing an zu weinen, und Sara putzte ihr die vor Rotz glänzende Oberlippe mit dem Handschuh ab. Die Frau hob das Mädchen auf und schleppte es fort, ohne ein Wort zu sagen und ohne sich noch einmal umzusehen.

Wir machten uns auf den Heimweg.

Die junge Frau, die uns die Eier brachte am Freitag, hatte mir erzählt, sie habe gesehen, wie eine Frau im Luftschutzkeller ein Kind bekam. Sie sei es gewesen, die eine Nagelschere in einem Teetopf gekocht habe, um die Nabelschnur abzuschneiden. In einer Zeitung, in der Rüben eingewickelt waren, hatte ich zwei tote Kinder gesehen, deren Köpfe über ein Mäuerchen hingen, »Von Russen erschlagen« stand darunter. In der Schule hatte mir meine Nachbarin erzählt, dass sie nach zwei Tagen zu Fuß durch den Schnee die Großmutter zurücklassen mussten, in einem Tannengestrüpp und mit einer Decke, weil sie nicht mehr weiterkonnte. Ich hatte versucht, mir diese Bilder anzusehen, ohne mich betroffen zu fühlen. Wir, wir hatten nichts zu tun mit alldem, wir, im Wohnzimmer am Abend, wenn meine Mutter Bohnen putzte und mein Vater uns vom Dreißigjährigen Krieg vorlas, einem Krieg, der lange her war und der von Menschen handelte, die Fürchterliches taten, wie die Menschenfresser im Märchen. Es war, als hätte ich mit meinen Fragen solch einen Abend zerspringen lassen können wie eine dünne goldene Glaskugel, die uns umschloss. Das summende Wohlgefühl, das die Erwachsenen verbreiteten, war flüchtig. Mir war, als könnte ich das Gefühl dieses warmen, sanften Abendlichts unter der Lampe nicht selber herstellen und sei darauf angewiesen, dass es mir zugeteilt wurde, großzügig und selbstverständlich wie die Suppe in meinem Teller und die Umarmungen und Küsse, wenn ich mir wehgetan hatte.

Nachts, zusammengerollt in meinem Bett, verlor das abendliche Zimmer mit seinen Essensgerüchen und der ruhigen Stimme meines Vaters seine Kraft. Im Park jenseits des Gartens klagten Stimmen durch die offenen Fenster herein, und die Heizungsrohre seufzten. Draußen ächzten die Bäume im Wind. Ich lag erstarrt und flach atmend im Schneegrab meines Bettes, und die Bilder häuften sich über mir wie schwere Körper. Ich fand das Zauberwort nicht, um sie zu versöhnen.

Rosi erwartete uns vor dem Gatter und winkte. Sie lächelte und berührte mein Haar, um eine Schneeflocke abzulesen.

»Wie heißen deine beiden Brüder?«, fragte ich. »Du hast einen neuen Schal«, sagte meine Schwester.

»Wenzel und Gieger.« Rosi hängte sich bei meiner Schwester ein, und beide lachten ohne Grund, als sie sich ansahen.

»Wie alt sind sie?«

»Zehn und elf.« Rosi seufzte. Eine Dampfwolke schoss aus dem runden Loch in der Wand der Hutfabrik, und die Metalllamellen klapperten. Es roch nach nassem Schaf und verbrannter Wolle.

»Die sprechen nicht so gut Deutsch wie du.« Ich versuchte, nahe neben Rosi zu gehen, und wurde vom Gehsteig auf die Straße gedrängt.

»Ach die.« Sie rollte die Augen, wie sie es immer tat. »Die reden ja immer nur miteinander, und meine Eltern …« Sie griff nach dem grauen Schal und wedelte damit unter ihrem Kinn. »Hat sie mir gestern gegeben …« Meine Schwester nickte. Wir waren spät aufgestanden und in Eile.

Rosi sprach von Frau Herrmann. Sie verbrachte drei Nachmittage in der Woche bei Frau Fiona Herrmann, der Frau von Kammersänger Herrmann. »Sie arbeitet dort«, sagte meine Mutter, »eine gute Frau, diese Herrmann.« Wenn man Rosi von ihren Nachmittagen erzählen hörte, klang es nicht wie Arbeit. Gut, sie spielte mit den beiden Kleinen, bügelte auch mal und wusch auch mal was auf, aber meistens, so schien es, trank sie Tee mit Frau Fiona, lackierte sich die Fingernägel und richtete sich das Haar. Die Kleider, die man nicht mehr anziehen konnte, weil sie letztes Jahr schon alle gesehen hatten, denn Frau Fiona, wie Rosi sie nannte, musste mit diesen Kleidern viel unter die Leute, bei ihrer Position, sagte Rosi, diese Kleider also bekam Rosi. Nicht alle, versteht sich, es gab auch noch Freundinnen, an die Frau Fiona zu denken hatte, und die Waschfrau mit ihren Töchtern. Manchmal blieb auch Essen übrig, und das nahm Rosi mit nach Hause, ungern, wie sie zugab, in einer Milchkanne, damit nicht jeder gleich sehen konnte, was es war.

Frau Fiona hatte es mit der Blase und musste oft ganze Tage im Bett verbringen. Ein herrliches Bett, so schien es, groß wie ein ganzes Zimmer und mit einem Kopfteil, das mit geblümter Seide bespannt war. Rosi brachte auch die Illustrierten mit, die sie dort las, und meine Schwester studierte die Blätter abends im Bett, immer wachsam, um das Kommen meiner Mutter nicht zu überhören. Illustrierte waren bei uns zu Hause verpönt. »Schmutz«, sagte meine Mutter. Ich durfte später die Witze ausschneiden, wenn die abgegriffenen und matten Hefte endlich an mich weitergegeben wurden. Ich hatte ein Album für Witze angelegt und trug mich mit dem Gedanken, später Witzeerfinder zu werden. Das behielt ich wohlweislich für mich, und das Album versteckte ich im leeren Hühnerstall.

Wir beide, meine Schwester und ich, kannten Herrn Herrmann. Wir hatten ihn auf der Bühne gesehen. Jeden ersten Mittwoch im Monat besuchten wir, die guten Schuhe in einem Rippelsamtsäckchen, den Heinrichsbau, wo es Konzerte, Theater- und Opernaufführungen gab. Wenn wir am Grundstück der Rypczinskis vorbeikamen, lauerte Rosi uns manchmal auf, kam an den Zaun gelaufen, in ein Wolltuch gewickelt, und flüsterte: »Zauberflöte heute, nicht wahr?« Sie war dabei immer seltsam aufgeregt und kicherig, als wäre sie es, die ins Theater ginge. Sie fuhr sich durchs Haar und zupfte an meiner Schwester herum, abwesend und leise auf sie einredend. Im Licht der Straßenlaterne sah ich das Grübchen auf ihrer Backe größer und kleiner werden.

Herr Herrmann gefiel mir nicht. Er war dick, kurzbeinig, und seine Stimme erinnerte mich an geronnene Buttercreme. Auf den goldenen hohen Schuhen stakelte er auf der Bühne herum, wie jemand, der etwas Schweres trägt, sich aber bemüht, sich das nicht anmerken zu lassen. Als er, von der Schlange erschreckt, hinfallen musste, kam er äußerst ungünstig mit dem Kopf nach unten auf der Bühnenschräge zu liegen, und ich sah die Adern an seiner Stirn schwellen. Die Schminke konnte die blaurote Farbe seines Gesichts kaum noch verbergen. Kurz lenkte mich das Auftauchen der drei Feen ab, auch sie sehr viel fleischiger, als ich mir Feen vorgestellt hatte. Sie fragten sich, wer der schöne Jüngling sei, und ich beugte mich hinunter in das Dunkel zwischen den Sitzreihen, das nach Bohnerwachs und Staub roch, und lachte, bis ich zu ersticken glaubte. Und wieder bedrängten mich die Bilder, die stärker wirkten als die Musik und die dazugehörige Geschichte. Sie lenkten mich ab vom »Eigentlichen«, wie meine Mutter es nannte, traurig und voller Sorge über meine seltsamen Fantasien. Ich hatte ihr erzählt, dass ich die drei in blaue Schleier gehüllten Frauen über den schlaff daliegenden Herrmann stolpern und fallen sah, dass es einen dumpfen Ton gab wie ein platzender Kürbis, als sein Kopf explodierte und seine Innereien aus ihm herausgedrückt wurden wie braune Schuhcreme aus einer Tube. Der scheußliche Brei strömte über die Rampe und ergoss sich in den Orchestergraben. Ich wusste nicht, warum ich meiner Mutter davon erzählte, denn ich war mir bewusst, was ich damit bei ihr auslöste. Als ich ihr zum ersten Mal an einem Kammerorchesterabend gesagt hatte, die Musiker erinnerten mich an Käfer, die, in einen Pappkarton gesperrt, um Hilfe zirpten, hatte sie geweint.

Ich hatte schon früher Leute über die Brüder Rypczinski reden hören, aber mich nie darum gekümmert. Ich selbst hatte sie, als ich noch zur Volksschule ging, nur selten zu Gesicht bekommen, denn sie gehörten nicht zu meiner direkten Nachbarschaft. »Raufbolde«, sagte Sara, die einen älteren Bruder hatte. »Bei jeder Schlägerei im Schulhof sind die dabei, heimtückisch, wie die das machen, und wegen nichts und wieder nichts fangen die Händel an.«

Frau Luise, die zu uns ins Haus kam und nähte, hatte kein gutes Wort für Familie Rypczinski übrig. Als sie mir ein Kleid meiner Schwester am Saum absteckte, redete sie mit meiner Mutter, die gerade Wolle auftrennte. »Schlechte Arbeit, sag ich Ihnen, hat nie nähen und zuschneidern gelernt. Ich hab's gesehen, das Westchen, im Laden stand die neben mir mit dem Westchen …« Sie zog mir das Kleid über den Kopf. »Zieh dich an«, sagte meine Mutter. Frau Luise war eine kleine, fahrige Frau, die ihr mausfarbenes Haar in zwei mageren Rollen über den Ohren aufgesteckt hatte. »Nun regen Sie sich nicht so auf, Frau Luise«, sagte meine Mutter. Aber Frau Luise ließ sich nicht beruhigen, ihre Hände zitterten, als sie die Tasse zum Mund heben wollte, und Kaffee schwappte auf die Untertasse. Meine Mutter gab mir mit den Augen zu verstehen, ich solle hinausgehen, aber ich blieb.

»Lässt bei den Polacken nähen …, wo diese, diese Person nie nicht nähen gelernt hat …« Frau Luise suchte nach Worten, ich sah zu meiner Verblüffung, dass Tränen in ihren Augen standen, meine Mutter schob mich zur Tür. »Die zwei Burschen, Augen wie Wölfe.«

Von draußen hörte ich Frau Luise schluchzen und wusste aus Erfahrung, dass meine Mutter ihr zureden würde, ihren Kaffee zu trinken, ehe er kalt wurde.

»Frau Luises Bub ist gefallen, untergegangen im U-Boot in der Karibik«, sagte meine Mutter am Abend, als ich in der Küche Geschirr abtrocknete. »Sie ist seitdem nicht mehr die Alte, verstehst du?«

Ich wusste, dass sich das Thema damit für mich erledigt hatte. Meine Mutter, sagte mein Vater, sei eine »herzensgute Frau«, die Verständnis für alles hätte, »nur nicht für ›Grobheiten‹«, wie sie selbst es nannte, auch nicht in Worten, und wer etwas »Grobes« sagte, bekam ihre Hand zu fühlen, das wusste ich. »Aber wieso hat sie so geschimpft auf die Rypczinskis?«, fragte ich diesmal zäh. »Ach, wer weiß«, sagte meine Mutter und reichte mir einen Teller, der noch nass war. »Vielleicht, weil sie kein richtiges Haus haben, du weißt, wie stolz Frau Luise auf ihr Häuschen ist und wie sauber sie es hält. Es ist ja wahr, dass da allerhand herumsteht bei diesen Rypczinskis, aber das brauchen die vielleicht … Ich weiß nicht, was der Vater macht.« Sie sagte mir nicht wirklich, was sie dachte, und ich wusste das. Meine Mutter warf mir einen prüfenden Blick zu und hielt es für an der Zeit, das Thema nun endgültig abzuschließen. »Rosi ist ein liebes und anständiges Mädchen«, sagte sie und schüttelte Spülwasser von den Händen. Meine Schwester, die in diesem Augenblick in die Küche kam, hatte den letzten Satz gehört und zeigte mir hinter dem Rücken meiner Mutter eine Grimasse.

III.

In der Adventszeit sammelte ich für die Caritas. Ich tat es gerne, denn in allen Häusern unserer Straße, in denen ich vorsprach, fütterte man mich mit Keksen und Orangen und lobte mich für meine Einsatzbereitschaft bei der Kälte draußen. Ich fühlte große Zufriedenheit, als die Blechdose, die ich mit mir herumtrug, immer schwerer wurde. Mir gefiel auch die Liste, in die sich jeder eintragen musste, und da mein Vater am Anfang der Liste mit einem größeren Betrag vermerkt war, sah ich sehr wohl, wie die Nachbarsfrauen danach schielten und sich nicht lumpen lassen wollten. Vor allem aber gefiel es mir, in fremde Wohnungen einzudringen und mich darin umzusehen. Schon immer war meine Neugier, wie andere Leute lebten, groß gewesen. Abends auf dem Heimweg vom Handarbeitsunterricht beobachtete ich gerne in den erleuchteten Fenstern die ahnungslosen Bewohner, die dort drinnen ihren alltäglichen Verrichtungen nachgingen. Radio hörten, sprachen, aßen oder sich die Fußnägel schnitten. Und immer glaubte ich, aus dieser beliebigen und beiläufig erspähten Szene Schlüsse auf das Leben und die Gefühle der Leute dort drinnen ziehen zu können. Ganz von selbst entwickelte sich eine Handlung, wenn ich weiterschlenderte. Der Mann, den ich die Zeitung lesen sah, stand auf und klopfte mit dem Fingernagel an das Barometer neben dem Spiegel. Und die Frau, die ich in der Küche über irgendetwas gebeugt hatte stehen sehen, richtete sich auf, wischte sich mit feuchten Händen eine Haarsträhne aus dem Gesicht, und ich wusste nun, dass sie rote Rüben geschält hatte. Es ging alles blitzschnell und war sogleich zu Ende, wenn ich im nächsten Fenster eine alte Frau sitzen sah, die eingeschlafen war.

An manchen Tagen jedoch erschreckte mich, was ich sah, die Behaglichkeit eines Wohnzimmers, in dem eine Familie zusammen um den Tisch saß, schien mir trügerisch. Sie alle warteten nur darauf, aufeinander loszufahren, sich zu packen, zu würgen, anzuschreien. Ich sah Großmütter ihre gelben Zähne in den Nacken ihrer Katze schlagen, Väter, die mit den Stiefeln nach ihren Kindern traten, und Frauen, die blutige Säuglinge an den Fersen hochhielten wie enthäutete Hasen. Ich versuchte, nicht zuzusehen, ich weigerte mich, Zeuge dieses Entsetzens zu werden, aber ich konnte die Bilder nicht zurückdämmen. Wenn sie auch auf dem Schoß meiner Mutter, die mein Haar aus der Stirn strich und mich nach den Hausaufgaben fragte, verblassten und sich auflösten, so wusste ich doch, dass sie auf mich lauerten, kurz vor dem Einschlafen, und dass ich ihnen ausgeliefert war. Ich erzählte niemandem davon. Ich wusste nicht, warum ich mit niemandem darüber sprechen konnte, ich hatte es versucht, mit Mela, in der Straßenbahn. Ich hatte versucht, sie in meine Geschichten einzuweihen, und sie machte eine Weile mit, ließ die Frau mit dem Strohhut zu ihrer Tochter fahren und gab dem kleinen Jungen, der in der Nase bohrte, einen Mathematiklehrer zum Vater, aber bald langweilte sie sich und schüttelte mich ab. Manchmal fühlte ich ihre Blicke auf mir ruhen mit einer Kühle und einer Nachlässigkeit, als betrachte sie einen Maikäfer oder eine fremde Katze. Meine Mutter hatte meine »fürchterliche Neugier«, wie sie es nannte, dennoch bemerkt. Sie erzählte mir eine Geschichte aus einem Bilderbuch, das sie als Kind gehabt hatte. Die Zigeuner-Frieda, die mir angeblich ähnlich sah, schwarze ungekämmte Haare und immer rutschende Kniestrümpfe, schaute, obwohl man es ihr verboten hatte, mit Vorliebe zu, wie die Zigeuner vor der Stadt lebten. »Schaute durch die Fensterscheiben, was die Leute im Wagen treiben …«, bis ebendiese Zigeuner sie mitnahmen, ein Schicksal, das meine Mutter in den düstersten Farben ausmalte. Das letzte Bild, so sagte sie, zeigte einen Zigeunerwagen, der die Straße entlang in rasender Fahrt davonsauste und aus dessen Hinterfenster die schreiende Zigeuner-Frieda die Arme ausstreckte. Ich stellte mir das Ganze nicht unangenehm vor und glaubte, von mir selbst sagen zu können, dass ich keineswegs so geschrien hätte wie jene Frieda. Frieda, so hieß ich auch in der Familie, und ich trug diesen Namen insgeheim gerne.

Am Morgen wehte ein kalter Wind. Rosi, ohne Mütze, zog ihren Kopf in den Fellkragen, meine Schwester hatte ihre Stiefel angelassen. Wir waren wieder zu spät losgegangen, und im Laufen zeigte uns Rosi rasch ihre rot lackierten Fingernägel und keuchte neben uns her, ohne sich um die mürrische Miene meiner Schwester zu kümmern. »Warme, warme Hände«, hörte ich sie flüstern. Sie zeigte mit ihren roten Nägeln auf einen kleinen Schorf an ihrem Kinn, »Männer …«, hörte ich und »einfach himmlisch …«, später, als wir uns bereitmachten zu rennen, lachte Rosi und blieb keuchend hinter uns zurück. In der Straßenbahn bot sie meiner Schwester einen neuen, glänzend roten Lippenstift an, aber Mela war an diesem Morgen einsilbig und ungnädig und nickte nur mit dem Kopf.

Abends im Bett ließ sie ihr Buch sinken und betrachtete mich prüfend, dann beschloss sie, mir zu trauen, legte sich zurecht und flüsterte: »Also, weißt du, diese Sache mit dem Mann da wird immer toller, ich kann nicht glauben, dass das stimmt, andererseits ist Rosi auch irgendwie zu blöde, um sich so was auszudenken.«

»Was macht er denn?«, fragte ich und versuchte, mir

nicht anmerken zu lassen, wie begierig ich war, von dem Mann zu hören.

»Wann nur, wann trifft sie ihn und wo?«, sagte Mela. »Die hat doch gar nicht genug Zeit mit der Stellung bei Herrmanns und Schule und so. Nachts darf sie nicht raus, das weiß ich, also wann?«

»Vielleicht im Schwimmverein oder in der Kirche«, schlug ich vor und las sofort an Melas Miene ab, dass ich mich als Kleinkind erwiesen hatte.

»Quatsch«, sagte sie mit Nachdruck und nahm ihr Buch wieder auf.

»Küssen sie sich?«, fragte ich hoffnungsvoll.

»Natürlich«, sagte Mela gedehnt, »und noch was ganz anderes.«

Ich wusste, was, Sara hatte es mir gesagt, und es schien mir ziemlich lächerlich und unglaubhaft.

»Sie ist doch noch ein Kind«, sagte Mela fast flehentlich, und das wunderte mich. Rosi war ein Jahr älter als Mela, und Mela hielt sich für eine Frau, das hatte sie nicht nur mir, sondern auch meiner Mutter des Öfteren ziemlich unwirsch mitgeteilt.

»Aber du hast doch gesagt, es wäre gar nicht so schön – so was.« Ich richtete mich auf.

Mela machte das Licht aus. »Das verstehst du nun wirklich nicht«, sagte sie mit ihrer Erwachsenenstimme. »Liebe und Leid gehören eben zusammen, so ist das.«

»Woher weißt denn du das?«, fragte ich ungehalten, denn ich wollte gefragt werden, ehe sie das Licht ausmachte. Aber Mela antwortete nicht.

Im Halbschlaf versuchte ich, mir Rosi vorzustellen mit

einem schattenhaften, riesigen Mann. Vom letzten Sommer noch wusste ich, dass Rosis Haut weiß und durchsichtiger war als Magermilch. Ich schlief ein.

Wo Rypczinskis wohnten, roch es seltsam, nicht schlecht, nur nicht so wie in anderen Häusern. Nach einer Weile fiel es mir ein, es roch wie in einer Skihütte: zuerst im Eingang nach nassen Schuhen und Wollsocken, dann in der Stube nach heißen Holzwänden und Rauchfang.

Als ich durch das Gatter trat, hatte der Lärm der Hunde mich fast zum Umkehren gebracht. Sie kläfften wie besessen zweistimmig und im Rhythmus zu dem Tanz, den sie an den Ketten aufführten, bei dem sie sich bald aufbäumten, bald niederwarfen und nach der klaren Luft schnappten, die um sie her zitterte. Es war ein blauer Tag mit schräger Nachmittagssonne, und Wasser tropfte von den Eiszapfen am Dach. Ich hörte hinter dem Holzverschlag jemanden rufen, ein Wort, hart und stachelig wie eine Kastanie, das durch die kalte Luft kollerte und bei den Hunden einschlug wie ein Geschoss. Sie warfen sich auf die Bäuche und winselten. Ihre Nasen, so sah ich, waren weiter vor Zorn gerunzelt, aber wenn sie noch knurrten, taten sie es leise.

Jemand hatte mich kommen sehen und mich als ungefährlich erkannt. Ich hatte niemand bemerkt, nichts gehört. Ich klopfte an die Metalltür, von der Farbe auf meinen Handschuh blätterte, und als sich nichts rührte, öffnete ich sie mit Anstrengung und trat in einen dunklen Flur. Zwei Türen rechts und links, vor einer lag ein Putzlappen ausgebreitet.

Ich hatte diese Tür gewählt und meine Schuhe am Lappen abgestreift. Wieder hatte ich geklopft, und diesmal hörte ich drinnen ein Geräusch und dann etwas, das wie ein aufforderndes, am Ende ansteigendes Husten klang.

Drinnen war es dunkel, trotz der Sonne draußen. Die Fenster waren mit Butterbrotpapier beklebt. An einem Tisch mit einer Wachstuchdecke saß ein großer Mann, die Hände vor sich gegen die Tischkante gestemmt, den schweren Kopf mit den vielen schwärzlich grauen Haaren an die Holzwand gelehnt, und sah mir unter den schweren Lidern, die ich von Rosi kannte, schweigend entgegen. Ich schnurrte meinen professionellen Satz herunter und kam an den Tisch, um meine Dose darauf zu stellen, wie ein Abzeichen, das ich vorweisen konnte. Der Mann rührte sich nicht, zuckte mit keiner Wimper, und jetzt erst bemerkte ich den Jungen, der an der Schmalseite des Tisches hockte und mich ebenso unbewegt musterte wie sein Vater. Ohne seine Fellmütze hätte ich ihn niemals erkannt. Sein Kopf wirkte schmal und hell, ungeschützt und verletzlich, wie ein heller Keim stieg er aus seinem unförmigen braunen Pullover. Seine Haare waren kurz geschnitten, ein hartes Fell.

»Wenzel«, sagte der Mann, ohne sich zu bewegen, und der Junge sah zu ihm hin und sagte etwas in seiner fremden Sprache, dabei bewegte er die lange Oberlippe, schürzte sie wie ein kleines Dach über der Unterlippe, und neben seinen Mundwinkel traten kleine Muskelpolster hervor, als sammle er etwas im Mund und wolle es ausspucken. Der Mann nickte. Etwas raschelte hinter mir in der Ecke, und als ich mich umsah, erhaschte ich einen raschen Blick auf einen zweiten hellen Kopf mit ebenso kurz geschnittenen Haaren. Er verschwand sogleich wieder hinter einem Brett. Dort oben musste so etwas wie ein Lager sein, in dem Gieger sich versteckte. Inzwischen hatte der Mann mit seinem Sohn gesprochen, langsam und wenig, wie mir schien, und Wenzel hatte ihm geantwortet, heller und immer aufgeregter.

»Mein Vater ist krank«, sagte er, aber er schaute mich nicht an dabei, er schaute in meine Richtung, aber seine Augen zielten an meinem Kopf vorbei. Sie waren von einem hellen, durchsichtigen Grau, schmal und lang gestreckt wie Weidenblätter und unter den dunklen Brauen fast ohne Farbe.

»Er ist krank«, sagte Wenzel, und ich verstand, dass ich nichts von ihnen bekommen würde. Ich griff nach der Dose, und sein Vater bewegte sich zum ersten Mal, löste eine Hand vom Tisch, griff umständlich in eine Hosentasche und warf eine Münze, die ich nicht erkennen konnte, in die Dose. Es war wie eine Ohrfeige. Er schaute mich an, und Wenzel senkte den Kopf und pfiff tonlos vor sich hin. Ich nahm die Dose an mich, bedankte mich scheinheilig, spielte kurz mit dem Gedanken an die Liste und ließ sie in meiner Tasche. Ich verabschiedete mich, machte sogar aus Verlegenheit eine kleine Verbeugung und stolperte im Gang über irgendein elektrisches Gerät, das auf dem Boden stand und mir das Schienbein aufschürfte. Die Hunde gaben keinen Ton von sich, und ich erreichte das Gatter, ohne noch einmal zurückzuschauen.

Bei der Bank zwischen den ersten Bäumen holte er mich ein. Er gab sich keine Mühe, leise aufzutreten. Ich hörte ihn kommen. Er atmete laut vom schnellen Laufen. Er trat mir in den Weg und verschränkte die Arme über der Brust. Ich versuchte, an ihm vorbeizukommen, aber er sprang zur Seite und rempelte mich an. Ich konnte seine feuchte Unterlippe sehen, dicht vor mir, seine Zähne. Nachdem wir ein paar Mal wie bei einem Volkstanz voreinander hin und her gesprungen waren, er mit verschränkten Armen, ich die Dose vor der Brust, packte er mich an den Schultern und schüttelte mich. Ich war keineswegs hilflos und verzagt und hatte schon öfter mit Buben gerauft und gewonnen, also fasste auch ich ihn an den Oberarmen und versuchte, ihn wegzudrücken. Seine Pelzmütze rutschte bis fast auf die Nase, und ich benutzte den Augenblick, um ihm eins mit der Dose vor die Brust zu versetzen. Er gab mir den Schlag mit der Faust zurück, und dann lagen wir auf dem Boden und versuchten, den Kopf des anderen in den Schnee zu drücken. Die Dose rollte scheppernd zur Seite. Er war stärker als ich, aber ich war wendiger und viel zu stolz, um die Demütigung hinzunehmen, mich von ihm unterkriegen zu lassen. Ich kam auf die Füße und lief. Er kam mir nach, umfasste mich von hinten, drückte mir mit dem Arm die Luft ab und zwang mich auf die Knie. Ich kniete vor ihm im Schnee und fühlte, wie sich der kalte Matsch durch die Knie meiner Wollstrümpfe drückte. Sekundenlang hielt er mich so. Wir keuchten beide, und diesmal sah er mich an. Sein Gesicht war ungerührt, seine Augen dunkel jetzt, Schnee klebte an den Ohren seiner Mütze.

Er ließ mich los und ging davon, die Hände in den Taschen, der Dose versetzte er einen Tritt.

Abends im Bett fiel mir ein, dass er nach rohem Fleisch gerochen hatte, nach Knoblauch und Holzkohle. Mich würgte es bei dieser Erinnerung, und ich brauchte lange Zeit, um einzuschlafen.

Auf dem Weg zu dem kleinen zugefrorenen See im Wäldchen, auf dem im Sommer manchmal die seltsam gefärbten Enten aus dem Tierpark sich unter die einheimischen, alltäglichen Wasservögel mischten, sah ich die beiden Rypczinski-Buben zwischen den Bäumen herumgehen. Sie hatten einen kleinen Leiterwagen bei sich, und als ich mich, hinter den Buchenstämmen versteckt, vorsichtig näher pirschte, sah ich, dass sie Äste vom Boden aufhoben, die längeren über ihren Knien oder mit Hilfe ihrer Stiefel durchbrachen und auf den Wagen warfen. Ich machte einen Bogen um sie und erreichte das Seeufer, an dem die Enten zwischen den Kindern herumwatschelten und um Brot bettelten. Ich ärgerte mich, dass ich ihnen aus dem Weg gegangen war, und fragte mich, während ich lustlos und, wie mir schien, schwerfälliger als sonst mit den Schlittschuhen meine Runde zog, ob es überhaupt erlaubt war, Holz aus dem Wald zu holen. Ich konnte mich daran erinnern, dass mein Vater davon gesprochen hatte, es sei verboten, als meine Schwester und ich im letzten Herbst auf der Kiesbank des Flusses ein Feuer hatten machen wollen. Aber vielleicht hatte er das nur gesagt, um uns davon abzuhalten, überhaupt Feuer zu machen. Im Gegensatz zu meiner Mutter, die einem rundheraus etwas verbot, fand er immer vernünftige Erklärungen für seine Verbote, sie klangen auch nicht wie Verbote, eher wie Bedenken, die er anmeldete. Zeigte man sich uneinsichtig, überließ er es meiner Mutter, durchzugreifen.

Als ich ihm, unfähig, darüber zu schweigen, erzählt hatte, Rosis Vater sei krank, läge aber nicht im Bett, sondern sitze am Tisch, bewege sich fast nicht, erklärte er mir geduldig, wie unangenehm den Leuten die Einmischung anderer

Leute wäre, wenn sie nicht ausdrücklich darum gebeten hätten, ja wie Leute, wie diese Polen, die – er suchte nach einem Ausdruck – in beengten Umständen lebten, es als beleidigend empfänden, wenn man sich ihnen, vielleicht aus Mitleid, vielleicht aber auch aus Neugier – er machte eine Pause und sah mich an –, wenn man sich ihnen eben aufdrängte.

Meine Mutter jedoch, so schien es, sah dergleichen anders als er. Sie hatte nach Rosis Besuch zu Dreikönig alle möglichen Fragen an meine Schwester gestellt, die Rosis Gesundheit und ihr Verhältnis zu ihrer Mutter betrafen. »Das Mädchen hat doch etwas, sie ist ganz spitz im Gesicht und diese Augenringe und wie sie einen nicht mehr ansieht, wenn man sie nach ihrer Stellung bei Herrmanns fragt, und dann, das war doch übertrieben, wie sie …, also ich meine, das war doch kein Grund, sich so aufzuregen.«

Auch ich war verblüfft gewesen, als Rosi, am Kaffeetisch sitzend, plötzlich in ein lautes und, wie mir schien, gänzlich unerwachsen klingendes Weinen ausbrach, ein Wimmern erst nur, das sich zu einem hohen Gezeter steigerte … Was hatte es ausgelöst? Ich wusste es nicht. Meine Mutter hatte ihr ein Stück Kuchen hingestellt und einen Berg Sahne darauf gelöffelt, und Mela, mit vollem Mund, hatte gesagt, sie hätte lächerlicherweise Lust, noch einmal als König verkleidet wie früher auf der Straße herumzuziehen, und wir drei wären doch gute drei Könige. Ich könnte Balthasar, der Mohr, sein wie früher, und wir hätten auf dem Speicher noch all diese alten Kleider. Meine Mutter, die es gerne hatte, wenn man altgewohnte Familientraditionen auffrischte, lachte und fuhr meiner Schwester übers Haar. »Kindsköpfe«, sagte sie oder irgend so etwas, und da hatte Rosi angefangen zu weinen.

Allen Versuchen meiner Mutter, ihr den Grund ihres Kummers zu entlocken, widerstand sie höflich und immer wieder leise vor sich hin schnupfend. Sogar als meine Mutter uns beide, Mela und mich, aus dem Zimmer schickte, konnte sie Rosi ihr Geheimnis nicht entreißen. Das kränkte sie, das konnte ich sehen, denn sie hielt sich viel darauf zugute, mit verstockten jungen Menschen umgehen zu können. Am meisten kränkte es sie, als sie bemerkte, dass Rosi ihren Kuchen nicht angerührt hatte, als sie gegangen war.

IV.

Im Frühling sah ich Wenzel wieder. Er stand auf einem der kleinen Pfeiler, die das Gartentor der Villa flankierten, in der Familie Butzerius lebte. Ich war auf dem Heimweg von der Schule und hatte schon von weitem Geschrei und Gelächter gehört. Eine Gruppe von Kindern scharte sich um das Gartentor, und als ich näher kam, sah ich Gieger am eisernen Gitter lehnen und eine Zigarette rauchen. Ich konnte ihn mittlerweile gut von Wenzel unterscheiden, seine Nase war breiter und sein Kinn länger, er war der Ältere von beiden, das wusste ich von Rosi. Seine Haare waren fahl und dicht wie das Fell eines Murmeltiers. Gieger betrachtete die Kinder, die sich hin und her schubsten und Forsythienzweige vom Boden aufhoben, aus schmalen Augen, Augen, wie sie auch sein Bruder hatte, und als er mich kommen sah, schnippte er die nur halb gerauchte Zigarette vor mir auf den Gehsteig, ohne seine lässige Stellung zu verändern.

Oben, auf dem flachen Steindach des Pfeilers, stand sein Bruder, und einen Augenblick glaubte ich, im hellen, flüssigen Sonnenlicht, er stehe in Flammen. Hinter ihm zitterten die dicht mit Blüten besetzten Äste eines riesigen Forsythienbuschs in den kleinen Windböen, die Papierfetzen über die Straße trieben und die Haare der Kinder, die die Hände zu ihm hinaufstreckten, auffächerten. Er lächelte und warf ein Büschel Forsythienzweiglein hinunter, wandte sich dann um und griff vorsichtig balancierend und mit einiger Mühe einen großen, schön verzweigten Ast. Ich konnte sehen, wie seine Finger sich abmühten, die zähe Rinde durchzutrennen, er drehte den Zweig geschickt, und ich sah das hellgrüne Holz unter den schwarzen Rindenfasern aufblitzen. Erst jetzt hörte ich die wütende Stimme von Herrn Butzerius, er saß, in Decken eingewickelt, in seinem Rollstuhl auf der Terrasse, und seine weißen Haare flatterten sorglos im Frühlingswind. »Diebe«, schrie er, »Räuber … Tracht Prügel … aufhören!«

Wenzel, der den Zweig endlich abgerissen hatte, lächelte, seine Lippen schmal, die lange Oberlippe breitgezogen, er ging etwas in die Knie und warf den Zweig zu mir herunter.

Nun begegnete ich den beiden Brüdern öfter. Immer waren sie zu zweit, immer schienen sie mit etwas beschäftigt, das all ihrer Aufmerksamkeit bedurfte. An der kleinen Brücke beim Kanal lagen sie auf dem Bauch, die Hände im kalten Wasser, eine Blechschüssel neben sich. Sie hockten auf der Mauer der Hutfabrik und warfen mit Steinen nach einer

Blechdose, die in einer Pfütze stand. Ich ging vorbei, ohne zu ihnen hinzusehen, und doch wusste ich genau, wusste es, ohne die Augen zu heben, dass Wenzel mich anschaute, dass er meinen Blick suchte und dass Gieger das gleichgültig beobachtete.

Abends beim Geschirrabtrocknen glaubte ich, durch das Küchenfenster die Umrisse ihrer Gestalten draußen am Zaun zu sehen. Es machte mich unruhig und ungeduldig, ich hatte Mühe, meiner Mutter zuzuhören, die mir Anweisungen gab. Ich wäre gerne hinausgetreten vor die Tür, die Bäume rochen so klebrig und süß in diesem Frühling, und vor unserem Haus blühten die Tulpen. Natürlich ging ich nicht hinaus auf die Straße, meine Mutter hätte es bemerkt, und ich wusste nicht, wie es weitergehen solle, wenn ich erst mal auf der Straße stand und die beiden wirklich am Gartenzaun lehnten, wie ich sie zu sehen geglaubt hatte.

Einmal, unter der Toreinfahrt beim Schuster, sah ich die beiden im Regen, den Rücken mir zugewandt, vor der Einfahrt stehen. Ich kam gerade das steile Treppchen herunter und trug eine sperrige Tüte mit zwei Paar Männerschuhen an die Brust gedrückt. Die beiden, im hellen Ausschnitt der Toreinfahrt, rührten sich nicht, und ich sah draußen den Regen fallen und Leute mit Schirmen vorbeilaufen. Ich blieb auf der Treppe stehen und überlegte, ob ich zurückgehen sollte in den Schusterladen, um abzuwarten, bis der Regen nachließ, und da drehte Wenzel sich um und sah mich an. Schon wollte ich kehrtmachen, da kam er schnell auf mich zu, blieb vor mir stehen, sein nasses Haar glitzerte dunkel. Er griff in das Holzfass, das neben der Treppe stand und in dem Leute ihre nassen Schirme abgestellt hatten, holte einen Schirm heraus und spannte ihn auf. Ich erschrak. Ich wollte nichts damit zu tun haben, denn ich glaubte keinen Augenblick, dass der Schirm ihm gehörte. Er streckte die Hand nach mir aus und lächelte mit zur Tür hinaufgedrehten Augen. So lächelten Zauberer im Zirkus, wenn ihnen ein schwieriger Trick gelungen war. Da ging ich mit ihm.

Draußen im Geräusch des Regens, der auf den Schirm schlug, wollte er mir die Tüte mit den Schuhen abnehmen, wir kämpften kurz darum, und er gewann und schob die Tüte unter den Arm.

Wir gingen an Gieger vorbei, der mit den Stiefelspitzen Rillen in den Dreck neben der Toreinfahrt zog, ohne ein Wort zu ihm zu sagen oder ihn anzusehen.

Es war nicht leicht, zusammen unter dem Schirm zu gehen, ohne sich einzuhaken, und Wenzel war kein guter Träger. Der Schirm schwankte und kippte, und als ihm zum dritten Mal die Tüte auf die Straße gefallen war, zerriss sie, und wir mussten die Schuhe ohne Tüte weitertragen – jeder zwei. Es waren zwei schwarze und zwei ochsenblutbraune schwere Halbschuhe meines Vaters. Als ich den Schirm nahm, zog sich Wenzel die beiden schwarzen Schuhe über die Hände und ließ sie zuerst in der Luft mitlaufen und dann einen kleinen Tanz aufführen.

Auch ich konnte den Schirm nur schlecht balancieren, und als er umschlug, nahm Wenzel ihn mir aus der Hand, nicht ohne vorher die beiden Schuhe ordentlich nebeneinander aufs Trottoir gestellt zu haben, und hängte ihn an die unteren Äste eines Alleebaumes. Eine Frau mit einem Kind, die uns, unter einer durchsichtigen unförmigen Haut verborgen, entgegensegelte, blieb stehen und rief: »Wollt ihr wohl euren Schirm wieder nehmen …, eure Mutter …« Wir achteten nicht auf sie und liefen weiter durch den Regen, jeder einen Schuh über einer Hand.

Später, bei der Bahnunterführung, drehte ich mich um und sah Gieger am Ende der Straße daherkommen, die Hände in den Taschen und mit hochgeschlagenem Mantelkragen.

»Dein Bruder«, sagte ich.

»Ja«, sagte Wenzel, ohne sich umzusehen. Wieder gingen wir weiter, ohne zu sprechen.

»Ich weiß Vogelnester«, sagte Wenzel nach einer Weile, »und wo ein Ratz wohnt, der hat ein Loch im Ufer, der ist groß, so …«, er zeigte mir mit den Schuhen, wie lang die Ratte sei.

»Glaub ich nicht«, sagte ich.

»Doch.«

»Nie.«

»Doch.«

»Ich kann Eidechsen fangen mit der Hand«, sagte ich herausfordernd.

»Kann ich auch.« Wenzel legte den Arm um meinen Hals, der Schuh dicht vor meinem Gesicht.

»Re – gen – was – ser«, sagte er langsam, als habe er das Wort soeben gelernt. Und während er den Schuh ungeschickt gegen meine Backe drückte, streckte er eine lange, spitze Zunge heraus und leckte die Tropfen von meiner Braue. Ich fühlte es ganz genau, fühlte, dass seine Zunge warm war und rau, so bildete ich mir ein, wie die Zunge einer Katze. Ich fühlte die Zunge und die Linie, die sie gezogen hatte, über die Braue zur Schläfe noch immer, als ich nach Hause rannte, die vier Schuhe an mich gedrückt, aus denen ein vertrauter Geruch aufstieg nach Schuhcreme und kaltem Schweiß.

Als die Tage wärmer wurden und wir ohne Mantel zur Schule gingen, wurde Rosi krank. Am Morgen, als wir ungeduldig vor ihrem Zaun auf und ab liefen und nach ihr riefen, kam eine Frau aus der Baracke und reichte meiner Schwester einen Umschlag über den Stacheldraht. Das musste Rosis Mutter sein, eine kleine, blasse Frau, die mich an einen bescheidenen Vogel erinnerte mit runder Brust und dünnen Beinen. Sie trug eine weite graue Männerjacke über dem Nachthemd, und ihre Haare, rotbraun und gekräuselt, hatten sich zur Hälfte aus einem unordentlichen Nest gelöst, das seitlich am Kopf hing. Sie lächelte meine Schwester traurig an und nickte. »Rosi Bett«, sagte sie. »Rosi schlecht.« Meine Schwester fragte alles Mögliche, aber die Frau schüttelte den Kopf und lächelte entschuldigend. An diesem Morgen verpassten wir die Straßenbahn.

In dem Brief stand, dass Rosi meine Schwester bat, einen weiteren Brief, der dabeilag, einzuwerfen und außerdem beim Kolonialwarenhändler Dörr nachzufragen, ob Briefe für sie gekommen seien, sie habe Angina, und es gehe ihr mies.

»Wieso bei Dörr«, meine Schwester schüttelte den Kopf. »Der wird mir eins pfeifen, der ekelhafte, alte Molch.« Der Brief, den sie einwerfen sollte, trug keine Marke, er war an einen Herrn Kroll adressiert, der in der Steingasse 5 wohnte. »Also das ist er«, sagte meine Schwester und wog den Brief in der Hand.

Wenzel kam über die Kiesbank am Fluss daher und hockte sich zu Sara und mir an das Wasserloch, das wir ausgegraben hatten und in dem ein hässlicher Gründling mit vorstehenden Augen zappelte. Saras kleine Schwester fürchtete sich vor ihm und kletterte auf Saras Rücken. Das Wasser versickerte rasch, und Wenzel griff nach der Dose und holte neues Wasser aus dem Fluss. Später zogen wir Schuhe und Strümpfe aus und suchten unter den Steinen nach mehr Gründlingen. Sara hielt ihre kleine Schwester ab. Wir warfen flache Steine ins Wasser und gruben einen Kanal vom Wasserloch zum Fluss, um den Gründling freizulassen. Wenzel holte eine Dose Sardinen aus seiner Jackentasche und machte sie mit seinem Messer auf. Er reichte mir eine Sardine, von der Öl tropfte, auf der rostigen Klinge, und sein Mund wiederholte die Bewegung meines Mundes, als ich ihn öffnete. Sara bohrte mit den Fingern eine Sardine aus der Dose. Ihre kleine Schwester spuckte glitzernden Fischbrei auf ihre Brust. Ich schnitt mich in den Daumen, und Wenzel, mit ernster Miene, nahm meinen Daumen in den Mund und saugte daran. Eine silberne Schuppe glitzerte auf seiner breiten Oberlippe.

Drüben im Weidengestrüpp am Ufer saß Gieger und schaute zu uns herüber.

Als Saras Schwester eingeschlafen war, den Kopf auf unseren Jacken, stand Gieger drüben im Halbschatten der Büsche auf und pfiff. Wenzel stapfte davon über den Kies, seine schweren Schuhe standen offen, und er schleppte seine Schnürsenkel nach.

Manchmal, wenn ich den Brüdern in der Stadt begegnete, schien Wenzel mich nicht zu sehen. Er grüßte mich sowieso nie, und auch ich grüßte ihn nicht, aber jetzt war es anders. Er blieb dicht bei seinem Bruder und sah über mich hinweg.

Am Osterplärrer, an einem Nachmittag, gingen Sara und ich an den Buden und Karussells vorbei und aßen Zuckerwatte. Wir hatten nicht genug Geld zum Karussellfahren, und meine Mutter wusste nicht, wo ich mit Sara hingegangen war. Bei dem Stand mit den Elektroautos blieben wir stehen und hörten den Schlagern zu, die aus dem Lautsprecher dröhnten. Da sah ich Gieger – und ich erkannte ihn sofort. Er sprang hinten auf eines der Autos auf, das mit zwei Mädchen am Steuer mitten auf der Piste stehen geblieben war. Er griff über die beiden lachenden Mädchen hinweg, drehte am Steuer und lenkte sie in einer schön geschwungenen Kurve zum Start zurück. Ich suchte mit den Augen nach Wenzel und sah ihn auf den Holzstufen vor dem Lautsprecher hocken, seine langen Hände baumelten zwischen den Knien. Gieger half einer Frau mit einem goldenen Papierhütchen in ein Auto und steuerte es geübt aus dem Gedränge der Wagen zum Start, als habe er das immer getan. Er beugte sich zu ihr herunter, nahm ihr die Karte ab und landete, als sie schon kreischend hinaus auf die Piste steuerte, mit einem raschen und geschickten Sprung auf den roten Holzplanken der Umrandung. Wenzel sah zu mir her, schien mich aber nicht zu sehen. Gieger jedoch, wie schon oft, wenn ich ihnen in der Stadt begegnet war, warf mir einen gleichgültigen und abschätzigen Blick zu.

Herr Dörr schob die Katze sanft zur Seite, ehe sie an die Bücklinge gelangen konnte. Er machte einen kleinen Mund, zwinkerte meiner Schwester zu, ganz langsam und, wie mir schien, irgendwie unangenehm. Mit spitzen Fingern hielt er einen Brief in die Luft. »Kein Absender«, sagte er, und sein Mund schien noch kleiner zu werden.

»Er ist nicht für mich«, sagte Mela und hob die Hand nach dem Brief, aber Herr Dörr gab ihn ihr nicht. Er drehte die Augen zur Decke, als denke er nach, und schlug mit dem Brief ein rasches Stakkato auf sein Kinn.

»Natürlich nicht«, sagte er, seine andere Hand streichelte die Katze. »War auch mal jung und so eine junge Dame …« Er betrachtete Melas Bluse und den engen Ledergürtel, den meine Mutter hasste, weil er Mela am richtigen Atmen hinderte, wie sie sagte. »Allerliebst«, Herr Dörr gluckste.

Meine Schwester schnappte ihm den Brief aus den Fingern, ich hatte ihr eine so rasche Bewegung gar nicht zugetraut. »Vielen Dank, Herr Dörr«, sagte sie und strebte mit erhobenem Kinn hinaus auf die Straße. Mir überließ sie es, die schwere Einkaufstasche vom Boden aufzuheben und hinter ihr her zu tragen.

Wir sahen Rosi schon von weitem über das Gatter lehnen. Es war noch kühl, und Tau lag auf den Blumen in den Vorgärten, an denen wir vorbeigekommen waren. Sie trug ein Nachthemd und einen verschossenen blauen Wolllappen um den Hals gewickelt. Mela zog langsam den Brief aus ihrer Tasche.

»Rasch«, rief Rosi, »gib her!« Ihr Gesicht, über dem wollenen Wickel, sah nach Fieber aus. Sie winkte uns zu und lief durch den Matsch vor der Baracke zurück zur Tür, ohne sich noch einmal umzudrehen. Wir sahen, wie sie mit der Hand den Hunden drohte. Sie lagen in der Morgensonne neben dem Haufen rostiger Maschinenteile, von denen trübe, zerfetzte Plastikplanen flatterten. Rosi hatte keine Schuhe an. »Wenn ihre Mutter sie so erwischt«, sagte ich. »Wo sie doch krank ist.«

»Ach, ich weiß nicht«, sagte Mela leichthin und schob ihre Haare von den Schultern. »Ich glaube, das kümmert sie nicht.« Ich erschrak. »Die hat genug am Hals mit dem Mann, der immer nicht arbeiten kann, weil er denkt …, weil er dann …, also Rosi sagt, der ist immer müde und immer schlechter Laune und redet nicht und sitzt da und redet mit niemandem, und nur manchmal, da wird der wütend, man weiß nicht, warum, und dann schreit er, und man muss rasch aus dem Zimmer rennen, weil er sonst vielleicht nach einem schlägt oder einem was nachschmeißt. Und Rosi sagt, dann muss man die Mutter holen aus der Hutfabrik, und nur die kann dann …, die … also, dann weint er und so …«

Wir sahen die Straßenbahn kommen und beeilten uns, über die Straße zu kommen.

»Sag bloß nichts zu Hause davon!«, rief meine Schwester außer Atem, und als wir uns nebeneinander gesetzt hatten und die Straßenbahn anfuhr, neigte sie den Kopf zu mir und flüsterte:

»Im Lager … da wollte er die beiden Buben ersäufen, er hatte beide schon unterm Arm, und Rosis Mutter hat dann …«

»Ersäufen, seine Kinder, wieso?«

»Der dachte irgendwie, sie sind besser tot als in so ’nem

Lager, und nachher wollte er auch sich … und seine Frau … und Rosi …«

Mir war kalt, und ich fühlte ein Kribbeln im Mund, als hätte ich Trockenmilch drin und müsste rasch einen Schluck Wasser nehmen, damit mir nicht alles am Gaumen festklebte.

»Und die beiden …, sagt Rosi, die haben danach immer in einem Bett schlafen wollen, und am Tag haben sie sich immer an der Hand gehalten, sogar beim Essen, und wenn der eine den anderen nicht gesehen hat, hat er geheult, und sogar aufs Klo sind die zusammen.«

Ich suchte nach einem Kaugummi in meiner Tasche, fand aber keinen. Mela war noch nicht fertig. »Weil … die Mutter, sagt Rosi, die ist einfach auf der Seite vom Vater, und was er macht, das entschuldigt sie sofort, und die Rosi ist ihr ganz schnuppe … immer schon gewesen.«

»Das glaub ich nicht«, sagte ich störrisch, und meine Schwester streifte mich mit einem nachdenklichen und auch etwas besorgten Blick.

»Wehe, du sagst was zur Mama«, zischte sie. »Neulich, da hat sie sich rangeschlichen hinter mich, im Garten, als ich gerade diese Zeitung anschaute. Da waren furchtbare Fotos drin von toten Leuten im Lager. Juden und Polen und Zigeuner, aber vor allem Juden natürlich, und die hingen so im Stacheldraht wie jemand, der versucht hat, rüberzukommen und es dann nicht geschafft hat … Und so magere nackte Leute, alle tot, die lagen auf einem Haufen zusammen, übereinander, die Arme und Beine standen ab, ganz falsch, so als versuchten sie noch … Die lagen da, wie, ach ich weiß nicht, wie so was, was man weggeschmissen hat.

Also und ..., also sie schaut mir über die Schulter, und ich merk's erst, wie sie die Luft so einzieht, und sie gibt mir sofort eine Ohrfeige, so mit dem Handrücken, wo ihr Ring dran ist, und reißt mir die Zeitung weg und brüllt, sie will nicht, dass ich an so was denke, statt Schulaufgaben zu machen, und Kinder schlafen dann schlecht und haben schlimme Träume. Und es wäre unverantwortlich von mir, ich hätte eine kleine Schwester, die sowieso so fürchterliches Zeug träumen würde und dann schlafwandeln ...«

»Meint sie mich?«

»Ja«, sagte meine Schwester müde. »Ja, du läufst nachts herum ..., mit deinem Bären auf dem Arm, wie ein Gespenst.«

Ich fasste Mut. Schlafwandeln fand ich interessant, es machte mich stolz. Ich glaubte, mich mit der Vorstellung, wie ich bei Mondschein durchs Haus glitt, im weißen, sich bauschenden Nachthemd, wichtig nehmen zu können. Aber ich hatte mich getäuscht.

»Zeigst du mir die Fotos?«, fragte ich Mela, die neben mir saß mit einem seltsam hageren Gesicht wie eine Ziege.

»Hab sie nicht mehr. Vielleicht ist es auch besser, du siehst sie nicht. Es stimmt schon, ich habe nachts nicht schlafen können danach ...«

Die Frau, die uns gegenübersaß, aß Schokolade aus ihrer Einkaufstasche. Sie tat es verstohlen, ihre Hand glitt langsam und wie aus eigenem Antrieb in die Tasche, hob sich langsam zum Mund, ihre Finger verbargen, was sie am Mund taten, aber dann kaute sie bedächtig und mit großen Pausen, den Kopf abgewandt, die Augen auf die Straße gerichtet. Ich konnte die Schokolade riechen und ekelte mich.

V.

Abends, nach der Handarbeitsstunde, fürchtete ich mich immer, durch den kleinen Park zu gehen, und doch tat ich es jedes Mal, um mir zu beweisen, dass ich tapfer sei. Es war noch hell, aber unter den Bäumen lagen schon die abendlichen Schatten wie blaue Tücher, und die Leute, denen ich begegnet war, schienen müde zu sein und schneller zu gehen als sonst, weil es sie nach Hause zog.

Zuerst hörte ich nur ein eigenartiges Geräusch, wie Sandpapier, das man über Metall reibt. Es kam in rhythmischen Abständen. Und dann erkannte ich das Knirschen des kleinen verbeulten Blechkarussells am Kinderspielplatz, ein vierzackiger Stern mit vier flachen Drahtsitzen, in die wir uns noch manchmal hineinklemmten, um ein paar Runden zu drehen.

Jemand spielte noch am Karussell, ein Kind wahrscheinlich, dachte ich erleichtert, aber dann sah ich, dass die Gestalt, die dort drüben langsam im Kreis herumfuhr, mit den Füßen leicht den Boden berühren konnte, und an der Art, wie der lange Hals mit dem runden Kopf sich nach vorne bog, erkannte ich, dass es Wenzel war. Ich ging schneller und schwang meinen Stoffbeutel mit dem Strickzeug. Ich wollte mit einem Anlauf aufspringen und damit dem Karussell einen Schubs geben, der die Fahrt beschleunigte und Wenzel erschreckte. Ich ließ den Beutel auf den Boden fallen und rannte los, aber schon im Laufen erkannte ich, dass es nicht Wenzel war, der dort mit hängendem Kopf vorbeigetragen wurde, es war Gieger. Wenzel konnte nicht weit sein. Ich trat nun laut auf, verdoppelte meine Anstrengung und landete etwas schmerzhaft in dem schmalen Drahtsitz. Gieger schien unbeeindruckt von dem Ruck, mit dem wir uns schneller drehten. Ich suchte mit den Augen zwischen den Baumstämmen, die um den Spielplatz herum standen, nach Wenzel, aber ich konnte ihn in der Dämmerung nirgends entdecken. Gieger sprang ab, er gab dem Karussell einen Stoß. Ich fuhr an ihm vorbei, sein Gesicht war aufmerksam, die Brauen gerunzelt.

»Wo ist Wenzel?«, rief ich.

Er antwortete mir nicht. Ich wollte abspringen und berechnete den Aufprall auf dem Kies, den viele Füße rings um das Karussell freigelegt hatten. Gieger erkannte meine Absicht und sprang hinter mir auf den Träger, an dem mein Sitz befestigt war, das Gestänge quietschte und knarrte, neigte sich zur Seite, ich schrie auf. Gieger schob mit den Füßen an, wir sausten herum, ich sah mich nach ihm um, aber er saß dicht hinter mir, und seine Hand war in meinem Haar, er bog meinen Kopf zurück. Ich versuchte loszukommen, schon hing ich nur zur Hälfte auf dem Sitz, aber Giegers Arm riss mich zurück, die Drahtstützen des Sitzes schnitten mir ins Fleisch. Oben sah ich ein Stück dunkelblauen Himmel zwischen den Baumkronen, eine kleine gelbe Wolke stand dort, wie eine Butterflocke geformt.

»Hör auf!«, schrie ich. »Hör auf! Lass los!«

Gieger keuchte, er gab uns mehr Schwung, er hielt mich jetzt umarmt. Sein Gesicht war neben dem meinen.

»Sau«, zischte er. »Drecksau, dreckiges Miststück ... da.« Er verlor den Halt, und wir kippten zur Seite, ich sah die Steine unter uns vorbeisausen, nicht deutlich, ein graues, wirbelndes Band, aber schon saß ich wieder aufrecht. Das Quietschen und Krachen in meinen Ohren hatte sich verändert. Ich fühlte an Giegers Körper, wie heftig er uns anschubste, ich hatte irgendwann zu bremsen versucht und meinen Schuh verloren, Giegers Beine waren länger als meine.

Dann plötzlich neigte sich das Karussell mit einem hässlichen, reißenden Ton, und wir beide, Gieger noch immer an mich geklammert, rutschten ab und wurden mitgeschleift, wir fielen, etwas traf mich hart am Ohr, und dann schmeckte ich Blut im Mund und ein paar Kieselsteine.

Gieger hockte, als ich betäubt auf allen vieren um mich sah, auf dem Rand des Sandkastens. Er murmelte, wimmerte, murmelte weiter, ein monotoner Singsang, den ich nicht verstand, meine Knie brannten wie Feuer, und mein Kinn war taub und nass.

Eine Gestalt löste sich aus dem Schatten unter den Bäumen. Wenzel kam über die Wiese, das weiße Gesicht dem Bruder zugewandt. Er setzte sich neben ihn auf den Rand des Sandkastens und legte den Arm um ihn. In der Dämmerung waren die beiden mit den gesenkten Köpfen nichts weiter als ein dunkler Umriss, ein unruhiger Haufen, der leise schwankte und atmete. Ich setzte mich auf und befühlte meine Knie, Steinchen klebten daran, manche so tief in die Haut gebohrt, dass ich sie mit dem Fingernagel loskratzen musste.

Drüben hatte Wenzel den Bruder aufgerichtet und führte ihn, den Arm um seine Schultern gelegt, leise murmelnd über die Wiese davon.

Frau Herrmann telefonierte täglich mit meiner Mutter, um über meine Schwester zu erfahren, wie es Rosi ging. Meiner Mutter gefielen die vertraulichen Unterhaltungen mit dieser »entzückenden, klugen Frau«, wie sie Frau Herrmann nannte.

»Wie von einer eigenen Tochter spricht sie von der Rosi«, sagte sie und klebte Pflaster auf meine Knie. Getragen von der angenehmen Unterhaltung mit Frau Herrmann, hatte sie weniger Aufhebens von meiner »Tollpatschigkeit« gemacht als sonst, und ich war fast beleidigt, wie lieblos sie meine Backe betupfte und wie wenig ihre Hände zitterten, als sie meine Knie versorgte.

Mela saß am Tisch und betrachtete mit leisem Unbehagen Rosis Hefte, die sie aus der Marienhagschule geholt hatte. »Weißt du, wer Klassenprimus dort in der Klasse ist?«, fragte sie. »Jawohl, Rosi Rypczinsksi. Diese komische Lehrerin hat getan, als stünde sie kurz vor der Seligsprechung und ... grüßen Sie das liebe Mädchen von uns allen ... und ... bei ihrem Kopf holt sie das alles leicht nach ... und gehen Sie behutsam mit ihren Heften um, sie ist so unglücklich, wenn etwas verschmutzt oder einreißt ...« Mela knurrte.

Meine Mutter, das sah ich, überlegte, ob sie eine kleine Ansprache halten sollte, wie sie es bei solchen Gelegenheiten gerne tat. Andere Kinder, die besser in der Schule waren als wir, wurden uns stets als Beispiel vorgehalten, und das endete meistens bei einem Seufzer über unsere Undankbarkeit gegenüber unserem guten Vater, der uns den Besuch einer teuren Privatschule ermöglichte. Heute aber war sie zu erfüllt von Frau Herrmanns Mitteilsamkeit. »Hoffentlich ist unsere Rosi bald wieder gesund«, sagte sie. »Frau Herrmann war in heller Aufregung. Ihr Mann muss auf Tournee, und sie hat wieder was mit dem Unterleib, die arme Seele, und muss im Bett liegen.«

»Ich hoffe auch, dass sie endlich wieder auf die Füße kommt«, sagte Mela etwas lieblos, und ich wusste, dass sie an Herrn Dörr dachte und wie er ihr den Brief über den Ladenputtel reichte, als wäre er der eingeweihte Gönner ihrer heimlichen Leidenschaft.

Nachts schmerzte mein ganzer Körper, als würde ich krank. Ich träumte von einem Mann in Hut und Wintermantel, der mich zu einer Badewanne führte, die mitten in unserer Waschküche stand. In der Wanne schwappte milchige Flüssigkeit, ich selbst war nackt, und der Mann mit seinen kalten Lederhandschuhen hielt mich am Nacken und Ellbogen und schob mich unerbittlich und wortlos gegen den schneidenden, abgesplitterten Emailrand der Wanne. Ich wachte auf und sah, dass Mela Licht gemacht hatte und in ihrem Buch las. »Du hast geredet«, sagte sie. »Ich dachte schon, du steigst aus dem Bett und verschwindest über die Dächer … Wir haben Vollmond.«

Fast war ich versucht, ihr die Geschichte vom Kinderspielplatz zu erzählen, aber ich fürchtete, dass sie Wenzel verdammen würde, und sosehr ich auch selbst mit ihm haderte in meinen Gedanken und den Brüdern Rache schwor, wollte ich doch nicht, dass sie Abfälliges über Wenzel sagte. So schwieg ich und drehte mich nur im Bett um.

Wenzel stand am Zaun und winkte mir, heranzukommen. Es war der Zaun unseres Gartens, und er musste über das Nachbargrundstück gekommen sein, in dem die Familie Birninger wohnte. Birningers waren verreist. Als ich mich wieder über mein Beet beugte und keine Anstalten machte, auf ihn zu achten, ließ er ein kleines trillerndes Pfeifen hören, und als ich unwillkürlich aufblickte, öffnete er seine Jacke ein wenig und zeigte mir die Ohren eines Kaninchens, das er in die Jacke geknöpft bei sich hatte.

Oben, im Schlafzimmer meiner Mutter, spielte meine Schwester Klavier, und ich konnte den hellen Kopf meiner Mutter sehen, die vor dem Spiegel zwischen den Fenstern stand und sich ihre frisch gewaschenen Haare aufsteckte. Das dauerte ziemlich lange, wusste ich.

Ich ließ die Haustür einen Spalt offen und schlüpfte auf die Straße hinaus. Wenzel half mir mit einer Hand, als ich über den Zaun von Birningers Garten kletterte. Wir gingen ums Haus herum und setzten uns in die gepolsterte Gartenschaukel unter dem Glasdach. Sie hatte rot-weiß gestreifte Kissen, die ich oft neidvoll aus der Ferne betrachtet hatte.

Eine Weile saßen wir, ohne zu sprechen, und schaukelten leise vor uns hin, dann machte Wenzel die Jacke auf, und das Kaninchen zitterte mit der Nase und betrachtete mich frech aus seinen blanken schwarzen Augen. Es war nicht sehr groß und dunkelgrau, mit einem weißen rautenförmigen Fleck im Nacken. Wenzel zog es heraus, und es spreizte erschreckt alle vier Pfoten ab, als er es hochhob und auf seinen Schoß setzte. Es schnupperte an seiner Hose und zitterte immerzu mit der Nase und den langen weißen Schnurrhaaren, dann kauerte es sich zusammen und legte seine Ohren so artig auf den Rücken wie ein Schulmädchen seine Zöpfe.

Ich berührte die Ohren, in denen man unter dem kurzen silbernen Fell die Adern sehen konnte. Sie wirkten kühl und dünn, das Fell aber, warm und seidig, gab einen süßen Geruch nach Klee und Milch ab, und als Wenzel es mir herüberreichte, steckte ich die Nase in sein helles Bauchfell.

Auf meinen nackten Knien saß es unsicher, ich fühlte seine Krallen und wie es sich bereitmachte, zu springen, falls es nötig wäre. Wir streichelten es beide, und es setzte sich zurecht und gab winzige zufriedene Töne von sich, hastig und von kleinen Pausen unterbrochen. Wir streichelten es, Wenzel ungeübt und mit den Fingerspitzen, ich mit den Handflächen. Wir hoben seine Ohren hoch, legten sie hierhin und dorthin. Wenzel, die lange Oberlippe gespannt, berührte mit dem Zeigefinger die Pfötchen, eines nach dem anderen, und dann die beiden Pflaster auf meinen Knien. Ich wurde verlegen und hob das Kaninchen hoch in die Luft. Es ließ ein paar glänzende Bollen fallen, braun wie Schokoladendragees, und wir lachten beide, weil sie an meinen Beinen kleben blieben.

»Der heißt Stanis«, sagte Wenzel. »Der ist mein.«

Später setzten wir das Kaninchen in Birningers Irisrabatte, und es hoppelte träge zwischen den hellgrünen messerspitzen Blättern herum. Die feinen, verknitterten Blüten zitterten auf ihren langen Stängeln, wenn es sich an ihnen vorbeidrängte. Am besten gefiel es mir von hinten, wenn aus dem breiten, weichen Fellkissen eine Hinterpfote auftauchte und einen Augenblick die rosigen, unbenutzt aussehenden Ballen sichtbar wurden, ehe sie wieder unter dem Fell verschwanden. Ich legte mich auf den Bauch, um die Welt mit den Augen des Kaninchens zu sehen, und als ich so lag, das Kinn am Boden, sah das Kaninchen aus wie ein sehr großes und massiges Tier in einem kleinen Wald von nie gekannten leuchtend grünen Tropenbäumen. Wenzel blieb auf den rot gestreiften Kissen sitzen und schaukelte hin und her. Das leise Quietschen erinnerte mich an etwas Unangenehmes, aber ich konnte es leicht aus meinen Gedanken schieben. Ich dachte auch nicht an meine Mutter, die drüben im blassgelben Unterrock vor dem Spiegel Locke auf Locke ihres Haares um den Finger drehte und mit einer Klammer feststeckte. Meine Schwester spielte noch immer Klavier, aber die Töne, die manchmal lauter, manchmal wie von ganz fern zu uns herüberwehten, hatten nichts mehr mit ihren Fingern zu tun, den Fingern mit den abgekauten Nägeln, die ich so gut kannte, wenn sie behände über die Tasten liefen, während Melas Fuß die Pedale am Bauch des schwarzen Kastens niederdrückte und losließ.

Biringers Garten schien fremd und weit und hörte nicht auf am hinteren Zaun, wo die Haselnussbüsche standen.

VI.

An dem Morgen, als Rosi zum ersten Mal wieder am Gatter auf uns wartete, war es schon sommerlich heiß. Mela und ich schwitzten, wir hatten zu spät bemerkt, dass wir zu warm angezogen waren, und nun blieb keine Zeit mehr umzukehren.

Rosi in einem flatternden weißen Kleid, auf dem rote Striche verteilt waren, als habe jemand mit dem Pinsel hier und da die Farbe abgewischt, winkte schon von weitem. Ich sah sie zum ersten Mal seit langer Zeit ohne Jacke und Mantel, und wie sie dastand, den Bauch vorgeschoben, die Hüften zur Seite gekippt, sah sie aus wie eine Frau und machte mich irgendwie schüchtern.

Ihre Mutter, in einem langen gestreiften Bademantel, den sie um die Taille fest zusammengeschnürt hatte, die Haare offen und buschig, kam rasch hinter Rosi heran und legte ihr ein Tuch um den Hals. Rosi ließ es sich gefallen, ohne sich umzusehen, ungeduldig, die Augen schon auf meine Schwester gerichtet. Ihre Mutter fasste Rosis Kopf und küsste sie auf das Haar über der Stirn. Eine zärtliche Geste, die mich seltsam zufrieden machte, so als käme Rosi aus einem Haus wie unserem Haus und ihre Mutter sei eine Mutter wie unsere Mutter.

Schon als ich die Tür aufschloss und in den Flur trat am Abend, ließ mich das Haus wissen, dass irgendetwas nicht wie sonst war. Ich hängte meinen Handarbeitsbeutel ordentlich an die Garderobe, zog die Schuhe aus, stellte sie nebeneinander zu den anderen Schuhen auf die Zeitung und ging auf Zehenspitzen zur Küchentür, bereit, in unser Zimmer hinaufzuflüchten, wie immer, wenn meine Eltern sich stritten oder meine Mutter in der Küche mit den Töpfen herumschlug, was ein schlechtes Zeichen war.

Dann hörte ich Mela weinen, es kam aus dem Wohnzimmer, und mit einer Mischung aus Erleichterung, Neugier und Mitgefühl öffnete ich die Tür.

Mela hockte auf dem Fensterbrett, und an ihrem Gesicht sah ich, dass sie schon lange geweint hatte.

Meine Mutter saß ganz ruhig auf dem Sofa und starrte vor sich hin. »Es kommt alles in Ordnung, überlass das nur mir, du kannst ruhig sein, es ist wirklich nicht deine Sache«, sagte sie. Mela schien nicht so zu denken, sie weinte lauter, und als sie mich bemerkte, weinte sie noch mehr und versteckte ihr Gesicht mit dem Zipfel ihrer Jacke. Meine Mutter betrachtete mich milde erstaunt, als sei ich im falschen Wohnzimmer und werde gleich fragen, was ich wolle.

»Sie weiß nichts«, flüsterte meine Schwester und warf mir aus ihren verquollenen Augen einen warnenden Blick zu.

»Was ist los?«, fragte ich scheinheilig, denn ich hatte ihn schon gesehen, den offenen Brief auf dem Tisch, den Brief mit dem quadratischen Umschlag, einem ungewöhnlichen Umschlag, der in Herrn Dörrs Hand immer so ausgesehen hatte, als wäre es ein noch zusammengefaltetes Himmel- und Höllespiel.

»Geh ein wenig hinauf spielen«, sagte meine Mutter freundlich. »Es gibt bald Abendessen.«

Vor der Tür blieb ich stehen und hörte meine Mutter sagen: »Man muss ihm das Handwerk legen, solchen Männern muss man das Handwerk legen, es ist entsetzlich, was so jemand einem Kind wie Rosi antut, leichtfertig ihr Leben zerstört ..., seine arme Frau hinters Licht führt und ungestraft weitermacht, wer weiß, was der schon alles auf dem Kerbholz hat. So ein ... ja, so ein Mann ist ein Schwein ..., nein, wahrscheinlich ein armes Wesen ..., so was ist krankhaft ... ja.« Das Letzte stieß meine Mutter so entschieden und laut heraus, dass ich zusammenzuckte. Mela heulte lauter, und meine Mutter, wieder ruhig, stand auf, und ich hörte sie sich der Tür nähern.

»Frau Herrmann liebt die Kleine wie eine Tochter, sie soll alles wissen und selbst entscheiden …, dieser Mann ist ihrer nicht würdig.«

»Mama«, rief meine Schwester, »Mama, tu das bitte nicht!«

»Man muss es natürlich auch ihrer Mutter sagen.« Die Stimme meiner Mutter entfernte sich wieder. »Das Kind braucht Trost und Verständnis – jetzt.«

»Mama, um Gottes willen …, du denkst …, mir zuliebe!«

»Melanie, du bist völlig unschuldig, und es tut mir Leid, dass ich vorhin so ungerecht war. Vergiss das Ganze …, ich kümmere mich um alles …« Sie kam zur Tür, und ich rannte die Treppen hinauf und legte mich auf mein Bett.

Ich hatte plötzlich großes Verlangen, meinen Vater heimkommen zu hören. »Misch dich nicht ein«, würde er sagen.

Meine Mutter machte mir Angst, wenn sie so sprach wie eben, und im Geheimen wusste ich, dass er sie nicht aufhalten konnte.

Ich fing an zu weinen, ich war mir nicht ganz im Klaren, warum, vielleicht, weil mir meine Schwester so hoffnungslos und hilflos erschienen war und weil lautes Weinen mir immer Angst machte. Leute, die heftig weinen, schienen mir entrückt in ein fremdes, entsetzliches Land, unerreichbar und geheimnisvoll. Ich versuchte, mir vorzustellen, was nun Schlimmes passieren würde, aber ich konnte es mir nicht wirklich ausmalen. Die Erwachsenen benahmen sich sonderbar, wenn es um Sachen ging, die ihnen wichtig erschienen, und man konnte nie genau sagen, was ihnen wichtig war und wie sie sich verhalten würden. Es beruhigte mich nicht, dass meine Mutter alles regeln wollte, wie sie sagte, es hatte mich sonst immer beruhigt, sie das sagen zu hören.

Ich lag auf meinem Bett und überlegte, ob meine Mutter etwas falsch machen könnte. Mela auf jeden Fall schien das zu glauben, plötzlich war ich froh, dass ich mir nicht vorstellen konnte, was nun passieren würde.

Beim Abendessen saß ich zwischen meinen Eltern, unbemerkt und ohne dass sich jemand darum kümmerte, wie ich aß. Mela wollte nichts essen und war ins Bett geschickt worden. Meine Eltern sprachen kaum, und ich aß so viel von der Rhabarbergrütze, dass mir der Mund brannte.

»Ich habe angerufen«, sagte meine Mutter. Mein Vater hob den Kopf und betrachtete sie mit ausdruckslosem Gesicht. Meine Mutter hatte rote Backen, und ihre Augen funkelten wie sonst, wenn sie in Kampfstimmung war und meinem Vater die Meinung sagte, was er ab und zu brauchte, wie meine Mutter behauptete. Mir fiel auf, wie schön sie an diesem Abend aussah und wie anders. Sie schien zu zittern, doch ihre Hände strichen ganz ruhig Butter auf ihr Brot. Ihre Haare standen um ihre Stirn wie kleine gelbe Schlangen. Sie trug den Kopf erhoben, und ihre weißen Zähne versanken in der unberührten Fläche des Butterbrotes, als bearbeite sie es und prüfe mit einem schnellen Blick nach, ob ihr das gezackte Halbrund ihres Bisses geglückt sei. Sie war mir unheimlich. Sie war nicht zornig oder in dieser gewittrigen Stimmung vor einem Wortgefecht. Sie schien ruhig und unberührt von unserer Gegenwart am Tisch.

»Nachher gehe ich rüber und rede mit der Mutter«, sagte sie. Mein Vater schüttelte den Kopf, wagte aber nichts zu sagen, weil ich am Tisch saß, so glaubte ich.

Am nächsten Morgen wollte Mela nicht aufstehen, und ich ging früher als sonst aus dem Haus, um die Straßenbahn nicht am Fischwinter, sondern am blauen Tor zu erwischen.

Der darauf folgende Tag war ein Sonntag, und mein Vater mähte den Rasen im Garten, meine Mutter briet eine Kalbshaxe, ich konnte es riechen, hinten im Garten bei den Zierahornbäumchen, wo ich eine Decke ausgebreitet hatte und mein Witzalbum klebte. Ganze Stapel ausgeschnittener Witze lagen noch ungeordnet bereit. Ich hatte eine Abteilung für Tierwitze, eine für Autowitze, eine für Witze mit Liebespaaren, aber ich klebte lustlos und ohne groß auf die Abteilungen zu achten.

Manchmal schaute ich hinüber in Birningers Garten. Es schien mir viele Tage her, dass ich dort gewesen war. Vielleicht war ich auch gar nicht dort gewesen und hatte es mir nur gewünscht, dort zu sein. Wenn man mich fragen sollte, würde ich das zur Antwort geben.

Mela lag oben im Bett und las in ihrem Buch. Ich hatte ihrem verschlossenen Gesicht angesehen, dass sie nicht sprechen wollte, und im Grunde wollte ich auch gar nicht wissen, was sie hatte. Vielleicht war sie krank, und der Doktor würde kommen, und nach ein paar Tagen würde sie aufstehen und wieder lustig sein, und alles würde so weitergehen wie immer.

Rauch stieg aus dem Blechkamin der Rypczinskis, obwohl es ein warmer Morgen war. Wir standen eine Weile vor dem Gatter, aber wir riefen nicht nach Rosi, und als sich nichts rührte, zogen wir weiter über das Brückchen und an der Hutfabrik vorbei zum Fischwinter.

»Was soll'n wir bloß machen?«, fragte Mela, als wir uns in der Straßenbahn nebeneinander setzten. »Was soll'n wir bloß machen?«

»Meinst du, sie schlagen die Rosi?«, fragte ich mit trockenem Mund.

»Ach, wenn's nur das wäre«, sagte Mela. »Sicher ... ja, ich denke schon ..., aber das andere ist viel schlimmer ... Und ich bin schuld.«

»Nein«, rief ich, »Dörr ist schuld, der hat Mama den Brief gegeben, der gemeine Dörr ...«

Mela senkte den Kopf, und eine Träne lief an ihrer Nase herunter und tropfte auf ihre Schultasche. »Aber ich ... hab's nicht aufgehalten ..., ich hab die Mama nicht aufhalten können ..., vielleicht hätt ich Rosi warnen sollen ..., aber ich hab mich gefürchtet.«

Die Straßenbahn ging in die Kurve, und ich ließ mich gegen Mela fallen und berührte sie am Hals mit der Nase. Sie lehnte sich gegen mein Gesicht. »Wo hätte sie auch hingehen sollen?«, flüsterte Mela.

Frau Luise schnurrte mit der Maschine durch den Gardinenstoff.

»So ein Skandal«, sagte sie. »So eine üble Geschichte.« Mela stellte ihr ein Stück Obstkuchen neben den Nähkorb, und Frau Luise hielt die Maschine an und betrachtete den

Kuchen liebevoll. »So ein Ding nimmt man ins Haus und dann ... schwupp, den Mann weg ... keine Dankbarkeit, keine Anständigkeit ... Frau Herrmann ist ja nur noch ... Ich hab's gehört von Frau Döberle, die macht dort sauber und die sagt ...«

Mela packte mich rau an der Hand. »Behalten Sie Ihren Dreck für sich!«, schrie sie und zerrte mich aus dem Zimmer.

»Von der Schule ist sie geflogen, das saubere Fräulein!«, rief Frau Luise uns nach. Mela schlug die Tür zu.

Herr Herrmann im grauen Anzug sang Schubert. Der Chor, in weißen Hemden die Herren, in weißen Blusen die Damen und mit langen Samtröcken, gruppierte sich um ihn.

Herr Herrmann machte das richtige Gesicht, mal traurig, mal heimwehkrank, mal schalkhaft, mal beseligt, er hob das Kinn, damit seine Stimme besser aus dem Hals konnte, er zog das Kinn an, um die leisen Töne zu knebeln. Seine runden Hände zogen ein schneeweißes Taschentuch aus der Hosentasche und betupften sorgsam die Stirn. Beim Applaus gelang es ihm, so auszusehen, als wäre er überrascht, dass überhaupt jemand klatschte.

Die Leute, die eben noch geklatscht hatten, warfen sich auf die letzte Straßenbahn, als wäre sie ein Rettungsboot. Mela und ich blieben draußen hinter dem Fahrer stehen. »Ich will nichts hören«, sagte Mela.

Am Fischwinter waren wir beide die letzten Fahrgäste. Nachts hörte man das Plätschern des Kanals unter der Brücke ganz anders als am Tag. Ein halber Mond stand über der Hutfabrik und folgte uns gelassen den Weg entlang, stand über der Gärtnerei, aus der ein feuchter, fauliger Geruch herüberwehte, stand über dem dunklen Haufen des Rypczinskischen Anwesens mit seinen Anbauten und Maschinenhaufen.

Ich fragte mich, ob Hunde auch den Halbmond anheulen. Ich hätte es gerne gehört, das doppelkehlige Heulen der Hunde, alles lieber als die seltsame Stille, die über der Baracke zu lasten schien, so als wäre dort drinnen niemand lebendig.

Hinter dem Gatter richtete sich eine Gestalt auf und stand im Mondlicht, undeutlich und gesichtslos. Es war nicht Rosi, und ich wusste auch nicht, ob es Wenzel oder Gieger war, aber es war kein erwachsener Mensch.

Wir liefen auf der anderen Straßenseite, ohne uns abgesprochen zu haben, dicht am Zaun entlang.

Die Gestalt hob etwas in die Höhe mit gestrecktem Arm hoch über ihren Kopf. Ein Beutel oder Sack. Er kreiste ein paar Mal durch die Luft, löste sich dann und flog zu uns herüber. Er landete mit einem gedämpften, weichen Ton am Randstein. Ich wollte nicht hinsehen, aber meine Augen gehorchten mir nicht, und im blassen Licht sah ich den Umriss der Ohren und Läufe, sah den hellen rautenförmigen Fleck auf diesem kleinen Fellkörper, der sich an den Randstein schmiegte, als wäre dies der Platz, an dem er gewöhnlich schliefe.